Jutta Ouwens

Ortswechsel

drei Erzählungen

Kindergeburtstag

Das Stimmengewirr der anderen nahm mit jedem Schritt ab den Leon in die entgegengesetzte Richtung ging. Ihr Lachen zog wie ein Windhauch vorbei. Auf dem Weg zum Gewächshaus war ihm der mächtige Baum aufgefallen. Ein brauner, rissiger Stamm, darüber das gewaltige Blätterdach, in dessen Schatten die leuchtend grüne Wiese fast schwarz aussah. Nur ein Schritt, schon war Leon aus der gleißenden Sonne in den kühlen Kreis getreten. Den müden Rücken gegen die borkige Rinde gelehnt, wühlte er vergeblich in seinem Rucksack nach der Trinkflasche. Schließlich kippte er den ganzen Inhalt aus. Zuerst klatschte eine Plastiktüte mit einem nassen Waschlappen ins Gras, danach eine Keksschachtel, Papiertaschentücher, Geldbörse, der Hausschlüssel, sein blaues Mobiltelefon für Notfälle, mit den eingespeicherten Nummern von seiner Mutter und der Polizei, die Butterbrottüte mit der selbstgebackenen Acht aus Stutenteig, (Leon hatte heute Geburtstag), ein Apfel, eine Banane mit brauner Schale, dann endlich fiel die Trinkflasche ins Gras. Leon leerte sie gierig bis auf den letzten Tropfen. Es war noch früh, nicht einmal Mittag, er würde sich nachher Limonade kaufen. Irgendwo war doch bestimmt ein Kiosk. Für Mitte Mai war es viel zu heiß: 29 Grad vormittags um elf, wo

2

sollte das noch hinführen? Das hatte seine Lehrerin vorhin kopfschüttelnd gesagt, kurz bevor Leon so getan hatte, als sei sein Schnürsenkel aufgegangen. Er wollte auf keinen Fall mit der Klasse in das Tropengewächshaus, allein der Gedanke daran verursachte ihm Magengrummeln. Deshalb hatte er sich gebückt, an seinem Schuhband genestelt und aus dem Augenwinkel beobachtet, wie sich der schwatzende Pulk auf das Glashaus zu bewegte. Viel Zeit würden sie ihm nicht lassen.

Sobald er die Augen schloss, tanzten flirrende Punkte um ihn herum. Leon musste nur die Augäpfel hinter den Lidern bewegen, um der bizarren Choreografie zuzuschauen. Aus den taumelnden Schlieren entstand nach und nach das Bild seiner Mutter.

Sie musste früh aufgestanden sein heute morgen. Als Leon in die Küche kam, stand die Tasse mit dampfendem Kakao schon an seinem Platz. Drumherum lag ein Kranz aus bunten Blumen. War sie etwa schon im Garten gewesen, so früh, ihn ihrem Morgenrock? Die Mutter stand neben seinem Stuhl, das Haar noch zerzaust. Sie verzog den Mund zu einem Lächeln und winkte ihn hastig zu sich. Ihre huschenden Blicke fanden keinen Halt in Leons Gesicht. Mit überraschend festem Griff zog sie ihn an sich, umfing seine Schultern mit einem Arm, die andere Hand streichelte immer wieder über seinen Kopf. Leon sog den Duft ihres Morgenmantels ein, eine pudrigschwere Süße. Er atmete flacher.

„Alles Liebe zum Geburtstag, mein Schatz", flüsterte

sie in sein Haar. Leon fühlte einen Moment ihre Lippen auf seiner Kopfhaut. „Acht Jahre wird mein großer Junge heute schon, wer hätte das gedacht!" Leon hielt still. Nach einem unbestimmten Seufzer ließ sie ihn so plötzlich los, dass er taumelnd nach der Stuhllehne griff. Er sah sie erschreckt an. Die Mutter fuhr sich mit den Fingern durchs Haar, ihr Lächeln verrutschte für einen Moment, sie schien verwundert, doch gleich darauf klatschte sie mehrmals hart in die Hände.

„Komm mal her, mein Engel", sagte sie und schob Leon zum Backofen. „Hier, nimm die Topflappen und sieh nach, was für eine Überraschung ich für dich habe." Leon öffnete die Klappe. Ein Schwall heißer Luft entwich. „Vorsicht, mein Kleiner", kicherte die Mutter und zog ihn am Ärmel. „Warte einen Moment, dann kannst du das Blech herausziehen." Aus dem Backofen kam ein dunkles, schiefes Gebäck, zwei Nullen, die aufeinandergesetzt waren. „Na, erkennst du, was es ist? Ist sie nicht toll geworden?" Mutters Stimme war ungeduldig, ein wenig schrill, deshalb beeilte Leon sich, die verunglückte Acht zu loben. Er freute sich ja wirklich. „Eine Acht, extra für mich! Viel zu schade zum Aufessen! Danke Mama!" Er warf die Topflappen auf die Spüle und wollte seine Mutter umarmen, doch sie hatte sich schon abgewandt, goss gerade Kaffee in ihre Tasse und ließ sich auf den Stuhl fallen.

„Sei nicht albern Leon, natürlich wirst du sie aufessen! Ich habe sie doch für den Schulausflug gebacken." Irritiert suchte Leon nach einer passenden Antwort. „Ja klar, sie schmeckt bestimmt gut." „Wohin geht der

Ausflug noch mal?" „In den botanischen Garten." „Ach so, na schön."
Leon rutschte auf seinen Platz und trank einen kräftigen Schluck Kakao. Die Mutter blätterte in der Zeitung. Schade, dass Papa schon zur Arbeit war.

Etwas war ins Gras gefallen, leicht, mit einem kurzen Plopp. Leon riss die Augen auf. Eine winzige Bewegung fing seinen Blick ein. Ein junger Vogel, nackt, mit stummeligen Flügeln und hervorquellenden Augen, lag neben seinem Fuß. Der stumme Schnabel öffnete und schloss sich in Zeitlupentempo, die Füßchen mit den lächerlichen Krallen vollführten einen hilflosen Tanz, dann erschlaffte das kleine Ding. Leon starrte es an. Er kniff die Lider zusammen, bis er nur noch die glasigen Vogelaugen sehen konnte. Riesige, blicklose Teleskopaugen. Mit der Schuhspitze gab er dem Ding einen leichten Schubs. Es war mausetot, kein Zweifel. Leon betrachtete es von allen Seiten. Noch nie hatte er so ein hässliches kleines Vieh gesehen. Schnell zog er seinen Fuß zurück. Das plattgelegene Gras richtete sich langsam auf und verdeckte den größten Teil der kleinen Kreatur. Leon stand auf, warf seine Sachen in den Rucksack, nur die Tüte mit der Acht ließ er draußen, dann schaute er hoch in das Blätterdach. Langsam umrundete er den Stamm, suchte zwischen den sonneflirrenden Blättern nach einem Nest, doch er fand nichts. Irgendwo in dem dichten Blattgewirr musste aber eins sein. Vielleicht hatten die anderen Vogelkinder den Glubschäugigen rausgeworfen, vielleicht war er einfach über Bord gegangen, wer weiß? Frau Gerlach hatte mal erzählt, dass nicht alle Tierkinder in der Natur überleben, nur die Stärksten setzen sich durch beim Kampf um die Nahrung. Vogeleltern achten nicht darauf, welches Junge stark oder schwach ist, sie zählen nicht nach, sie stopfen das Futter einfach in die aufgerissenen Schnäbel, fertig.

„Selber schuld, wenn du zu blöd warst", sagte Leon, schulterte seinen Rucksack, zog die Acht aus der Tüte und trennte mit einem einzigen Biss eine Null von der anderen. Bevor er überlegen konnte, weshalb er plötzlich so wütend war, hörte er eine aufgeregte Stimme seinen Namen rufen.

„Ja, ja,ich komme schon", murmelte er und setzte sich in Bewegung.

Frau Gerlach riss gerade wieder ihren Mund auf, als Leon um die Kurve bog. Seine Daumen in die Rucksackträger gehakt, trottete er mit gesenktem Kopf auf sie zu. Wenn ich nichts sage, wird er einfach vorbeigehen, dachte die Lehrerin und überlegte einen Moment, ob sie es darauf ankommen lassen sollte, doch sie trat ihm lieber entschlossen in den Weg.

„He, junger Mann, was sollte das denn wieder?" Langsam hob Leon den Kopf, erstaunte Augen blickten Frau Gerlach ins Gesicht. Er zuckte schweigend die Schultern. „Leon, so geht das nicht! Du kannst nicht einfach weggehen, wir müssen zusammen bleiben, das habe ich doch erklärt." Sie atmete heftig ein und aus. Leon sah nasse Flecken unter ihren Armen. „Hörst du mir überhaupt zu?" Frau Gerlach beugte sich zu ihm hinunter und sah ihm in die Augen. „Da ist ein Vogelkind aus dem Nest gefallen. Es ist tot." Lächelnd betrachtete er den Schweißfilm auf Frau Gerlachs Stirn. „Aha, dashalb bist du also zurückgeblieben, weil dir das Vogelkind leid getan hat?" Die Lehrerin wuschelte durch Leons Haare, ächzend richtete sie sich wieder auf. „Nein," sagte Leon, während sein Blick zu Frau Gerlachs Füßen wanderte, „deshalb nicht. Ich wollte mich ausruhen und habe mich in den Schatten gesetzt. Da ist der Vogel fast auf meine Füße gefallen." Er schüttelte kurz den Kopf. „Er war ganz nackig mit Glubschaugen, total hässlich." Der rote Nagellack auf Frau Gerlachs Zehennägeln war abgesplittert, ihre Füße staubig und aufgequollen. Frau Gerlach war schon ziemlich alt und viel zu dick. „Hast du etwas mit dem Vögelchen gemacht?", wollte sie wissen, ihre Zehen in den Sandalen zogen sich zusammen, als wollten sie sich verstecken. Leon schüttelte den Kopf. „Ich will nicht in das Glashaus da drüben", sagte er leise, ohne seinen Blick von den krummen Zehen abzuwenden. Die streckten sich wieder, gleichzeitig tropften von oben ärgerlich klingende Worte auf Leons Kopf. „Also bist du weggelaufen, weil du nicht ins Tropenhaus wolltest?" Leon war empört. „Ich bin überhaupt nicht weggelaufen! Ich war müde und hatte Durst, mir ist heiß!" „Schrei hier bitte nicht rum, Leon! Uns allen ist heiß, nicht nur dir!" Leon nickte. „Ich weiß, deshalb will ich nicht in das Glashaus, mir wird bestimmt schlecht." Frau Gerlach zeigte sich versöhnlich. „So schlimm ist es nicht da drin, du wirst sehen. Wir gehen alle einmal durch und auf der Rückseite wieder raus, dann machen wir Pause, okay?" Sie wollte Leon den Arm um die Schulter legen, doch er drehte sich weg.

„Sind die anderen die ganze Zeit da drin?" fragte er. „Ja, sie warten auf dich, jetzt komm." Frau Gerlach setzte sich in Bewegung, sie lief erstaunlich schnell. Leon trottete hinterher und stellte sich vor, dass von seinen Klassenkameraden nur noch ein paar Pfützen auf dem Boden des Tropenhauses übrig waren. Daran war Frau Gerlach schuld, deshalb musste sie auf die Polizeiwache. Sie hatte nicht aufgepasst, das war klar. Wie konnte sie 22 Kinder in dem brütendheißen Tropenhaus allein lassen! Sein Vater würde das Verhör leiten und Frau Gerlach konnte keine Gnade erwarten, aber er, Leon, würde gelobt werden. Papa würde sagen, dass es sehr klug war, nicht in das blöde Gewächshaus zu gehen, und das er stolz war auf seinen Sohn, jawohl! „Jetzt komm doch endlich Leon!" Frau Gerlach hielt ihm die Tür auf. Leon trat auf weichen Rindenmulch, vor ihm hing ein bunter Vorhang aus bodenlangen Perlenreihen. Die Luft roch nach feuchter Erde, sie strömte ungehindert in seine Lungen. Draussen war es schlimmer als hier drin. Leon teilte die klimpernden Perlenschnüre und betrat eine grün wuchernde Welt, die von einem hohen Firmament aus Glas zusammengehalten wurde. Riesige Fächerpalmen, mannshohe Kakteen, sich windende Schlingpflanzen säumten die verschachtelten Wege. Vielfältige Düfte strömten zwischen allen Blättern hervor, zitronig, herb, süß und schwer, unbekannte Geräusche woben einen feinen Teppich aus Klängen, der Leon schwindelig machte. Was war das für eine Welt, die man so leicht durch eine Perlenschnur betreten konnte? Er stand mitten auf einem ansteigenden Weg, bunte

Papageienvögel schwirrten umher, in silbernen Schalen sah er Zitronen-und Orangenscheiben liegen, auf manchen saßen schillernde Schmetterlinge, mit Flügeln, zerbrechlich wie hauchdünnes Glas. Von allen Seiten strömten Sonnenstreifen herein, zerschnitten das Blattgewirr, ließen die Farben tanzen wie in dem Kaleidoskop, das Leon zuhause hatte. Wenn er hindurchsah und gleichzeitig daran drehte, vermischten sich die Farbsplitter zu immer neuen Bildern, stoben auseinander und formierten sich wieder, bunt, leicht und wunderschön. Hier stand er mitten in einem riesigen Kaleidoskop. Wassertropfen fielen auf seine Arme, seine Wangen. Leon öffnete den Mund und bog den Kopf so weit in den Nacken wie er nur konnte. Er sah, wie das Wasser am Blattrand einer Fächerpalme entlanglief und sich an der Spitze sammelte, es tropfte für ihn herunter, nur für ihn!

„Mensch, da bist du ja endlich!" Ein unsanfter Rempler brachte ihn fast aus dem Gleichgewicht. Malte, Elena und Gregor waren wie aus dem Nichts aufgetaucht. „Wo hast du denn gesteckt? Wegen dir mussten wir in diesem Schwitzkasten warten, weißt du das?" Gregor trat bedrohlich nah an ihn heran, er war einen halben Kopf größer als Leon und wurde bald neun. Elena machte einen raschen Schritt zurück, nervös zerrte sie mit den Schneidezähnen an ihrer Unterlippe. Leon mochte Elena, er wollte nicht, dass sie dachte, er habe Angst vor Gregor. „Mir war einfach heiß, ich wollte mich nur ausruhen!" Ohne zu blinzeln sah er Gregor ins Gesicht. Der lachte schrill auf und schlug sich auf den Oberschenkel. „Ach ne, das ist ja toll! Dem kleinen

Leon war heiß, wie?" Er trat noch näher heran, ihre Gesichter berührten sich fast. „Was glaubst du denn, wie es uns ging, als wir hier auf dich gewartet haben?" Beifallheischend sah er sich um. „Glaubst du, wir haben vor Kälte gezittert, oder was?" Malte kicherte heiser, Elena ging noch weiter zurück. In diesem Moment rauschten die Blätter in der Nähe, sie teilten sich wie von Geisterhand, als einige Mitschüler auf den Weg traten, allen voran Jan, Leons Freund. Gregor funkelte Leon noch einmal wütend an, bevor er unwillig zurücktrat. „Mach das nicht noch mal, Freundchen", zischte er, doch alles Bedrohliche war mit einem Mal verschwunden. Jan, der nichts mitbekommen hatte, wischte mit dem Unterarm über seine Stirn und pustete sich eine Haarsträhne aus dem Gesicht.

„Da bist du ja! Wolltest wohl mal deine Ruhe haben, was?" Leon nickte froh. Er ging einen Schritt auf Jan und die anderen zu. „Nur einen Moment, ich musste mal was trinken." Jan kannte das. Leon war manchmal etwas sonderbar, unberechenbar auf seine Art, doch Jan war geduldig, er hatte sich daran gewöhnt. Elena gesellte sich zögernd zu ihnen. Ihre Unterlippe schimmerte an einigen Stellen rot, sie fuhr mit der Zunge darüber. „Wie findest du es hier?", fragte sie Leon. Er überlegte einen Moment. „Es ist wie eine grüne Welt in unserer Welt." Er zeigte nach oben. „Sie hat sogar einen eigenen Himmel." Jan lachte. „So was Ähnliches habe ich auch gedacht, aber hier gibt es keine Menschen, nur Schmetterlinge und Papageien." „Ich habe ein Computerspiel", sagte Elena, „da ist ein Hintergrund drauf, der genau so urwaldmäßig aussieht

wie das hier." Sie beschrieb mit dem Arm einen
Halbkreis. Leon nickte. „Was findest du besser, das hier
oder dein Spiel?" Elena hieb wieder die Zähne in die
Unterlippe. „ Die Farben in meinem Spiel sind noch viel
bunter, unecht bunt, weißt du? Aber es kommt keine
Hitze heraus." Jetzt kicherte sie. „Das ist natürlich
Klasse." Leon sah sie an und schwieg. Er kannte das
Spiel.
Ein kleiner Junge bewegte sich darin durch einen
Urwald und musste versteckte Blüten finden. Er lief mit
nackten Füßen über Baumwurzeln, wurde von Insekten
geplagt und von Schlangen verfolgt. Er hatte nichts als
eine funkelnde Sichel bei sich, damit musste er sich den
Weg bahnen und tief im Dickicht die Blüten schneiden,
die von allein in einen schwebenden Korb flogen. Der
Junge musste von Spiel zu Spiel mehr Blüten schneiden,
die Gefahren nahmen zu: lauernde Tiger, die plötzlich
auftauchten und zum Sprung ansetzten, eine gefräßige
Liane, die ihn verfolgte. Manchmal floh er auf einen
Baum, oder er versteckte sich hinter dornigen Büschen,
die ihm böse Kratzer zufügten. Er durfte nicht fallen.
Geschah es doch, erschien eine zischende Schlange auf
dem Bildschirm. Das Spiel war verloren. Von den
gesammelten Blüten verschwanden drei aus dem Korb.
Waren zwanzig Blüten im Korb, bekam der Junge eine
Kokosnuss und durfte sich auf einer Lichtung ausruhen.
Dann lächelte er dem Spieler zu und winkte.
Papa hatte ihm das Spiel zu Weihnachten geschenkt.
Leon war aufgefallen, dass Papa am Weihnachtsabend
sehr ungeduldig war. Er zwinkerte ihm zu und deutete
immer wieder auf ein flaches rechteckiges Päckchen,

das mit anderen unter dem Tannenbaum lag. „Du wirst dich wundern, mein Sohn", sagte er und Leon hatte sich unbehaglich gefühlt. „Da kriegst du was für echte Abenteurer", fügte Papa hinzu und Leon nickte, verstand jedoch kein Wort. Dann war seine Mutter mit dem dampfenden Gulaschtopf aus der Küche gekommen. Papa verschluckte seinen nächsten Satz und griff nach seiner Serviette, die er ungeschickt in den Hemdkragen stopfte. Die Mutter füllte schweigend die Teller mit Gulasch, Rotkohl und Knödeln. Sie wusste, dass Leon nichts davon mochte. Der Rotkohl war matschig und die Knödel schmeckten nach Pappe. Er stocherte in seinem Essen herum, doch Papa strahlte, als äße er etwas völlig anderes.

„Hhmm, was du da wieder gezaubert hast, Annette", sagte er und hielt sein Besteck in den Fäusten. „Und wie schön du wieder aussiehst", fügte er hinzu. Leon senkte seinen Blick. Die Mutter trug ihr blaues, glänzendes Kleid, eine silberne Kette lag dicht um ihren Hals. Das trug sie an Heiligabend immer, jedenfalls so lange Leon sich erinnern konnte und genau so lange gab es Gulasch, Rotkohl und Knödel.

Frau Gerlachs Stimme drang wie ein schmerzhafter Stich in seinen Kopf.

„Hier hinten könnt ihr noch eine Kokosnusspalme mit Früchten sehen", rief sie, „dann gehen wir alle durch die kleine Tür hinaus, verstanden?" Ihre Augen suchten Leon. Der nickte ihr zu. Jan stand neben ihm, da würde er schon nicht verschwinden. Außerdem wollte er die Kokosnüsse sehen. Leon, Elena und Jan bildeten die

Nachhut, die anderen Kinder waren längst an der Palme vorbei und warteten an der Hintertür. Gregor streckte Leon die Zunge heraus.

Elena staunte: „Guck dir die riesigen Dinger an, Leon." Sie reckte den Hals. Unter den Palmenfächern hingen gewaltige, haarige Kokusnüsse. Die Kinder mussten auf dem Weg bleiben, schade, denn Leon überkam eine große Lust, an der Palme zu rütteln, um zu sehen, wie eine nach der anderen herabstürzte. Würden sie zerplatzen?

„Elena, wie sehen die Nüsse im Spiel aus, weißt du das?", fragte er. „Ja klar, die sind natürlich glatt und braun und glänzen, künstlich eben. Und der Spieljunge kann sie ja auch ganz einfach aufheben, die sind doch viel zu klein!" Sie spitzte die Lippen zu einem verächtlichen Laut. 'Der Spieljunge' hat sie gesagt. Leon dachte an den Weihnachtsabend zurück.

Endlich hatte er den letzten Rest Kloß mit dicker, brauner Soße hinuntergeschluckt, die Mutter stellte jedem ein Schälchen mit Vanilleeis hin und sie beendeten schweigend die Mahlzeit. Papa ließ es sich nicht nehmen, das Essen noch einmal zu loben, die Mutter lächelte müde, ihr Blick streifte über ihn und Leon hinweg, sie sagte: „Dann können wir ja nun die Bescherung machen." Ihre Stimme klang wie ein langer Seufzer. Papa sprang auf, in Richtung Tannenbaum, er musste es sehr eilig haben, denn Leon wusste, dass zuerst die CD mit den Weihnachtsliedern angestellt werden musste, so war es immer.

„Rainer", sagte die Mutter mahnend, da besann Papa

13

sich auf die Reihenfolge. Leon stand vor dem Tannenbaum und betrachtete die roten Kugeln, die helle Lichterkette, die kleinen Strohsterne, die er mit Oma gebastelt hatte. Auf dem Teppich lagen schon die ersten Nadeln, der Baum erschien ihm insgesamt mickrig. Endlich ertönte die 'Stille Nacht'. Papa nahm ein schmales, goldglänzendes Päckchen vom Gabentisch und überreichte es der Mutter. „Frohe Weihnachten, Annette", sagte er und nahm sie in die Arme, drückte sie kurz an sich, hauchte ihr einen Kuss auf die Wange und gab sie wieder frei. Sicher noch eine Kette, oder ein Armband, vermutete Leon, denn Papa schenkte der Mutter jedes Jahr Schmuck. Leon glaubte, dass Papa die Mutter immer noch schöner machen wollte, noch kostbarer, denn er hatte mal zu ihr gesagt, sie sei das Wertvollste, das er habe. Leon fand seine Mutter ebenfalls sehr schön. Schlank, mit heller Haut und rotblonden Locken, wirkte sie manchmal wie ein Engel auf Leon, den er mit Staunen betrachtete.
In dem Päckchen war ein feines Gliederarmband aus mattem Gold. Die Mutter legte es gleich an, strich ihrem Mann mit dem Handrücken über die Wange und sagte: „Danke Rainer, es ist wunderschön." Papa war glücklich und küsste ihre Hand, Leon fand, dass die Kette und das Armband nicht zusammenpassten, doch er wusste, dass seine Mutter beides nach Weihnachten in eine lederne Schatulle legen und vergessen würde. Sie trug im Alltag niemals Schmuck. Jetzt war Leon an der Reihe. Sein Päckchen verriet gleich, dass ein Buch darin war, die Mutter sah es sofort.
„Da bin ich aber gespannt", sagte sie, „was hast du wohl

dieses Mal ausgesucht?" Leons Hand zitterte, als er der Mutter das Geschenk überreichte. Die schien sich über das unbekannte Buch schon jetzt mehr zu freuen als über das Armband. Er schaute Papa an, der seine Frau betrachtete, wie sie die Schleife löste und das Buch aus dem Papier hob. Leons Mund war trocken.

„Ach Leon, mein Schatz, das ist ja großartig!" Sie freute sich! Ja, sie war sogar begeistert! Leon wurde umarmt, bekam einen Kuss, das schwere Parfüm machte ihn ein wenig schwindelig. Er hatte das Buch natürlich mit Papa ausgesucht, das wusste die Mutter bestimmt, doch an diesem Abend war es nur sein Geschenk, nur er bekam den Dank. Die Mutter liebte Gedichte, sie hatte viele kleine und große Bücher mit Gedichten, doch Papa hatte gesagt, dass sie noch keine Gedichtsammlung von Heinrich Heine besaß, sich die aber ganz bestimmt wünschte. Leon gab von seinem Taschengeld fünf Euro dazu, damit war es sein Geschenk. Der wichtigste Teil der Bescherung war nun vorüber. Papa bekam von der Mutter einen Theatergutschein, über den er sich lauthals freute, ein wenig zu laut, fand Leon, von Leon bekam er eine Tüte mit Lakritz und Weingummi. An Weihnachten konnte die Mutter nicht über Papas Schwäche für Süßes schimpfen. Und endlich griff Papa nach dem Geschenk für Leon.

„Na, was ist da wohl drin, was meinst du?" Leon fand das flache Päckchen überraschend schwer, es war glatt und hart, sicher kein Spielzeug. „Pack es vorsichtig aus", mahnte Papa und konnte seine Hände kaum stillhalten. Zum Vorschein kam ein Tablet, ein kleiner, handlicher Computer. Papa war nicht mehr zu halten.

„Was sagst du, Leon? Ist er nicht toll? Wollen wir ihn
gleich ausprobieren?" Leon starrte auf das schwarze
Display, aus lauter Verlegenheit drehte er sein Geschenk
herum und betrachtete die grauglänzende Rückseite.
Sein einziger Gedanke war: was sagte die Mutter dazu?
Wie hatte Papa es geschafft, sie von einem solchen
Geschenk zu überzeugen? Stotternd und unbeholfen
bedankte er sich und sah sich nach seiner Mutter um,
doch die räumte den Esstisch ab, trug Geschirr in die
Küche, klapperte mit Tellern und Schüsseln und schien
sich überhaupt nicht für Leons Geschenk zu
interessieren. Was war davon zu halten? Leon hielt es
für kein gutes Zeichen. Papa unterbrach seine
Gedanken: „Wollen wir ihn einweihen? Komm, ich zeig
dir ein Spiel, das habe ich extra schon für dich geladen."
So lernte Leon den digitalen Urwald kennen. Zunächst
sah er Papa nur zu, wunderte sich über seine
Begeisterung, den Ehrgeiz, mit dem er den Jungen
durch den Dschungel hetzte. Leon rührte sich nicht, als
Papa ihn aufforderte, es selbst zu versuchen, er sah die
Enttäuschung seines Vaters, in die sich Zorn mischte.
Leon fühlte sich bleischwer und hilflos. Er verspürte
nicht die geringste Lust, den augenklimpernden Jungen,
der ihn hilfesuchend anglotzte, zum Leben zu erwecken.
Leon schüttelte den Kopf, er sah sich nach seiner Mutter
um, die inzwischen auf der Couch saß, vertieft in die
Gedichte von Heinrich Heine.

Frau Gerlach hielt den Kindern die Tür auf. „So, raus
mit euch allen", rief sie „und bleibt draußen stehen,
verstanden?" Im Gänsemarsch passierte die Klasse den

16

schmalen Durchgang. Leon kam als Letzter. Die Hitze schlug ihm ins Gesicht, er legte die Hand über die Augen, suchte nach Elena und Jan, die im grellen Sonnenlicht durchsichtige Silhouetten waren. „Komm rüber, Leon", rief Elena winkend, „hier ist eine Bude, wir kaufen uns Cola." Tatsächlich, Leon erkannte die Umrisse einer Trinkhalle, rundherum Holztische mit Sitzbänken. Frau Gerlach dirigierte alle Kinder dort hin. „Hier machen wir eine Pause", sagte sie. „Ihr könnt euren Proviant auspacken, essen und trinken und wer Geld mitbekommen hat, kann sich hier etwas kaufen." Schon kramten alle in ihren Taschen und Rucksäcken. Leon aß den Rest seiner Acht, nahm den Fünfeuroschein aus seiner Börse und staunte auf dem Weg zur Trinkhalle, wie viele Leckereien manche Kinder auf die Tische legten. Schokolade, die schon weich war, Müsliriegel, Chips, Kuchenstücke, belegte Brötchen, Lakritzschnecken.., wieso kam seine Mutter nicht auf die Idee, ihm auch so etwas mitzugeben? Jan wedelte vor der Theke mit einem Geldschein. „Eine Limo, eine Cola, bitte", rief er, als Leon sich neben ihn quetschte. „Die Cola ist für Elena", erklärte er, nahm die Dosen in Empfang und grabschte nach dem Wechselgeld. „Komm gleich zu uns, klar? Wir sitzen an dem Ecktisch da drüben." Er nickte mit dem Kopf kurz nach links. Leon war so durstig, dass er nicht mal mehr antwortete, nur bedient werden wollte er, jetzt sofort!

Jan hatte sich gerade neben Elena gesetzt, als Frau Gerlach an ihren Tisch kam und sich zu ihnen hinunterbeugte. Mit leiser Stimme fragte sie Jan und Elena, ob sie wüssten, dass Leon heute Geburtstag hat.

17

Jan legte beide Hände um die Limodose, Frau Gerlach sollte nicht merken, wie erschrocken er war. Ja, er wusste, dass Leon heute Geburtstag hat! Schon den ganzen Morgen hat er auf eine Äußerung von ihm gewartet, trug ein kleines Geschenk mit sich herum, doch Leon schwieg und Jan hatte keine Ahnung, was er tun sollte. Elena verschluckte sich an ihrer Cola. „Leon hat wirklich heute Geburtstag?" Prustend schüttelte sie den Kopf. „Das glaub' ich nicht, der hätte doch was gesagt", krächzte sie. Jan berührte ihren Arm. „Sei nicht so laut, Elena! Vielleicht will er einfach nichts sagen, das kann doch auch sein." Frau Gerlach klopfte Elena auf den Rücken. „Also sagen wir auch nichts, verstanden? Warten wir ab, ob von ihm was kommt." Jan nickte erleichtert. Wie hätte er Frau Gerlach oder Elena erklären sollen, dass Leon manchmal seltsam war? Man musste ihn erleben, sonst verstand man es nicht. Leon verhielt sich nicht immer so, wie man es erwarten würde.

Leon hatte Jan nur ein einziges Mal zu sich nach Hause eingeladen, kam aber häufig und gern zu Jan. Dabei hatten Leons Eltern ein eigenes Haus mit einer großen Wiese und einem Garten. Jan lebte mit seinen Eltern und der kleinen Schwester in einer Etagenwohnung. Bei ihm war alles beengt, er teilte sich das Kinderzimmer mit Mina. Doch Leon kam so oft es ging, ihn schien die Enge nicht zu stören, er verglich sein Zuhause offenbar nicht mit Jans. Dennoch konnte es passieren, dass Leon zu einer Verabredung nicht erschien. Er blieb einfach weg, ohne Entschuldigung, und als Jan einmal besorgt bei ihm anrief, ging bei Leon zuhause niemand ans Telefon. Am nächsten Schultag verhielt Leon sich abweisend und sprach kaum mit Jan, der sich fragte, ob er vielleicht etwas Falsches gesagt oder getan hat und nicht mehr den Mut hatte, weiter nachzufragen. Leon saß in der Bank neben ihm und schaute aus dem Fenster, Jan beobachtete ihn verstohlen. Leon war mit seinen Gedanken weit weg, es konnte vorkommen, dass er leise vor sich hin flüsterte, den Kopf schüttelte und grunzte oder lachte, bis Jan ihn anstieß und in die Wirklichkeit zurückholte. Einmal hatte er ihn gefragt, was denn los sei, doch Leon hatte getan, als wüsste er gar nicht, was Jan meinte. Danach war er zwei Wochen nicht zum Spielen gekommen und Jan hatte sich schlecht gefühlt. Es war, als wäre Leon an manchen Tagen von einer Mauer umgeben, die nicht zu überwinden war. Vielleicht konnte er selbst gar nichts gegen diese Mauer tun, sie kam aus dem Nichts und zerfiel genau so plötzlich wieder. Jan hatte gelernt abzuwarten. Sein Gefühl sagte ihm, dass Leon sich gegen diese Zustände nicht wehren konnte, deshalb brauchte er vielleicht eher Jans Schutz als seinen Vorwurf. Schwer zu erklären.

Frau Gerlach ging von Tisch zu Tisch. Elena beobachtete, wie sie eindringlich auf Gregor einredete, der zog eine Schnute und senkte beleidigt den Kopf. Leon stand noch immer an der Theke. Elena nutzte die Gelegenheit.
„Warst du schon mal bei Leon zuhause?", fragte sie Jan. Er nickte langsam. „Ja, aber das ist schon ein Jahr her." Elena ließ nicht locker. „Aber Leon ist doch dein

19

Freund, wieso seid ihr nicht öfter zusammen?" Jan sog lange an seinem Strohhalm, Elena sah sich um, Leon hatte soeben seine Limo bekommen. „Also, was ist mit euch?" Sie beugte sich weit über den Tisch. Jans Blick verdüsterte sich. „Nichts ist mit uns! Leon kommt halt lieber zu mir, das ist alles." Elena schwieg, doch sie würde schon herausfinden, was mit den beiden los war.

Jan dachte an den Nachmittag im letzten Sommer zurück, als Leon ihn ganz unerwartet zu sich eingeladen hatte.
„Komm doch mal zu mir zum Spielen", hatte er gesagt, als habe er Jan schon hundert Mal darum gebeten, dabei war es die erste Einladung und Jan war völlig verdattert. Selbst seine Mutter staunte. „Ist denn was besonderes, hat er vielleicht Geburtstag? Wenn ja, brauchst du noch ein Geschenk." Nein, Leon hatte im Mai Geburtstag. Das hatte Jan durch eine Nachfrage erfahren, die ihm hinterher eher peinlich war. Es war im Februar gewesen, Jans Geburtstag wurde mit einer Kinderparty in der gesamten Wohnung gefeiert. Leon stand zunächst abseits und schaute den anderen zu, doch dann gelang es Jans Mutter ihn einzubeziehen. Mit verbundenen Augen schnappte er nach Süßigkeiten, die von einer Schnur herabbaumelten, er balancierte ein Ei auf einem Löffel durch einen Hindernisparcour in der Diele und wurde von Spiel zu Spiel eifriger. Leon vergaß alle Vorsicht, gab seinen Beobachtungsposten auf und klatschte vor Freude in die Hände, wenn ihm etwas gelang. Ein ungewöhnliches Kind, dachte Jans Mutter, oft so still und verträumt, doch heute wie ausgewechselt.

Jan hatte sich Leon bereits am ersten Schultag
ausgesucht, er wollte unbedingt mit ihm befreundet
sein! Die Reihenhaussiedlung, in der Leons Familie
wohnte, war nur zwei Querstrassen entfernt, also sprach
nichts gegen diese Freundschaft und Jans Mutter
mochte den hübschen Jungen mit dem blonden Haar
und den dunklen Augen. Sein Vater war Polizeibeamter,
das wusste sie, von seiner Mutter hatte er noch nichts
erzählt.

Am Abend war Leon von seinem Vater abgeholt
worden. Er sah lächelnd auf das Chaos in der Diele,
bedankte sich für den offensichtlich schönen
Nachmittag und überreichte Jans Mutter sogar eine
Flasche Wein („..die können Sie in Ruhe mit ihrem
Mann trinken, wenn die Kinder heute abend im Bett
liegen.."). Ein höflicher, aufmerksamer Mann. Jan
begleitete die beiden hinaus und fragte völlig
unbefangen: „Wann hast du denn Geburtstag, Leon?
Können wir dann bei euch auch eine Kinderparty
machen?" Als Leon nicht antwortete, sondern seinen
Vater ansah, wusste Jan, dass er die Frage besser nicht
gestellt hätte. Der Vater antwortete für Leon. „Das ist
eine nette Idee. Leon hat im Mai Geburtstag. Schau'n
wir mal, nicht, Leon?" Er sah seinen Sohn an, der
stumm auf den Gehweg starrte und kurz nickte.
Niemand sagte noch etwas. Jan spürte die Kälte an
seinem Rücken, er drehte sich um und lief zurück ins
Haus.

Sie sprachen nicht mehr über den Geburtstag, aber Jan
vergaß den Monat nicht und wartete auf den Mai. Weil
er das Datum nicht wusste, rechnete er jeden Tag mit

einer Einladung, doch nichts geschah. Der Juni begann, die Ferien standen ins Haus und Jan fasste sich ein Herz.

„Leon, wann war denn jetzt dein Geburtstag?", fragte er auf dem Heimweg und kickte Steinchen vor sich her.

„Am sechzehnten Mai", antwortete der prompt, danach verstummten sie beide. Jan wusste, dass er besser keine weiteren Fragen stellte. Und dann, in der letzten Ferienwoche kam die Einladung doch noch! „Wir können im Garten kicken", hatte Leon gesagt, „mein Planschbecken steht auch da, bring also eine Badehose mit." Jans Mutter war erfreut, sie packte seine Badehose, ein Handtuch und eine Tüte Plätzchen ein und wünschte ihrem Sohn einen schönen Nachmittag. Aufgeregt und voller Erwartung machte Jan sich auf den Weg. Vor allem war er neugierig auf Leons Mutter.

Leon erwartete ihn vor der Haustür. „Wir können gleich in den Garten gehen", sagte er eifrig und lief um das Haus herum. Jan wunderte sich, hatte er doch erwartet, ins Haus gebeten zu werden. Jetzt war es so, als wollte Leon ihn gar nicht sehen lassen, wie sein Zuhause aussieht. Der Garten war sehr schön, eine große Wiese mittendrin, Blumenbeete an der rechten Seite, links eine Menge duftender Kräuter und am Ende eine Blockhütte für die Gerätschaften. Jan drehte sich im Kreis, um alles zu betrachten, bis er bei der gepflasterten Terrasse an der Rückfront des Hauses ankam. Leon lud ihn ein, sich zu setzen. Auf einem Tisch standen Gläser, ein Krug mit Limonade und ein Teller mit Kuchenstücken. Durch die große Terrassentür erhaschte Jan einen Blick in ein hell möbliertes, sehr aufgeräumtes Wohnzimmer. Beim

Anblick der makellosen, weißen Eckgarnitur fragte er sich, wie die bei ihm zuhause wohl aussehen würde. Auf einem blitzenden Glastisch stand eine Glasvase mit bunten Blumen. Alles hier erinnerte Jan an einen der zahlreichen Möbelkataloge, in denen seine Mutter gerne blätterte und seufzend sagte, dass sie sich irgendwann auch einmal so hübsch einrichten würde. Leon war neben dem Tisch stehen geblieben und beobachtete ihn. Jan räusperte sich: „Das ist aber alles schön hier! Wo sind denn deine Eltern?" Leon deutete auf einen Gartenstuhl, sie setzten sich, Leon goss Limo ein. „Willst du Kuchen? Nimm dir was du magst." Eine Weile aßen und tranken sie schweigend, dann sagte Leon: „Mein Vater ist oben und ruht sich aus, er hatte Frühdienst. Meine Mutter ist nicht da."
Jan nickte und ließ sich seine Enttäuschung nicht anmerken. Er traute sich nicht zu fragen, wo die Mutter war, Leon würde ihn doch nur ansehen und schweigen. Es war drückend heiß, doch Jan schwitzte aus ganz anderen Gründen. Er fühlte eine Unruhe in sich, eine Anspannung, die ihm fremd war. Er dachte an die ausgelassenen Spiele bei sich zuhause, an seine fröhliche Mutter, seine nervige kleine Schwester, die andauernd störte und unbedingt mitmachen wollte. Dann zankten sie sich und Mama rief von da, wo sie gerade war: „He, ist jetzt mal Ruhe im Karton, wenn ich bitten darf!" Manchmal war ausgerechnet Leon der Lauteste, er hörte einfach nicht auf zu toben, zu kreischen, wenn Mama rief, nein, sie musste dann schon ins Kinderzimmer kommen und ihn mit Nachdruck ermahnen. Und heute saß Leon ihm gegenüber, aß

schweigend seinen Bienenstich und kam Jan einmal
mehr wie ausgewechselt vor. Jan erinnerte sich an den
Verlauf des Nachmittages: Sie kickten ein bisschen auf
der Wiese, doch es war viel zu heiß, dann zogen sie ihre
Badesachen an und stiegen in den recht großen Pool.
Leons Vater sah von oben aus dem Fenster und winkte
ihnen einen Moment zu. Er sagte nichts, keine fröhliche
Bemerkung. Jan verschluckte die Begrüßung und
winkte zurück, doch da war das Fenster schon wieder
geschlossen. Egal, jetzt würde es eine wilde
Wasserschlacht geben! Jan klatschte lachend mit den
Handflächen auf die Wasseroberfläche. Erwartungsvoll
strahlte er Leon an, doch der schloss die Augen, ließ
sich rückwärts ins Wasser gleiten, dümpelte still auf
dem glitzernden Nass. Jan fragte sich verblüfft ob er
etwas falsch gemacht hatte, er beobachtete den Freund,
hängte seine Arme über den Rand des Pools und trat
abwechselnd mit beiden Füßen kräftig ins Wasser. Leon
musste doch spielen wollen! Die anrollenden Wellen
schienen ihn nicht zu stören, er schaukelte hin und her,
seine flatternden Lider blieben geschlossen und sperrten
Jan aus. Die Zeit schien still zu stehen. Jan hielt inne,
trotz der Hitze zitterte er, das Wasser war längst wieder
glatt. Wieviel Zeit war vergangen? Ein dicker Kloß saß
in seinem Hals, er kämpfte mit den Tränen. Weg hier,
nichts wie weg! Hastig kletterte er aus dem Pool, griff
nach dem Handtuch, rubbelte sich kurz trocken und
zerrte die Shorts über die feuchte Badehose. Leon war
an den Poolrand gekommen und sah ihm schweigend
zu.
„Ich muss jetzt los", rief Jan, schon im Gehen begriffen.

„Vielen Dank und grüß deine Mutter." Ohne sich noch einmal umzudrehen lief er aus dem Garten, um das Haus herum auf den Gehsteig bis um die nächste Ecke. Dort blieb er einen Moment stehen, zitternd vor Anspannung und Enttäuschung. Er schluchzte, bekam kaum Luft und hoffte, dass niemand ihn so sehen würde. Seine Mutter wunderte sich, dass er schon wieder da war. Später, als er ihr versuchte zu erklären, wie der Nachmittag verlaufen war, sah sie ihn lange an. So schaut sie, wenn sie sich Sorgen macht, dachte Jan.

„Da bist du ja endlich", rief Elena und rückte ein Stück zur Seite, damit Leon sich neben sie setzen konnte. Ihr entging nicht, dass er zögernd zu Jan hinübersah, sich dann aber neben sie auf die Bank plumpsen ließ. „Ich dachte schon, ich kriege nie mehr was zu trinken", sagte Leon, bevor er hingebungsvoll an dem Strohhalm sog. Die Sonne zeichnete erste Streifen auf den Tisch, Jan reichte eine Plastikdose mit Apfelschnetzen herum. Eine Weile aßen und tranken sie schweigend, das Geschnatter der anderen schien weit entfernt, bis Elena plötzlich sagte: „Meine Güte, für den sechzehnten Mai ist es wirklich viel zu heiß, findet ihr nicht auch?" Sie biss in ihr Apfelstück, dabei wischte sie imaginäre Krümel vom Tisch. Jan funkelte sie wütend an, doch Elena erwiderte seinen Blick nicht, sondern nestelte an ihrer Umhängetasche herum. Schließlich zog sie eine zerdrückte Tüte Gummibärchen heraus. „Möchte jemand?", fragte sie, riß die Tüte auf und schüttete den Inhalt auf den Tisch. Jan schüttelte den Kopf, doch Leon griff zu. „Danke, ich mag die gelben besonders gern",

sagte er. Elena nickte. „Dann such dir mal alle raus",
forderte sie ihn auf, „heute darfst du das mal." Sie sah
Leon abwartend an, doch der nickte nur und sammelte
eifrig alle gelben Bärchen in seiner Handfläche. Jan
hoffte, dass Frau Gerlach die Pause endlich beendete.
Sie waren nun seit drei Stunden hier und hatten sich
Blumen, Seerosenteiche, Sträucher und Bäume aller Art
angesehen, die Hälfte davon sicher schon wieder
vergessen, also konnten sie doch jetzt nach Hause
fahren! Überhaupt, was war das für ein Schnapsidee, bei
diesem Wetter durch den botanischen Garten zu
latschen? Viel lieber wäre Jan ins Freibad gegangen,
doch Frau Gerlach hatte den Vorschlag vehement
abgelehnt. Das könne er mit seiner Familie machen,
hatte sie gesagt, außerdem sei es noch viel zu früh fürs
Freibad. Einige wären lieber in den Zoo gegangen, doch
die Fahrt dorthin hätte eine Stunde gedauert und das war
Frau Gerlach zu weit, also hatte sie sich mit ihrem Plan
durchgesetzt. Jan war sauer. Warum tat sie so, als
interessierten sie die Vorschläge der Kinder, wenn sie
von Anfang an in den botanischen Garten wollte? Zehn
Minuten Busfahrt, das war ihr einziger Grund. Er
schielte zu Leon hinüber, der gerade das letzte gelbe
Bärchen in seine Hand legte. Na, wenigstens hatte der
Elenas plumpe Andeutung nicht bemerkt.

Jan hatte also gequatscht! Warum sonst sollte Elena
genau den sechzehnten Mai erwähnen, das war sicher
kein Zufall. Leon konzentrierte sich auf die
Gummibärchen,   schichtete sie in seiner Hand auf, roch
die klebrige Süße und überlegte fieberhaft, wann Jan

26

seinen Geburtstag verraten haben könnte. Leon hatte lange auf seine Limo warten müssen, Frau Gerlach war an ihrem Tisch gewesen, sie hatten geredet und Leon war es vorgekommen, als steckten sie die Köpfe zusammen, damit niemand hören konnte, worüber sie sprachen. Frau Gerlach wusste natürlich, dass er heute acht Jahre alt wurde, sie hatte ja das Klassenbuch und da standen alle Geburtstage drin. Vielleicht wollte sie von Jan wissen, ob sie ihm gratulieren sollten, mit einem Lied vielleicht, hier im Botanischen Garten! Das hätte gerade noch gefehlt! Klar, so konnte Elena es erfahren haben. Deshalb wollte sie, dass er sich neben sie setzte, sicher hatte sie Jan ausgefragt, doch der schien nicht viel mehr erzählt zu haben, sonst hätte Elena sich nicht so an ihn rangemacht. Wenn es so war, dann konnte Jan nichts dafür, dann war es die dicke Gerlach schuld! Leon nahm ein Gummibärchen von dem kleinen Berg und legte es vorsichtig auf seinen Daumenballen. Er drehte die Hand in die Sonne und betrachtete die durchsichtig werdenden Konturen, dann leckte er vorsichtig mit der Zunge darüber.

Was sollte er tun? Die Mutter hatte ihm keine Süßigkeiten eingepackt und sein Geld reichte nicht, um den Kindern etwas zu kaufen; außerdem wollte er überhaupt nicht, dass jemand von seinem Geburtstag wusste, es war ihm unangenehm. Manche Mitschüler führten geradezu einen Affentanz auf, wenn sie Geburtstag hatten. Sie verteilten Schokolade und Kekse in der Klasse, ließen sich 'hochleben' und beklatschen, dann stolzierten sie wie Gockel über den Schulhof und verteilten ihre Einladungen. So was Albernes! Leon

fand, Geburtstage musste man ebenso hinnehmen wie
Weihnachten, sie wiederholten sich jedes Jahr und dann
waren sie auch schon wieder vorbei. Sicher würde Oma
heute Nachmittag zum Kaffee kommen und ihm ein
neues Buch schenken, dann würden sie ein Weilchen
zusammensitzen, bis Mama ihn mit sanfter Stimme in
sein Zimmer schicken würde, damit die Erwachsenen
sich unterhalten konnten. Papa würde ihm zuzwinkern,
Leon sah schon jetzt sein angestrengtes Grinsen. Und
irgendwann würde er in sein Zimmer kommen und
vorschlagen, dass sie nun zu Oma und Opa in den
Gasthof gehen könnten, denn dort warte ja auch noch
ein Geschenk auf ihn... Dann würde er eine Bemerkung
fallen lassen, wie anstrengend Oma Helga doch sei und
dass er viel lieber schon früher zu Leon gekommen
wäre und Leon würde verschwörerisch grinsen und mit
Papa gehen, obwohl er am liebsten gelesen, oder einfach
in den Garten hinausgeschaut hätte.

„So, ihr Gummibärchen, euer letztes Stündchen hat
geschlagen", rief er und warf sich alle Bärchen in den
weit geöffneten Mund. Elena erschrak, dann lachte sie.
„Du kannst die anderen auch noch haben", sagte sie und
schob sie in Leons Richtung.
„Ne, lass mal, das reicht für heute", meinte er, „sonst
habe ich gleich wieder einen Riesendurst." Er knuffte
Jan in die Seite. „Was meinst du, gehen wir jetzt
endlich?"
Jans erleichtertes Aufatmen entging Leon nicht, also
stimmte seine Vermutung wohl. Jan zuckte die Achseln.
„Keine Ahnung, Frau Gerlach sitzt ja noch immer da

hinten." Er deutete mit dem Kopf nach links. Oh, wie verlegen er ist, dachte Leon und bekam Lust, ihn zu ärgern. „Ja, auch für die arme, dicke Frau Gerlach ist der sechzehnte Mai viel zu heiß", sagte er und breitete theatralisch die Arme aus. Jan stockte der Atem, er wagte nicht, Leon anzusehen, Elena blickte von einem zum anderen. Was war denn jetzt los? Doch da hatte Leon sich schon seinen Rucksack geschnappt und war auf den staubigen Weg getreten.

Frau Gerlach dirigierte die Kinder mit wilden Gesten und schrillen Rufen in Richtung Haltestelle. „Nun macht mal voran, nicht so langsam, der Bus wartet nicht!" Sie scheuchte die Grüppchen auseinander. „Was habe ich gesagt? Geht zu zweit, hintereinander, und so steigt ihr gleich auch in den Bus." Sie lief aufgeregt an der Reihe auf und ab. Die Kinder beachteten sie kaum, müde trotteten sie die Straße entlang, selbst Malte schwieg und kaute am Rest seines Brötchens. Vor ihm ging Jan. Dieser Blödmann! Wie er immer um Leon herumscharwenzelte! War sofort da, wenn Malte in Leons Nähe kam, Augen wie ein Luchs hatte er, kam sich bestimmt wie Leons Beschützer vor, aber wieso bloß? Malte hatte eine Riesenwut auf Leon, weil der ihn immer abblitzen ließ. Kein anderer in der Klasse traute sich das, im Gegenteil, alle Jungs waren ganz wild darauf, mit ihm befreundet zu sein. Malte war der Coolste in der Klasse, seinen Bewunderern spendierte er gönnerhaft Schokolade und Lakritz, einige durften sogar in der Pause auf seinem Handy spielen, versteckt in der Nische zwischen den Abfallcontainern, denn Handys waren in der Schule verboten. Maltes Eltern waren cool, sie gaben ihm reichlich Geld, erlaubten fast alles, schickten ihm lustige Grüße mit witzigen Lachgesichtern und kamen meist erst spät nach Hause, so spät, dass Maltes Oma schon vor dem Fernseher schnarchte. Manchmal kam Maltes Vater mittags hupend an der Schule vorgefahren, um seinen Sohn abzuholen. Das waren echte Sternstunden! Malte raste die Treppe hinunter, sprang in den blitzenden Sportwagen und warf den Tornister auf den Rücksitz. Mit roten Wangen saß er neben seinem Vater, kurbelte das Fenster runter und legte seinen Ellenbogen darauf. Dazu musste er sich kerzengerade aufrichten, weil er noch nicht groß genug war, um es lässig aussehen zu lassen.

Eigentlich hätte sein Vater jetzt losfahren können, stattdessen machte er es sich in den Lederpolstern bequem, schob die verspiegelte Sonnenbrille hoch und begann ein Gespräch mit seinem Sohn.

„Na, alles klar, Sportsfreund?" So, oder so ähnlich war die Eröffnung, dann spielten sie sich gegenseitig die Bälle zu. „Klar, alles okay." Malte nickte, dabei schielte er zum Schultor. Noch war keiner aus seiner Klasse zu sehen, also war der Vater wieder dran. „War was Spannendes heute, oder nur der übliche Unterricht?" „Sport war super, ich habe einen prima Sprint hingelegt." Der Vater wuschelte ihm durchs Haar. „So hab' ich meinen Junior gern." Malte nickte ungeduldig, da- endlich kamen die ersten aus seiner Klasse auf die Strasse. Malte tat, als sehe er sie nicht. Ausführlich erzählte er von der Sportstunde, gestikulierte wild, lachte zu laut, sein Vater lachte mit, gab ihm einen anerkennden Klaps auf die Schulter. Sie spielten ihr Spiel, bis Malte sicher war, dass alle Mitschüler ihn gesehen hatten. Natürlich registrierte er, dass manche stehen blieben und bewundernd das Auto anstarrten, einige riefen sogar „Tschüs Malte, bis morgen", dann drehte er sich scheinbar überrascht um, nur kurz, so, als interessiere er sich gar nicht für die Kinder, die ihn beim Gespräch mit seinem Vater störten. Malte wollte nur sehen, ob Leon endlich auch einmal stehen blieb, doch das tat er nie. Mit gesenktem Kopf trat Leon aus dem Schultor und bog gleich links ab. Meist ging er hinter den anderen Kindern vorbei, die sich an den Rand des Gehwegs gestellt hatten. Malte wusste sicher, dass Leon den Sportflitzer gesehen hatte. Sein Desinteresse ärgerte Malte fürchterlich und er nahm sich vor, es ihm am nächsten Tag heimzuzahlen. Sobald das letzte Kind weitergegangen war, startete Maltes Vater den Wagen. Mit aufheulendem Motor überholten sie an der Strassenecke noch einmal die gesamte Truppe.

An den Abholtagen fuhren Malte und sein Vater in die Pizzeria am Marktplatz. Sie aßen Pizza oder Nudeln, der Vater fischte sein Handy aus der Hosentasche und begann, geschäftliche Mails zu beantworten oder wichtige Kunden anzurufen. Malte fühlte sich im Abseits, vielleicht störte er den Vater jetzt sogar, jedenfalls war von dem lässigen Vater-Sohn- Gespann nichts mehr zu spüren. Nicht selten machte sich in Maltes Magen ein dumpfer Druck bemerkbar, dann konnte er nicht alles aufessen. Er hörte die veränderte Stimme seines Vaters, der einem Kunden gerade einen

Termin für einen Autokauf vorschlug, dabei eifrig mit dem Kopf nickte, obwohl der Kunde ihn doch gar nicht sehen konnte. „Und richten Sie Ihrer Frau die besten Grüße von mir aus, sie wird begeistert sein, das verspreche ich Ihnen.." Der Kunde antwortet etwas, das Malte nicht verstehen konnte, doch es musste außergewöhnlich lustig gewesen sein, weil der Vater jetzt dröhnend ins Telefon lachte. „Da haben Sie natürlich Recht", gackerte er, nickte wieder dazu und Malte schaute sich im Lokal um, ob andere Gäste vielleicht alles mitbekamen. Er wollte endlich nach Hause, Oma war jetzt bestimmt da, er wollte in Ruhe gelassen werden, ehrlich gesagt machten ihm diese Mittagstreffs auch gar keinen Spaß. „Mama ist jetzt im Sportstudio", sagte sein Vater in Maltes Gedanken hinein, dabei verstaute er sein Handy wieder in der Hosentasche. „Sie will die Pause für ein bisschen Fittness nutzen." Er schaute Malte nicht an, kramte nach seiner Kreditkarte und war bereits auf dem Sprung. „Fertig, Junior? Ich muss zurück ins Geschäft." Malte nickte erleichtert. „Heute abend machen wir noch ein bisschen Bürokram, Mama und ich. Warte also nicht auf uns und geh pünktlich ins Bett, verstanden?" Klar, Malte wusste Bescheid, schließlich war das nichts Neues.

Der Bus fuhr in die Haltebucht, eine heiße Wolke aus Dieselgestank nahm den Kindern den Atem. Frau Gerlach drängelte sich an ihnen vorbei, stellte sich seitlich neben die geöffnete Tür.
„Aufstellen, habe ich gesagt, könnt ihr nicht hören? In

Zweierreihen aufstellen und nacheinander einsteigen!"
Die Kinder zogen an ihr vorbei, Frau Gerlach zählte,
murmelte die Namen vor sich hin, Gott sei Dank, sie
waren komplett! Mit einem Seufzer ließ sich die
Lehrerin in den Sitz hinter den Fahrer fallen. Der
beobachtete sie im Rückspiegel. „Na, hat alles gut
geklappt?" Freundlich für einen Busfahrer, dachte Frau
Gerlach und nickte in den Spiegel. „Ja, ja, es war ganz
gut, nur viel zu heiß." „Wem sagen Sie das", meinte der
Fahrer, während er den Bus in Bewegung setzte. Die
Kinder verhielten sich erstaunlich ruhig. Kein Vergleich
zu heute morgen, dachte Frau Gerlach erleichtert, die
Hitze hatte selbst die lebhaftesten klein gekriegt!
In ihrer Tasche kramte sie nach Erfrischungstüchern.
Der feuchte Kölnischwasserduft war wunderbar. Sie
rieb ihre Stirn, die Handgelenke, die Hände damit ab,
bis das Tuch sich trocken anfühlte. Ich werde zu alt für
diese Ausflüge, dachte sie, es strengt mich zu sehr an,
immer habe ich Angst ein Kind zu verlieren, mache
mich verrückt, zähle andauernd nach, meine Güte, das
war früher ganz anders. Wie gerne habe ich die
Ausflüge organisiert, auch Freizeiten über eine Woche,
habe mich regelrecht darauf gefreut ins Schullandheim
zu fahren, an die Nordsee, oder nach Bayern... Sie
schüttelte den Kopf mit leisem Bedauern, als könne sie
ihre damalige Begeisterung nicht mehr nachvollziehen.
Nun ja, spann sie ihre Gedanken weiter, ich werde im
Oktober sechzig, da muß ich mir auch zugestehen, dass
mir Dinge schwerer fallen, dafür habe ich viele
Erfahrungen gesammelt, die mich allerdings auch den
größten Teil meiner Unbeschwertheit von damals

gekostet haben.

Frau Gerlach hatte schon viele Eltern ihrer jetzigen Schüler unterrichtet und sie war der Überzeugung, dass es früher besser war. Wenn sie nur an Annette dachte, die Mutter von Leon; was für eine eifrige Leserin war sie gewesen, wie gerne erfand sie Geschichten und schrieb kleine Gedichte. Ihr hatte sich Frau Gerlach immer besonders verbunden gefühlt. Und nun arbeitete Annette in der Bücherei. Welche Freude, sie dort zu sehen. Nun, sie verhielt sich recht distanziert, Frau Gerlach stellte das nicht ohne Bedauern fest. Außer ein paar höflichen Floskeln sagte sie nicht viel, es sei denn, sie wurde zu einem Buch befragt, dann gab sie erschöpfend Auskunft. Mit einem gewissen Stolz hatte Frau Gerlach das beobachtet. Sie selbst war seit ihrer Kindheit ebenfalls eine begeisterte Leseratte. Schon am Ende des ersten Schuljahres kannte sie nur den einen Weg: den zur öffentlichen Bücherei, zu den drei langen Regalreihen, voll mit Kinderbüchern. Oft war sie an den Reihen entlanggelaufen, auf und ab, auf und ab, nur, um den kostbaren Moment hinauszuzögern, in dem ihre Hand eines der Bücher heraus zog. Sie überließ es meist dem Zufall, zum Beispiel fuhr sie mit dem Zeigefinger an der Reihe entlang, bis sie ein besonders buntes, oder ein Buch mit einem lachenden Kind entdeckte, das sie aufzufordern schien, es endlich auszuwählen. Ihr Herz klopfte viel lauter als sonst. Mit dem Buch zog sie sich in die kleine Leseecke mit den vier rotlackierten Holzstühlen zurück, die um einen zerkratzten, niedrigen Tisch herum standen. Aufgeregt klappte sie das Buch auf und wusste, dass die ersten Sätze darüber entschieden, ob ihre Lesefertigkeit schon reichen würde, den Seiten alle Abenteuer und Geheimnisse zu entlocken.

Die Bücherei war für sie noch viel mehr als ein Ort, an dem fremde Geschichten auf sie warteten. Frau Gerlach erinnerte sich an die ältliche Dame mit den Apfelbäckchen, die 'Fräulein Margaret' genannt werden wollte und hinter der Auskunftstheke saß. Mehrere Zettelkästen waren rechts und links von ihr aufgereiht, darin befanden sich Kurzbeschreibungen aller Bücher. Kam jemand mit der Bitte an ihren Tisch, ein Buch zu suchen, oder zu erfahren, ob es empfehlenswert sei, so griff Fräulein Margaret mit Daumen und Zeigefinger traumwandlerisch sicher in einen der Kästen, zog eine Karteikarte hervor, an der ein langer, schmaler Papierstreifen angeheftet war, von dem sie nun die gewünschte Information ablas. In der Rückschau kam es Frau Gerlach vor, als sei Fräulein Margaret immer nur in der Bücherei gewesen, es war der einzige Ort auf dem Planeten, an dem sie denkbar war. Ihre Jacken und Pullover waren braun wie die Holzvertäfelungen an der Wand hinter ihrem Schreibtisch, selbst der gelbbraune Bernsteinanhänger an einem Goldkettchen schien niemals woanders gewesen zu sein als hinter diesem Tisch. Frau Gerlach überlegte, ob Fräulein Margaret sich irgandwann einmal von ihrem Stuhl erhoben hatte. Sie konnte sich nicht erinnern, jemals die Beine der Bücherkönigin gesehen zu haben; hatte sie überhaupt welche gehabt? Diese Frage hatte der Vater mal im Scherz gestellt, als die Familie abends vor dem Fernsehapparat saß, (was sehr selten vorkam..). Auf dem Bildschirm las die Ansagerin das Abendprogramm vor, dabei saß sie hinter einem Tisch, genau wie Frl. Margaret.

„Ob die Dame wohl ganz normale Beine hat?", hatte der Vater gefragt, worauf die Mutter und Frau Gerlach pflichtschuldigst gelacht haben. Der Vater war selten heiter, da nutzte man dankbar jede Gelegenheit zum Lachen.

Die Bücherei war Frau Gerlachs zweites Zuhause gewesen, weil sie hier dem strengen Pastorenvater entwischen konnte. Das Pfarrhaus stand jederzeit für alle Besucher offen, das wollte der Vater so. Sein Büro war im Erdgeschoss, vor Küche und Esszimmer, gleich neben der Treppe nach oben. Susanne Gerlach stand oft am oberen Treppenabsatz, über das Holzgeländer gebeugt, damit sie sehen konnte, welche Menschen heute wieder in ihrem Elternhaus ein- und ausgingen. Sie hatte ihre Zimmertür einen Spalt offen stehen lassen, damit sie sofort hineinhuschen konnte, falls die Mutter im unteren Flur erscheinen würde. Der Vater kam niemals aus seinem Büro, um die Besucher zu begrüßen. Selbst die Geschäftsleute aus der Stadt, die vielleicht etwas für die Kirche spenden wollten, klopften an, und Susanne meinte zu sehen, wie sich ihre Haltung veränderte, je näher sie der Tür kamen. Sie schienen demütiger, gebeugter, so, wie sich Susanne selbst in Gegenwart ihres Vaters fühlte. Es war schwer zu unterscheiden, ob der Pastor ihr Vater, oder ihr Vater der Pastor war. Interessant wurde es, wenn die Streuner ins Pfarrhaus kamen. So nannte die Mutter die Obdachlosen, die Trinker, die Gescheiterten und

Vergessenen, die meist in der Dämmerung durch das Gartentor schlichen, wenn alle wohlanständigen Kirchgänger längst um den heimischen Abendbrottisch versammelt waren. Ihre schlechten Gerüche füllten die Diele, die Mutter schlug die Küchentür zu, zu laut, doch der Vater sollte hören, dass sie nicht einverstanden war mit diesen Besuchern. Gesagt hätte sie das natürlich nie. Nur ein einziges Mal hatte Susanne mitbekommen, dass ihre Mutter den Wunsch geäußert hatte, der Vater möge doch für seine Familie so viel Zeit wie für seine Streuner aufbringen. Dies hatte sie mit einem bitteren Zug um den Mund ihrer Schwester anvertraut. Tante Lene war reserviert geblieben, ihr Rücken versteifte sich geradezu und Susanne hörte, wie sie sagte: „Meine Güte Irmgard, du hast einen Pastor geheiratet, da wusstest du doch, was auf dich zukommt!" Susanne stand an der Gartentür, die von der Küche direkt auf die kleine Terrasse führte. Sie konnte die beiden am Tisch sitzen sehen. Die Mutter senkte schuldbewusst den Kopf, Tante Lene schenkte Kaffee nach, beide schwiegen auf eine verstockte, hartnäckige Art, die Susanne Angst machte. Ihr Kopf kribbelte, eine kühle Ahnung von einem drohenden Unheil machte sich in ihrem Körpers breit, sie musste auf der Hut sein, doch wovor? Susanne floh in die Bücherei, wo Frl. Margaret lächelnd und rotwangig an ihrem gewohnten Platz saß. Zwischen den Regalreihen lugte Susanne immer wieder zu ihr hinüber, kurz, hastig, Blick hin, Blick weg, wie das alte Kuckuckspiel, das sie mit der Mutter oft gespielt hatte, als sie noch ein kleines Mädchen war. Es funktionierte, Fräulein Margaret verschwand nicht. Wieso auch?

Warum sollte sie verschwinden? Warum sollte
überhaupt jemand verschwinden? Susanne setzte sich
auf den kleinen Stuhl, sie schlug das Buch von dem
Mädchen auf, das gegen den Willen seiner Eltern nach
Afrika gehen wollte, um dort kranken Kindern zu
helfen. Die Eltern verboten ihr entsetzt, in so ein
gefährliches Land zu gehen, doch die mutige Christel
antwortete, dass es der liebe Gott so wolle; in ihrem
Traum habe er das deutlich gesagt. Und beschützen
würde er sie. Da haben die Eltern ehrfürchtig auf ihre
schöne, blonde Tochter geschaut und ihr den Segen
gegeben. Susanne liefen Tränen über die Wangen. Im
Buch stand, dass die Eltern sich an den Händen fassten
und ihr Kind umarmten. Susanne suchte in ihrem Kopf
nach einem ähnlichen Bild von ihren Eltern. Hatte sie
die beiden jemals Hand in Hand gesehen? Hatten sie
sich in Susannes Beisein schon einmal geküsst, oder
miteinander gescherzt? Sie klappte das Buch zu, schloss
die Augen und betrachtete die tanzenden Bilder auf
ihren Lidern. Da lief die Mutter geschäftig zwischen
Küche, Esszimmer und Garten hin und her, der Vater
ging hinüber zur Kirche, er trug den schwarzen Talar,
ein großer, stattlicher Mann, der wie zufällig aus dem
gleichen Haus hinaustrat wie die Mutter und Susanne.
Ein gewisser Stolz auf diesen Vater war schon da, doch
Susanne konnte die unsichtbare Trennlinie zwischen
ihm und ihr nie überwinden. Was würde geschehen,
wenn sie einfach auf ihn zuliefe und lachend an seinem
Talar zupfte? Das Bild erschien nicht, unmöglich. Ein
anderes setzte sich deutlich zusammen, es gewann an
Schärfe: die Mutter steht gebückt im Kräutergarten, der

Vater geht wortlos vorüber, sie richtet sich auf, ein Bündel Minze in der Hand, sieht sie dem Vater nach. Hoffte sie, dass er sich noch einmal umdrehen würde? Susanne saß still, ihre Hände umklammerten das Buch, sie wusste plötzlich mit Gewissheit, dass ihre Mutter sehnsüchtig auf eine liebevolle Geste gewartet hatte, etwas, das sagte: ich bin dir nahe, ich liebe dich, ich bin viel mehr als nur der Pastor. Und nicht nur die Mutter hatte darauf gewartet, auch sie selbst war immer bereit, diesen Vater zu lieben. Es wäre ein ganz anderes Leben gewesen.

Leon saß auf der anderen Seite des Ganges, schräg hinter Frau Gerlach. Er beobachtete sie fasziniert. Wie sie sich in den Sitz hatte plumpsen lassen! Ihr Kleid war dabei hochgerutscht, Leon sah noch mehr verästelte blaue Venen, die sich an ihrem dicken Unterschenkel nach oben schlängelten. Sie bildeten ein Muster: drei Flüsse mäanderten nebeneinander her, an einigen Stellen kreuzten sie sich, der eine wurde breiter, der andere bildete Nebenarme aus, die sich ineinander verflochten. Sie versickerten zwischen den aufgeworfenen Dünen aus Fleisch. Der mittlere Fluss kroch bis auf den geschwollenen Fußrücken, nur kurz verschwand ein kleines Stück, um dann gewaltig breit und dunkelblau wieder aufzutauchen. Wenn Leon sich dermaßen konzentrierte, vergaß er, dass er die Beine seiner Lehrerin betrachtete, er wollte sie nun Stück für Stück in aller Ruhe auf diese Art ansehen, nur so war die Hässlichkeit zu ertragen. Damit Jan ihn nicht störte, legte Leon seinen Kopf zurück, verengte die Augen zu winzigen Schlitzen, damit er nur den jeweiligen Ausschnitt von Frau Gerlach sehen musste. Für Jan sah es aus, als schliefe er. Die Busfahrt würde sich hinziehen, sie steckten immer wieder im Stau des Berufsverkehrs. Leon fixierte die Zehennägel des rechten Fußes. Frau Gerlach war aus der Sandale geschlüpft, ihr Großzeh lugte schmutzig und breit in die Höhe, mit den Lackresten sah er einer züngelnden Schlange ähnlich, die ihren platten Kopf in die Luft reckte. Die anderen Zehen krümmten sich verschämt und schmutzverkrustet nach unten, sie fürchteten sich sicher, von der Schlange gefressen zu werden. Leon lachte in sich hinein bei der Vorstellung, wie der dicke Zeh sich plötzlich über die anderen stülpte und sie verschlang.

„Was ist los, warum lachst du denn?" So ein Mist, Jan war aufmerksam geworden. Leon rückte sich in seinem Sitz zurecht, tat, als habe er nur im Schlaf gelacht, doch Jan ließ sich nicht täuschen. „Du bist doch wach, das merke ich", raunte er Leon zu, dabei drehte er den Kopf nah an sein Gesicht. Der rührte sich nicht, letzter Versuch. Jan kicherte. „Du beobachtest Frau Gerlach, stimmt's?" Leon gab auf, er nickte. Jan ereiferte sich. „Hast du schon gesehen, dass ihr Spucke aus dem Mund läuft? Sie ist eingeschlafen und sieht total doof aus." Wie sollte Leon ihm erklären, dass er genau das ganz kurz wahrgenommen hatte, es sich aber für den krönenden Abschluss seiner Betrachtungen hatte aufheben wollen? Also konnte er ebensogut jetzt hinsehen. Er setzte sich aufrecht hin und öffnete die Augen. Frau Gerlachs Kopf war nach hinten

40

überstreckt, als habe jemand mit einer Schnur daran gezogen und gegen die Kopfstütze gedrückt. Ein wenig zu feste gezogen, denn dabei war der Mund aufgeklappt und entblößte die kleine goldene Spange, die über einen oberen Zahn führte. Leon sah, dass die Zähne unterschiedliche Farben hatten, einge sahen neu und glänzend aus, andere matt und fleckig. Es musste etwas mit der Spange zu tun haben. Sein Blick wanderte hinab zu dem feuchten Mundwinkel, aus dem ein Speichelfaden lief, der sich seinen Weg zum Kinn bahnte. Bei jedem prustenden Atemzug zitterte er und drohte zu zerreissen.

„Ist das nicht eklig?" Jans Stimme kiekste vor Begeisterung. „Halt doch mal die Klappe!" Leon war plötzlich wütend. Es war seine Entdeckungsreise gewesen, die er ganz allein machen wollte, Jan hatte dabei nichts zu suchen; Leon wollte seine Beobachtungen nicht mit ihm teilen.

Frau Gerlach stieß einen gewaltigen Schnarchlaut aus, von dem sie erschreckt erwachte. Schmatzend richtete sie sich im Sitz auf, sichtlich desorientiert wischte sie den Speichel mit dem Handrücken fort, angelte mit dem Fuß nach der Sandale und zupfte ihr Kleid zurecht. Unvermittelt drehte sie sich um und sah Leon direkt ins Gesicht. Er lächelte sie an. Sie weiß es genau, dachte er, dass ich sie beobachtet habe, dass sie hässlich ist, sie weiß, dass ich das weiß. Frau Gerlach gab zuerst auf, sie hielt Leons Blick nicht stand, ihre Hand flatterte einen Moment in der Luft, verschwand dann in dem riesigen Umhängebeutel und tauchte mit einer Sprudelflasche wieder auf. Beim Öffnen schoss eine Wasserfontäne hoch und ergoss sich über ihr Kleid. Aus einigen Ecken ertönte Lachen, Leon klatschte Beifall, Jan fiel ein, sogar Elena applaudierte kurz. Frau Gerlach grinste schief. „So, dann sind wir wenigstens alle wieder wach", sagte sie, „gleich haben wir es geschafft, packt schon mal eure Sachen zusammen." Noch einmal drehte sie sich zu Leon herum, der sie immer noch anlächelte.

Die Klimaanlage im Büro lief auf Hochtouren. Der stetige kalte Luftzug ging Rainer auf die Nerven. Er musste dem Techniker Bescheid sagen, da stimmte doch etwas nicht. Auf dem Computerbildschirm zeigten die rot hinterlegten Namen den aktuellen Krankenstand an. Vier von vierzehn Kollegen waren krank, zwei noch in Urlaub, einer fuhr übermorgen zur Kur. Das Team des Einbruchdezernats war zur Zeit halbiert. Rainer wusste, dass es so gut wie unmöglich sein würde, Hilfe von anderen Dienststellen zu bekommen. Der Aktenberg neben dem PC wuchs von Tag zu Tag, turmhohes Zeugnis ihres erfolglosen Kampfes gegen die immer besser organisierten Einbrecherbanden. Er sah auf die Uhr. Eigentlich hatte er zumindest pünktlich gehen wollen, an Leons Geburtstag. Nicht, dass er scharf auf das Kaffeetrinken mit seiner Schwiegermutter war, er wollte an der Seite seines Sohnes sein, für alle Fälle und weil es sich so gehörte. Was machte er also mit dem Dienstplan? Seine Augen fixierten abwechselnd den Bildschirm und den Aktenstapel, dann griff er zum Telefon, öffnete den oberen Hemdknopf, rollte den Stuhl ein Stück zurück und schwang seine Beine auf die Schreibunterlage.

„Annette, mein Schatz, hallo.." Viel zu munter. „Was ist los? Kommst du wieder nicht pünktlich?" Eine gelangweilte, desinteressierte Stimme, die es ihm leicht machte. „Ich beeile mich, versprochen. Weißt du, ich habe gerade heute ein Dienstplanpro..." „Ja, ja, schon gut, ich weiß Bescheid, bis später." Aufgelegt. Seine Frau war keine, die ihm Szenen machte. Darüber sollte er froh sein, oder etwa nicht? Rainer hätte sich gerne erleichtert gefühlt, doch er spürte lediglich ein fußballgroßes Loch, exakt in seiner Mitte. Kein Wort über Leon. Ob er schon im Wohnzimmer saß und den Anruf mitbekommen hatte? Wusste er, dass Papa mal wieder nicht da sein würde? Annette hat nichts gesagt, er hat nicht gefragt, Leon stand vielleicht lauschend an der Tür, halb schräg zur Treppe, bereit, sofort in sein Zimmer zu flitzen. Rainer hatte ihn noch nie so gesehen, war aber sicher, dass Leon vieles sah und hörte, was ein kleiner Junge nicht verstehen konnte. Der Gedanke beunruhigte Rainer noch aus einem anderen Grund: Leon war manchmal meilenweit von ihm entfernt. Rainer betrachtete ihn dann mit Staunen, als hätte er ihn noch nie gesehen. Außerdem verunsicherte Leon ihn mit seinen abschätzenden Blicken, dem hartnäckigen Schweigen. Weihnachten zum Beispiel, als er Annette das Armband geschenkt hatte, da hatte Leon still dagesessen und ihn und Annette beobachtet. Was mochte er wohl gedacht haben? Hatte er gespürt, dass Rainer enttäuscht war von der Reaktion seiner Frau? Fiel Leon auf, dass sich ein unechter Ton eingeschlichen hatte?

Rainer hievte die Beine auf den Boden. So ein Quatsch!

Jetzt wurde er schon paranoid! Er überflog die Dienstpläne der anderen Abteilungen. Bis vor einem Jahr war das noch gar nicht möglich gewesen, doch seit der Krankenstand so hoch war, durfte der Datenschutz wohl gelockert werden, damit die Abteilungen sich untereinander halfen, bevor die Herren in den oberen Etagen behelligt werden durften. Für morgen musste er Ersatz finden, dann würde er nach Hause gehen. Alles andere konnte warten. Sein Kind wurde acht Jahre alt, da gehörte er doch an den Kaffeetisch! Ein Ausrufezeichen in Gedanken.

Die Suche war schwierig. Rainer sah, dass keine Abteilung so gut besetzt war, dass sie auf einen Kollegen für mehrere Tage verzichten konnte. Er dachte kurz darüber nach, ob er einen der eigenen Leute aus dem Urlaub holen sollte, verwarf diesen Gedanken jedoch sofort wieder. Urlaub war heilig, noch.. Von den abzubauenden Überstunden ganz zu schweigen. Ich werde alle mal durchtelefonieren und 'bitte, bitte' machen, dachte Rainer, anders geht es nicht. Zunächst nur vom nächsten Tag reden, das war die Strategie, wahrscheinlich müsste er morgen genau das Gleiche machen, falls nicht doch ein Wunder geschehen würde. Nachdem er sich die bissigen Kommentare der Kollegen angehört hatte, die deren Sorgen und Erschöpfung nur schlecht kaschierten, war es ihm nach einer guten halben Stunde gelungen, eine Polizeischülerin von den Bereitschaftsleuten der Schutzpolizei zu ergattern. Rainer hatte den Verdacht, dass sie vielleicht nicht die Hellste war und deshalb ohne großen Widerstand verliehen wurde, egal, sie sollte Akten abarbeiten,

Telefondienst machen, das war ihr doch sicher zuzumuten. Er saß ja im Zimmer nebenan, da hatte er sie im Blick. Jetzt musste er nur noch den Scheibtisch des kranken Kollegen herrichten, dann konnte er der jungen Dame morgen früh gleich die Arbeit erklären, dann aber schleunigst ab nach Hause! Fünfundvierzig Minuten Verspätung; das ging doch noch.

Rainer fuhr den PC herunter, rückte seinen Aktenstapel exakt rechtwinklig zurecht, als er schlurfende Schritte auf dem Flur hörte, die sich näherten. Einmal mehr verfluchte er die Glastrennwände, die eine Flucht ins Nachbarbüro unmöglich machten. Der schlurfende Werner würde ihn entdecken. Da war es schon besser, man gab sich beschäftigt, kurz angebunden, demonstrierte den Arbeitsdruck besonders deutlich, denn Werner war dafür bekannt, dass er, an einen Türrahmen gelehnt, Wurzeln schlagen konnte, völlig unbeeindruckt vom Stress der Kollegen, und mit Monologen zu Ereignissen aus dem Präsidium, seien sie beruflich oder privat, die vermeintlichen Wissenslücken in den Abteilungen auffüllte. Noch zwei Jahre bis zu seiner Pensionierung! Ob Werner ahnte, dass viele darauf warteten, obwohl sie ihn alle schätzten? Es war nicht so, dass er unbeliebt war, seine Klatschgeschichten waren immer gerne gehört worden, Werner war nicht bösartig, hatte viel Sinn für Witz und Ironie, vielmehr war es der Arbeitsdruck, der sich in den letzten Jahren so erhöht hatte, dass niemand mehr die Zeit fand, sich seine Geschichten anzuhören. Rainer glaubte, dass Werner diese Tatsache bewusst ignorierte. Nach einer Schussverletzung bei einer Festnahme vor neun Jahren war seine Hüfte ein Trümmerhaufen geblieben, Werner musste in den Innendienst, den er hasste, er setzte sich mit Computerarbeit auseinander, versagte jämmerlich, bekam Depressionen, fiel häufig aus und landete schließlich in der Poststelle. Niemand sprach von Degradierung, Pech oder Schicksal, Werner am allerwenigsten, er zeigte weder Wut noch Trauer, verbrachte eben einige Wochen im Jahr in der Psychiatrie und kehrte dann wie gewohnt zurück. Ein stillschweigendes Übereinkommen unter allen Kollegen war gewesen, dass man ihm zuhörte, mit ihm scherzte und insgeheim hoffte, selbst von einem ähnlichen Schicksal verschont zu werden.

Werner hatte sich vehement gegen eine Frühpensionierung gewehrt, der Polizeidienst war anscheinend Fluch und Rettung zugleich. Zuhause flattere seine Frau immer um ihn herum, hatte er einmal halb im Scherz gesagt, so viel Fürsorge sei einfach nicht sein Ding. Niemals redete er über den Vorfall selbst, verteilte aber ungefragt gute Ratschläge, wenn er wusste, dass Kollegen ein schwieriger Einsatz bevorstand. Er, der 'Überlebende', erinnerte alle auf diese Weise wieder und wieder an sein Schicksal. Allerdings gestattete er sich auch eine Narrenfreiheit, die sich niemand sonst nehmen würde. Werner sprach aus, was viele dachten: das es doch verrückt sei, dass die Polizei mittlerweile auf Fußballhooligens 'aufpassen' muss, sollten doch die millionenschweren Vereine gefälligst selbst für die Sicherheit in ihren Stadien aufkommen, oder dass die Länder in der Flüchtlingspolitik alles auf die Kommunen abschieben und sich einen Dreck darum kümmern, wie es in den Unterkünften zugeht, bis das Fernsehen vor der Tür stehe, jawoll! Wenn Werner einmal in Fahrt gekommen war, konnte man ihn kaum stoppen. Rainer klemmte sich demonstrativ die Aktenmappe unter den Arm, während er einhändig auf dem Schreibtisch des Kollegen herumwuselte, alles im Stehen. Werner schlurfte ins Büro. Eine Sekunde später hatte er ihn durch die Glasscheibe geortet und kam rüber.

„Na Chef, immer noch fleißig?" Obwohl er sich zu einem Lächeln zwang, konnte Rainer seinen Widerwillen nur schwer unterdrücken.

„Kontrollierst wohl deine Untergebenen, was?" Werner gackerte.

„Nein, das tue ich nicht! Morgen kommt eine junge Kollegin zur Aushilfe, da will ich bloß den Schreibtisch für sie herrichten." Scharfer Ton, schärfer als beabsichtigt, kein Blickkontakt. „Oh Mann, schlechte Laune, was?" Werner lief zu Hochform auf, ließ sich auf einen Stuhl fallen und massierte sein linkes Bein.

„Scheiß Hitze, macht mir zu schaffen. Alle Gelenke schwellen an, dann reißt es den ganzen Tag in der Hüfte und ich kann kaum laufen." Rainer nickte, seine Finger vollführten einen kurzen, letzten Tanz auf den Unterlagen. Und jetzt? Einfach gehen und Werner da sitzen lassen? Auf seine Bemerkung eingehen und ihn bedauern? Rainer richtete sich auf und tat einen Schritt vom Schreibtisch zurück. Werner ruckelte auf dem Stuhl herum, offensichtlich nahm er Anlauf für eine seiner Reden, Rainer musste einfach schneller sein. „Hör mal Werner, es tut mir ja Leid, aber mein Sohn hat heute

Geburtstag, deshalb bin.." „Schon klar, ich verstehe, wollte dir auch nur eben sagen, dass der Molto und Serkan wieder rumstreiten, unten in der Kantine. Da solltest du mal ein Machtwort sprechen, ehrlich! Der ewige Quatsch von wegen Islam und Christentum und Gleichberechtigung geht uns allen auf die Nerven! Sollen sie sich gefälligst nach Dienstschluss die Köpfe heiß reden, aber nicht hier, verstehst du?" Werner verschränkte die Arme vor der Brust, nichts sah nach Aufbruch aus. Aha, daher wehte der Wind! Werner, der unaufgeforderte Fürsprecher aller genervten Kollegen! Die Masche kam, wenn es an anderen Themen mangelte. Bei der Polizei gab es offensichtlich ein frühes Sommerloch! Die Frotzeleien zwischen Molto und Serkan waren allgemein bekannt, die beiden arbeiteten seit Jahren im Einbruchsdezernat und verstanden sich gut, respektierten ihre unterschiedlichen Ansichten, die oft gar nicht so weit voneinander entfernt waren. Molto hieß Guiseppe und war der Sproß sizilianischer Gastarbeiter, die nur ein paar Jahre in Deutschland Geld verdienen wollten. Mittlerweile wuchs die dritte Generation heran. Alle fuhren zwar gerne nach Sizilien in den Urlaub, doch niemand dachte noch daran, zurückzugehen. Guiseppe war deutscher Staatsbürger, genau wie Serkan. Seine Reminiszenz an die Heimat der Vorfahren bestand darin, den Begriff 'molto' in jeden dritten Satz einzubauen, (.. molto heiß heute, .. molto Einbrüche diese Woche..), damit war sein Spitzname seit Jahren besiegelt. Außerdem trug er ein goldenes Amulett mit einem Bild der Gottesmutter um seinen Hals, war streng katholisch und ließ Serkans

Frotzeleien mit stoischer Ruhe über sich ergehen. (..Na, was sagt deine Busenfreundin denn heute?, ..nimmst du sie eigentlich mit ins Bett?, ..muss deine Frau dann Platz machen?..) Seine Konter platzierte er allerdings sehr geschickt. (..warte mal, was deine Frau sagt, wenn sich die ganzen Jungfrauen in euer Bett drängen!, ..du siehst so ausgetrocknet aus, ist schon wieder Ramadan?..) Rainer musste zugeben, dass bei diesen Wortgefechten schon mal Pausen eintraten, in denen es vor Spannung knisterte, ein kurzes Luftanhalten, doch es hatte sich bis jetzt immer in Gelächter aufgelöst und mit einem gegenseitigen Schulterklopfen geendet. Die beiden pflegten nämlich durchaus ähnliche, wertkonservative Überzeugungen, zum Beispiel waren ihre Frauen zuhause und kümmerten sich um die Kinder, obwohl Moltos Frau eine Ausbildung zur Drogistin gemacht hatte. War sie Italienerin? Rainer hatte keine Ahnung. Serkan hatte eine junge Cousine geheiratet, die mit sechzehn Jahren von der Schwarzmeerküste gekommen war, sich hier rasch eingelebt hatte und offensichtlich zufrieden war mit ihrer Rolle und ihrem Ehemann. Mehr wusste Rainer nicht, doch er hielt Werners Ausführungen für maßlos übertrieben. Um Werner loszuwerden, musste man ihm auf jeden Fall zustimmen, wenigstens halbherzig. Rainer ging zur Tür, eine unmissverständliche Geste, wie er hoffte. „Gut, Werner, ich rede mit den beiden, aber jetzt gehe.." Werner erhob sich schnaufend. „Alles klar, Chef, ich will ja keinen Unfrieden stiften, es ist nur so, na ja, es ist mir eben aufgefallen, und da dachte ich.." „Versteh' ich doch, ist schon okay, mach's gut." Bevor Werner

antworten konnte, trat Rainer auf den Flur. Bloß weg
hier, für heute reichte es!

Der Bus hielt vor der Schule. Jan warf sich den
Rucksack über die Schulter, dabei schielte er zu Leon
hinüber. Der sah den anderen Kindern beim Aufbruch
zu, hatte seinen Rucksack auf dem Schoß, machte aber
noch keine Anstalten aufzustehen. Jetzt wäre eine
Gelegenheit, ihn auf seinen Geburtstag anzusprechen!
Jan überlegte fieberhaft, ob er es wagen sollte. Was
erwartete er eigentlich? Eine Einladung? Niemals. Ein
herzliches 'Dankeschön'? Ach was.. Aber es erschien Jan
irgendwie falsch, überhaupt nicht zu reagieren,
schließlich wusste er doch, dass heute Leons Geburtstag
war! Und Leon wusste, dass Jan es wusste! Der Bus
leerte sich allmählich, die Zeit wurde knapp. Jan holte
tief Luft. Ohne Leon direkt anzusehen, sagte er
beiläufig: „Ach, du hast ja Geburtstag; herzlichen
Glückwunsch, Leon." Dabei fummelte er nervös an
einem Riemen seines Rucksackes herum. Leon sah ihn
grinsend an: „Danke Jan. Ich hatte schon Angst, du
würdest es vergessen!" Er lachte glucksend, stand auf,
lief in den Gang und sprang aus dem Bus. Jan trat mit
brennenden Wangen als Letzter auf den Bürgersteig,
Leon war schon weg. So ein Mist! Jan fühlte sich
blamiert, er schämte sich, wusste aber nicht, warum.
Hatte er denn wieder etwas falsch gemacht, oder war
Leon eben doch ein großer Blödmann? Elena knuffte
ihn in die Seite. „War ein schöner Ausflug, oder?" Jan
nickte. „Was ist los? Hast du mit Leon nochmal über
den Geburtstag gesprochen, gehst du etwa hin?" Sie

hielt Jan eine verklebte Bonbontüte unter die Nase. Er schüttelte den Kopf, während er ein Zitronendrops in die Backentasche schob. „Ach was, wo denkst du hin! Ich habe ihm gratuliert, und er hat mich blöd stehen lassen, so ein Mist!" Elena dachte einen Moment nach. „Er ist wirklich komisch, vielleicht hat er ein dunkles Geheimnis!" Ihre Augen leuchteten bei dieser Vorstellung. „Und wir beide finden das raus, oder wie?" Jetzt lachte Jan endlich. Elena nickte ernsthaft. „Wenn es geht, warum nicht? Wir müssen einfach näher an ihn rankommen." Jan schüttelte den Kopf. „Er hat einen unsichtbaren Zaun um sich herum, glaub' mir das." „Glaube ich dir , doch das ist ja auch spannend." Bevor Jan antworten konnte, kam seine Mutter. „Hallo Schatz, wie war's?" „Super." „Na dann komm, ich steh da drüben auf dem Parkplatz, wir wollen gleich alle zusammen essen." Mit einem Blick zu Elena fügte sie hinzu: „Deine Mutter parkt auch gerade, sie wird gleich hier sein. Tschüs, Elena!" Jan zwinkerte Elena nochmal zu. Ihm fiel auf, wie viele Eltern hier standen, ihre Kinder begrüßten, sich miteinander unterhielten. Leon war sicher nicht abgeholt worden, davon war Jan überzeugt.

Annette füllte den frischen Kaffee in die Warmhaltekanne, ihre Hände blieben über Kreuz auf dem zugeschraubten Deckel liegen, mit der Hüfte lehnte sie sich gegen die Arbeitsplatte. Sie sah auf den Gehweg, suchte die Strasse nach Leon ab, doch er war wohl noch nicht vom Ausflug zurück. Was war das für ein Theater gewesen am Morgen! Sie schüttelte den bleischweren Kopf.

Warum gelang es ihr nicht, wie eine ganz normale Mutter zu sein, so zu fühlen, warmes Glück zu empfinden? Warum gelang es ihr noch nicht einmal, Leon zu täuschen? Sie dachte daran, wie sich sein Blick einen kurzen Moment verhärtet hatte, als er die schiefe, viel zu braune Acht aus dem Ofen zog. Dann schaltete er um, tat, als sei er erfreut, begeistert. Genau in diesem Augenblick wurde Annette von aller Kraft verlassen. Als würde ein Stecker gezogen, verebbten ihre Anstrengungen, alle Mühe, ihrem Sohn einen liebevollen Geburtstagsmorgen zu bereiten, machten dem übermächtigen Wunsch Platz, endlich allein zu sein. Leon spürte das. Sie wünschte sich oft verzweifelt, morgens aufzuwachen, voller Freude über den neuen Tag, bereit für alles was er bringen mochte, vor allem aber wollte sie ihren Mann und ihren Sohn mit Herzlichkeit begrüßen.

Im Wohnzimmer hüstelte ihre Mutter. Ja, ja, ich weiß, du willst unterhalten werden, nein, ich soll deinen endlosen Vorträgen zuhören, so ist es doch eher. Jeder Satz gespickt mit nadelstichigen Vorwürfen, kein Moment ohne unfehlbare Vorschläge, es gab absolut nichts, wozu Annettes Beitrag wichtig gewesen wäre. Wenn Leon doch endlich käme, Rainer war unpünktlich wie immer.. Annette ignorierte das zweite Hüsteln, diesmal mit einem lauten Nachräuspern. Viel Zeit blieb ihr nicht, die Mutter wurde schnell ungeduldig, deshalb zog Annette geräuschvoll eine Schublade auf, um nach passenden Servietten zu suchen. Hatte sie vielleicht noch ein paar mit Kindermotiven vom letzten Jahr?

Weihnachtsservietten, grün, mit roten Kerzen und
Kugeln, Osterhasen auf gelbem Butterblumengrund,
Streublümchen mit roten Schleifchen. Annette entschied
sich für die Blümchen, schließlich landeten selbst die
schönsten Servietten klebrig und verschmiert im Abfall.
Die Galgenfrist war abgelaufen, Annette trug Kanne und
Servietten ins Wohnzimmer.
Ihre Mutter saß auf der Couch. Sie hatte die Beine
elegant übereinandergelegt, die Schuhe mit den dünnen,
hohen Absätzen waren tadellos geputzt. Helga trug ein
elegantes Schneiderkostüm mit engem Rock,
lachsfarben, vielleicht aus Seide? Annette betrachtete
den glänzenden Stoff, sie konnte nicht umhin, ihre
Mutter für ihr Aussehen zu bewundern. Sie war
dreiundsechzig, schlank, jugendlich-elegant, so nannte
man das wohl. Zeitlebens war es ihr wichtig gewesen,
Haltung und Würde auszustrahlen, ihre Disziplin war
fast unmenschlich. Annette wusste, dass ein
Tortenstückchen heute Nachmittag Abendessen und
Frühstück ersetzen musste. Jahrelang hatte sie versucht
herauszufinden, ob ihre Mutter jemals hungrig war, so
hungrig wie Annette früher nach dem Schwimmtraining.
Dienstags nach der Schule war sie gleich ins Hallenbad
gegangen. Sie liebte es, im Wasser zu sein, liebte den
Chlorgeruch und die blauen Kacheln. Eine unerklärliche
Geborgenheit ging von der alten Schwimmhalle aus.
Alles dort war in die Jahre gekommen. Die Holzsitze in
den Umkleiden konnten schon mal pieksen, die
Duschen knatterten leise, wenn man zu schnell an dem
sternförmigen Metallknopf drehte. Es dauerte, bis die
ersten Tropfen fielen, doch dann prasselte das Wasser

53

plötzlich mit großer Wucht auf die Schultern. Annette stand gern lange unter der Dusche und lauschte auf das Lachen und Kreischen aus der Schwimmhalle. Eine hohe, gewölbte Decke warf den Schall zurück, mit geschlossenen Augen hörte es sich an wie Zaubergemurmel aus einem riesigen Wald. In halber Höhe lief eine Galerie um das Schwimmbecken, ein schnörkeliges, schmiedeeisernes Geländer verwandelte alles in eine Schlossbalustrade; das war es für Annette gewesen: ein märchenhaftes, altes Schwimmschloss. Manchmal lehnten Zuschauer oben und sahen auf die Schwimmer hinab. Annette mochte das, sie wusste, dass ihr Kraulstil perfekt war, sie genoß die bewundernden Kommentare und sah sich selbst wie einen Pfeil durchs Wasser schießen. Im Wasser fühlte sie sich sicher und unerreichbar, die Geräusche wurden gedämpft, sobald sie eintauchte. Das Wasser trug und streichelte sie, verstand sie wie niemand sonst, war doch der Boden unter ihren Füßen meist schwankend und unsicher. Nach dem Training hatte sie unbändigen Hunger gehabt. Schon in der Umkleide langte sie in ihren Tornister, verschlang gierig den Apfel oder die Banane, doch das Obststück konnte ihren knurrenden Magen nicht beruhigen. Auf dem Heimweg sah sie mit wässrigem Mund, wie ihre Kameradinnen die Zähne in Wurstbrote gruben, Schokoriegel verputzten, oder sogar Geld für ein Riesenhörnchen Eis aus der Tasche pulten. So etwas gab es bei Annette zuhause nicht. Die Mutter wartete mit einem Essen auf sie. Salat, Kartoffeln und ein Stück Fisch, oder warmes Gemüse mit magerem Fleisch, auf dem man endlos herumkaute. Das sei gesund, sagte die

Mutter, der ganze Süßkram verschandele nur die Zähne, außerdem mache er dick, dabei sei Annettes Kreuz wahrlich schon breit genug! Annette hatte immer geschwiegen, sich mit dem Essen beeilt, damit sie schnell auf ihr Zimmer gehen konnte. Dort allein zu sein, war ihr größtes Glück. Sie bewohnte ein helles, aufgeräumtes Mädchenzimmer im Obergeschoss des elterlichen Hauses, mit Blick in den Garten. Ihr Schreibtisch stand direkt unter dem Fenster. Von hier aus beobachtete sie die Veränderung der Natur zu jeder Jahreszeit. Der Frühling zauberte hellgrüne, zarte Blättchen an Büsche und Bäume, dieses Grün sah man nur im März, höchstens noch im April, dann wurde es dunkler und die Blätter bekamen ihre endgültige Form und Struktur. Noch früher reckten sich Büschel von Schneeglöckchen aus der kargen Wiese, Elfenhütchen hatte der Opa sie genannt und Annette Geschichten dazu erzählt, als sie noch klein war. Doch der Opa war schon lange tot, genau wie Annettes Vater. Sie waren mit dem Auto verunglückt, als sie Annette im Krankenhaus besuchen wollten. Damals war sie zwölf, ihr Blinddarm war entfernt worden, es ging ihr schon wieder recht gut. Gespannt wartete sie auf Papa und Opa, denn die wollten sie mit einem Geschenk überraschen, bei dem sie riesige Stauneaugen machen würde. Das hatte Opa am Telefon zu ihr gesagt und mit seiner Baßstimme dröhnend gelacht. Zum letzten Mal. Ein Motorradfahrer hatte ihnen die Vorfahrt genommen, Papa wollte ausweichen, doch er verlor die Kontrolle über den Wagen und fuhr frontal gegen einen Chausseebaum. Opa starb noch auf der Strasse, Papa kam ins

Krankenhaus, ein Stockwerk unter Annette, er lebte noch zwei Tage auf der Intensivstation, zugeklebt mit Schläuchen, von Kabeln umwickelt, die zu blinkenden Geräten führten. Annette hatte ihn einmal kurz durch eine Glasscheibe sehen dürfen, doch das war nicht ihr Papa, der dort lag, er sah ihm nicht einmal ähnlich. Die Mutter schwieg meist in dieser Zeit, ihre Haut war weiß wie Alabaster, die Lippen ähnelten einem Strich, doch sie hielt sich kerzengerade. Auf der Beerdigung umklammerte sie Annettes Hand wie ein Schraubstock. Der Tag war windig, zu kühl für den Sommer, das Laub wurde schlaff, so schlaff und müde wie Annette, die am Grab bis hundert zählte, um sich von den stechenden Wundschmerzen abzulenken. Die Särge wurden in die Familiengruft versenkt, Annette sah die Blumengebinde zitternd in die Tiefe gleiten, duftende rote Rosen, schwersüße Lilien. Gleich darauf prasselten schwarzbraune Erdklumpen in die Tiefe. Sie beugte sich vor und sah, wie die Blüten versuchten, aufrecht zu bleiben, doch nur wenigen gelang das, die meisten knickten gleich um und verschwanden endgültig unter der schweren Last. Annette warf ihre einzelne Rose am Ende des Trauerzugs auf die Erde, die Särge konnte sie nur noch schemenhaft erkennen. Es waren viele Menschen gekommen, etliche Patienten, alte Leute, die schon bei Opa in Behandlung gewesen waren und dann bei Papa blieben, als er die Praxis übernahm. Die Mutter schüttelte stumm alle Hände, nickte zu gemurmelten Beileidsbekundungen, zog an Annettes Handgelenk, bis sie ganz dicht neben ihr stand. Eine Dame murmelte, dass die Familie nun im Grab wieder vereint sei. Damit meinte sie wohl, dass Papa und Opa nun mit Oma in der Gruft lagen. Aber wir stehen ja schließlich noch hier, dachte Annette, Tränen schossen in ihre Augen, sie hatte große Lust, die Dame zu treten. Damals war ihr bewusst geworden, wie klein ihre Familie war. Papa war Einzelkind gewesen, genau wie Mama. Deren Eltern waren aus der weit entfernten Stadt angereist, sie standen neben Annette und Mama. Annette wünschte sich, dass der Tag rasch verging, weil sie am Abend wieder fahren würden. Die Oma ähnelte Mama sehr: das gleiche dunkle, wellige Haar, die aufrechte Haltung, die gleiche meilenweite Entfernung zu anderen Menschen. Mutter und Tochter hatten sich nur kurz umarmt, mit angewinkelten Ellenbogen, ein angedeutetes Küsschen auf jede Wange gehaucht, wie Annette es aus amerikanischen Filmen kannte. So hatten sie in der Diele gestanden. „Ach Helga", hatte Oma Margot gesagt, „sei froh, dass du so gut versorgt bist! Nun ja, vielleicht war es doch gut, dass ihr die Kleine damals genommen habt, nicht wahr?" Annette hatte vom Wohnzimmer in die Diele gesehen, gehört, wie Mama erschreckt „Psstpsst", sagte. Opa Erwin hustete übertrieben laut. Er trat einen Schritt vor und sah Annette direkt ins Gesicht. Sein Lachen war schief, poltrig, er drückte Annette an sich, nannte sie „mein Engelchen" und wollte sie gar nicht mehr loslassen. Doch Annette war zwölf, kein Engelchen, und sie hatte jedes Wort verstanden. Zu ihrem grenzenlosen Erstaunen spürte sie, wie straff ihre Schultern sich auf einmal anfühlten, wie sich ihre Lunge mit Luft füllte und alles um sie herum klare Konturen bekam.

57

Leon kletterte aus dem Bus, da hörte er die Stimmen der Mütter, auch einiger Väter, die gut gelaunt ihre Kinder abholten. „Wie war's Sportsfreund?", „Na, du siehst aber ziemlich geschafft aus!", „Ich sehe, dass du jede Menge Schokolade gegessen hast." Kinderköpfe wurden durchwuschelt, er hörte Kussgeräusche, helles und dunkles Lachen, vor allem das Geschnatter seiner Klassenkameradinnen strapazierte seine Ohren. Leon hatte sich abseits gestellt, tat, als beschäftige ihn der Sitz seines Rucksackes, damit er zu niemandem Blickkontakt aufnehmen musste. Seine Mutter war nicht hier, das hatte er sofort gesehen. Klar, sie saß sicher zuhause mit Oma Helga, vielleicht war Papa auch schon da. Außerdem war er kein Baby mehr, er konnte allein nach Hause gehen, diesen Affenzirkus brauchte er nicht! Leon zerrte so heftig an dem Schulterriemen, dass er sich mit der Schnalle in den Finger stach. „Verdammt", murmelte er, Tränen schossen in seine Augen, der blutende Finger wanderte in den Mund. Jetzt aber weg hier!

„Leon? Leon, warte doch mal!" Das war Elenas Stimme, das waren ihre Schritte, die sich näherten. Nein, Leon wollte mit niemandem mehr reden, er musste jetzt laufen, er konnte nicht einen Moment länger stehen bleiben. Den Finger im Mund, den tanzenden Rucksack auf dem Rücken, rannte er los. Die Schritte hinter ihm stoppten. „Leon, warum läufst du denn weg? Warte doch mal!" Sie verfolgte ihn nicht mehr, aber Leon konnte sich ihr ratloses Gesicht vorstellen, sicher war sie kopfschüttelnd stehen geblieben. Durch zwei Strassen war er gerannt, als er an der nächsten Ecke japsend Halt machte. Sein Finger zeigte eine leichte Rötung, ein winziger Blutstropfen hing noch an der Kuppe. Allmählich beruhigte sich seine Atmung, Leon war durstig. Er nahm den Rucksack ab, lehnte sich einen Moment an einen Laternenpfahl. Sein Herz klopfte wild, scharf schoss die Luft in die Lungen, ein knurrendes Geräusch kam aus seiner Kehle, als der Atem stoßweise entwich. Er schloss die Augen und hielt sein Gesicht in die Sonne. Der Druck des Laternenpfahls in Rücken und Nacken ließ ihn aufrecht stehen, Leon atmete, atmete und wollte überhaupt nicht nach Hause.

Rainer ließ sich auf die Plastikbank an der Bushaltestelle fallen. Zwei Meter vor ihm quälte sich der Feierabendverkehr über die Innenstadtkreuzung, stop and go, von Ampel zu Ampel. Die ohnehin schwüle Nachmittagsluft wurde mit Benzingestank und Auspuffhitze geschwängert. Ein Blick auf den Fahrplan zeigte ihm, dass er den Bus um knapp zwei Minuten verpasst hatte und nun eine Viertelstunde warten musste. Alles wegen Werner! Er grinste, wirklich sauer auf Werner war er nicht. Es war schon möglich, dass Serkan und Molto mal wieder übertrieben. Wer sie nicht gut genug kannte, konnte ihre Frotzeleien beängstigend finden, und welcher Polizist hatte schon Lust auf Kollegenstreit in der Pause? Rainer beschloß, morgen mit den beiden zu sprechen. Möglichst kurz, ein paar klare Hinweise, mehr war sicher nicht erforderlich. Seit er das Dezernat leitete, gehörten sogenannte

Orientierungsgespräche mit allen Mitarbeitern zu seinen regelmäßigen Aufgaben. Rainer betrachtete sie als lästige Pflicht, es fiel ihm schwer, Kritik anzubringen, auf Fehlverhalten hinzuweisen, oder Umstrukturierungen bekanntzugeben. In den letzten beiden Jahren waren die Kollegen zunehmend frustriert in sein Büro gekommen, hatten ihr Leid geklagt, die unzähligen Überstunden bemängelt und ihrem Unmut deutlich Luft gemacht. Und was hatte Rainer ihnen zu bieten? Nichts, außer ihnen zuzuhören, Verständnis zu zeigen und anschließend die nächsten Überstunden anzuordnen. Er schämte sich, es bedrückte ihn, nichts ändern zu können, deshalb verzichtete er selbst auf freie Tage, blieb bis spät abends im Büro, damit die Aktenberge nicht vom Schreibtisch rutschten. Doch das war es nicht allein. Rainer fühlte sich in der Vorgesetztenrolle nicht wohl. Werner hatte das schnell gemerkt, deshalb nannte er ihn beharrlich 'Chef'. Rainer hasste Konflikte mit Kollegen, er lenkte viel zu schnell ein, ging oft den bequemeren Weg des Nachgebens. Eine ungute Stimmung im Büro belastete ihn, er konnte sich schlechter auf seine Arbeit konzentrieren. Noch schlimmer war es, seine Kollgen als Vorgesetzter reglementieren zu müssen, Kritik auszusprechen, womöglich Verwarnungen. Vor solchen Gesprächen schlief er schlecht, stand nachts auf, um den Gesprächsverlauf zu simulieren. Er verhedderte sich dabei nicht selten in seinen Argumenten, lag danach schlaflos im Bett und fühlte sich am Morgen wie gerädert. Rainer sah seine Stärke in der Motivation, er engagierte sich für Fortbildungen, erstellte Dienstpläne, die er mehrmals auf Gerchtigkeit überprüfte, vielleicht versuchte er viel zu sehr, alles und jeden zu berücksichtigen. Mittlerweile war da nichts mehr, was die Kollegen noch motivieren könnte, es gab keine Entlastung mehr und Rainer geriet selbst immer stärker unter Druck. Sein Dezernat kämpfte gegen Windmühlen, das war allen klar. Die Einbrüche stiegen beängstigend an, die Banden waren hervorragend organisiert, blieben nie länger als ein paar Minuten in Haus oder Wohnung und entkamen fast immer. Seit Monaten waren Rainer und seine Kollegen nach Feierabend auf Informationsveranstaltungen in der Stadt unterwegs. Mit örtlichen Handwerkern gaben sie Tipps zur effektiven Sicherung von Fenstern und Türen, doch Erfolge stellten sich nur langsam ein. Rainer glaubte, dass die teilweise ländliche Struktur der Stadt es den Einbrechern leicht machte. Dezentral gelegene, ruhige Strassen ließen sich mühelos auskundschaften, alles konnte so schnell gehen, dass in der letzten Woche sogar zwei Einbrüche gemeldet wurden, bei denen die Bewohner sich im Garten aufhielten, während die Diebe in Windeseile Schmuck und Bargeld mitgehen ließen. Der Bus kam, Rainer verscheuchte die Gedanken an die Arbeit, er wollte sich nur auf Leon freuen, diesmal war er davon überzeugt, dass sein Geschenk ein Erfolg werden würde.

„Jetzt wird es aber langsam Zeit, findest du nicht auch?" Helga war aufgestanden, sie streckte sich und ging zur Terrassentür. „Ich bin schon ganz steif vom langen Sitzen." Annette schaute auf ihren Rücken. Mir gehen

61

die Worte verloren, wenn sie da ist, dachte sie, ich weiß nicht, was ich sagen soll, bei jedem Treffen mit ihr verliere ich Worte, dabei habe ich eh' nicht so viele, längst nicht so viele wie andere Leute. Meine Worte stehen in den Gedichten, die ich lese, in Romanen und Erzählungen. Meine Welt haben Fremde beschrieben, Menschen, denen ich nie begegnen werde, denen ich mich vielleicht deshalb nahe fühle.

„Annette, was meinst du? Wann kommen sie denn endlich?" Helga drehte sich um, sie schüttelte unwillig den Kopf. „Bist du schon wieder weggedriftet? Hörst du mir überhaupt zu?" Annette gelang ein Lächeln. Diese Frau, die ihre Quasimutter war, wollte endlich ihren Auftritt! Manchmal half die Vergegenwärtigung, dass Helga sie nicht geboren hatte. Annette fühlte sich sicherer, seit sie das Wort 'Quasimutter' in ihrem Kopf versteckt hielt, für schwierige Situationen, so wie heute. „Könnte ich sie herbeizaubern, würde ich das tun, Helga!" Mit einer entwaffnenden Geste streckte Annette beide Handflächen in die Höhe. Ihre Mutter zuckte zusammen, fuhr sich mit der Hand über das makellos sitzende Haar. Sie wandte den Blick ab, tat, als sehe sie sich suchend im Zimmer um. „Wo habe ich denn mein Geschenk für Leon hingelegt?" „Es liegt auf der Anrichte, wie immer." Annette behielt ihr Lächeln, nachsichtig, milder im Ton. „Ach ja, da liegt es ja." Ein kleines Stöckelschuhwackeln, ein Zögern, schließlich setzte die Mutter sich wieder. Annette beugte sich vor. „Wir können doch schon mal anfangen, was meinst du? Möchtest du ein Stück Schwarzwälder oder lieber von dem Käsekuchen?" „Nein, nein, Kind, lass nur. Ich möchte nicht ohne Leon und Rainer anfangen. Lange kann es ja nicht mehr dauern." Sie zögerte einen Moment. „Sag mal, Annette, wir müssen uns doch keine Sorgen machen, oder?" Die ineinander verschränkten Hände zuckten in ihrem Schoß. „Sorgen? Weswegen?" Annettes Erstaunen war echt. „Na ja, wann erwartest du Leon denn zurück?" Ein schriller Unterton signalisierte, dass Helga ungeduldiger wurde. Annette sah auf die Uhr. „Er wird wohl gleich kommen, sie stehen vielleicht im Stau, oder sind später gefahren, aber ich kann mal auf seinem Handy anrufen, dann wissen wir Bescheid." Ihre Mutter nickte eifrig. Annette wählte Leons Nummer. Je schneller alle da waren, desto rascher ging der Nachmittag vorbei.

Aus dem Rucksack drang das schnarrende Geräusch des Telefons. Leon hatte schon darauf gewartet. Er war längst überfällig, hatte viel zu lang getrödelt und sich noch immer nicht auf den Heimweg gemacht, allmählich war er wütend auf seine Mutter geworden. Wann würde sie endlich anfangen, sich Sorgen zu machen? Oder hatte Oma Helga sie aufgefordert anzurufen? Leon konnte sich das gut vorstellen: seine Mutter, die mit abwesendem Blick auf der Couch saß, Papa war vielleicht noch nicht da, er machte ja ständig Überstunden, Oma Helga zupfte nervös an ihren Haaren herum. Sie war eine ungeduldige Person, konnte Stille nicht aushalten, wollte immer alles geregelt wissen. Ein Lieblingssatz von ihr war: Das muss doch alles ordentlich geregelt sein! Leon zählte bis zehn, ganz langsam, dabei zog er Halbkreise mit der Schuhspitze um sich herum. Wenn es bei zehn noch klingelte, würde er das Telefon herausholen, sehr langsam würde er den Rucksack öffnen und darin herumkramen, sehr, sehr langsam. Die Idee, einfach nicht nach Hause zu gehen, verursachte heftiges Herzklopfen in Leons Brust. Er stellte sich vor, bis zum Waldrand zu laufen, den Hügel hochzusteigen und sich ein Versteck zwischen den Tannenstämmen zu suchen. Von dort oben könnte er zuschauen wie die ganze Nachbarschaft laut rufend nach ihm suchen würde. Seine Mutter wäre mitten unter ihnen, aufgelöst vor Angst. Die Nachbarn gaben sich natürlich Mühe sie zu trösten, baten sie in ihre Häuser, kochten Kaffee, doch die Mutter musste sich ihren Weg durch alle ausgestreckten Arme bahnen, sie musste am lautesten nach Leon rufen, noch lauter als Papa.

Das Telefon schwieg, Leon wusste nicht, ob er schon bis zehn gezählt hatte. Es war nicht weit bis nach Hause. Wenn er an der Strassenecke war, und vorsichtig ein paar Schritte nach links ginge, müsste er ins Wohnzimmer sehen können. Dann wüsste er, ob Papa schon da war. Und wenn nicht? Sollte er dann wieder weglaufen? Wohin? Er hatte jetzt großen Hunger. Außerdem wäre es nicht gut, wenn ein Nachbar ihn sehen würde. Am Besten, er ginge einfach nach Hause, dann wäre der langweilige Nachmittag schneller vorbei.

Leon trottete los. Seine Gedanken wanderten zu Elena, die ihm noch nachgerufen hatte. Was wollte sie wohl? Leon mochte sie, aber er wusste nicht, wie er sich ihr gegenüber verhalten sollte. Elena war so entschlossen, ihre Stimme klang warm und selbstbewusst, Leon glaubte, dass ihre griechische Herkunft sie so gemacht hatte. Die vielen Sonnentage und das Meer, das hatte sie im Blut. Papa hatte mal von seinen Kollegen erzählt, deren Eltern aus der Türkei und Italien stammten. Die beiden fuhren nur noch auf Urlaub in die alte Heimat, doch das Temperament, das hatten sie nie verloren. Leon fragte sich, ob seine Mutter auch Vorfahren von ganz weit weg hatte, ihre Haut war fein und hell, ihr Haar rotblond, so sah niemand sonst aus, den Leon kannte. So schön wie seine Mutter. Einmal hatte er sie danach gefragt, doch keine Antwort erhalten, nur ein ungeduldiges Schulterzucken. Seine Mutter wusste nicht, dass Leon sie schön fand.

Elena war ebenfalls schön, Leon hatte ein bisschen Angst vor ihr. Elena war nicht so geduldig wie Jan. Sie würde sich nichts von Leon gefallen lassen. Sie würde viele Fragen stellen und nicht locker lassen, das wusste Leon. Er dachte an Jans einzigen Besuch, an den Nachmittag im Garten. Leon war aufgeregt gewesen, er war nicht an Besuch gewöhnt. Wie einfach erschien es dagegen, zu Jan zu gehen, kurz auf die Klingel zu drücken, ein fröhliches 'Komm rauf' zu hören, die Treppe hochzusausen, mit der Gewissheit, dass oben die Tür weit geöffnet sein würde. Er musste nur in Jans Zimmer gehen, das war alles. Es duftete nach Essen, nach Putzmittel, oder nach Bügelwäsche, Jans Mutter kickte mit dem Fuß Spielsachen weg, wenn sie sich ihren Weg durch die Diele bahnen musste, einen Obstteller für die Kinder auf den Händen balancierend. Leon beaobachtete staunend, wie die Fäden des Familienlebens ineineinander liefen: Worte, Lachen, Ermahnungen, Ausrufe des Erstaunens oder der

Begeisterung, Radiomusik, die mitgeträllert wurde, alles tanzte auf einer schaukelnden Welle durch die Wohnung, irgendwann erfasste die Welle Leon und er tanzte mit. Ob das richtig war, ob es so sein durfte, das wusste er nicht, deshalb hatte er beschlossen, zuhause nichts davon zu erzählen. Er hätte es nicht erklären können. Wie kam es, dass er nicht nachdenken musste über die Spiele, die Bücher, die Erfindungen dieser Nachmittage? Es ergab sich von allein. Jan schlug etwas vor, Leon fiel etwas ein und dann legten sie los. Sie wurden zu Schatzsuchern, krochen unter Betten, in Schränke, durchsuchten den Schuhschrank im Flur, bis sie den Schatz fanden, den Jans Mutter für sie versteckt hatte. An ihre Verbote hielten sie sich, keine Frage. Küche und Wohnzimmer waren tabu, doch einmal hatte sie den Schatz (eine tickende Eieruhr) im Schlafzimmer unter der Matratze versteckt. Leon führte einen Indianerfreudentanz auf, als er sie gefunden hatte, so kreischend, so unbändig, dass Jans Mutter ihn am Arm festhielt. Er konnte nicht aufhören. Das Blut rauschte in seinen Ohren, ausser Atem stieß er wildes Geheul aus und zappelte wie verrückt unter dem Griff um seinen Arm. Die Stimme von Jans Mutter war eindringlich, nicht laut, eher sanft, als sie ihn aufforderte, sich wieder zu beruhigen. Mehrmals wiederholte sie seinen Namen. Auf einmal legte sich ein Schatten über Leon, das Zimmer, die Menschen. Ein Schatten, der die Dinge unscharf machte, der keine Wärme mehr an ihn heranließ. Jans Augen starrten durch einen Schleier, seine kleine Schwester hatte zwei Finger im Mund, sie stand an seiner Seite, der Arm des großen Bruders fest um ihre Schulter gelegt. Leon befreite sich mit einem Ruck, warf die Eieruhr aufs Bett und floh aus der Wohnung. Kein Rufen hielt ihn zurück, er flog die Treppen hinunter, rannte bis zur Ecke seines Gartens. Erst dort stoppte er, atmete keuchend und stellte erstaunt fest, dass Tränen auf seinen Handrücken tropften. Er sah den stillen Garten, die kurzgeschnittene Wiese, Mutters Blumenrabatten, den Tisch mit dem Wildblumenstrauß auf der Terrasse, alles still, ordentlich, zuverlässig. Und leer. Niemand war in diesem Garten. Die Mutter saß sicher lesend im Wohnzimmer oder schlief, Papa war arbeiten, wie jeden Tag. Leon wartete, bis das Toben in ihm verebbte. Vorsichtig drehte er den Schlüssel im Schloss, keinesfalls wollte er die Mutter stören.

Horchend blieb Leon auf der Schwelle stehen. Außer dem fernen 'Tack' des wandernden Uhrzeigers im Wohnzimmers hörte er kein Geräusch, Schritt für Schritt ging er durch den Flur, jedes Ding war an seinem Platz, nichts lag herum, war verändert oder fehlte womöglich. Leon blieb im Wohnzimmer stehen. Er atmete tief und stellte beruhigt fest, dass es einfach nur nach Luft roch.

Am folgendenTag war er wortkarg gewesen. Er versuchte, Jan aus dem Weg zu gehen, doch das war nicht leicht, denn Jan suchte umso mehr seine Nähe, wollte mit Leon reden, wissen, was denn eigentlich los gewesen sei. Was hätte er denn sagen sollen? Leon wusste nicht was los war, woher der Schatten so plötzlich gekommen war, warum er einfach wegrennen musste. Er wollte nur seine Ruhe haben, seine Stille, seine Luft. Wie konnte er das bloß erklären?

Und dann war Jan bei ihm gewesen. Leon hatte vor

Aufregung nicht essen können. Was sollte er tun, wenn Jan käme? Fast wünschte er sich, die Mutter hätte es verboten, doch sie hatte nur über seinen Kopf hinweg in den Garten geschaut und gesagt, dass es doch schön für Leon sei, wenn sein Freund zu Besuch käme. Kuchen wollte sie besorgen, es den beiden nett machen im Garten, hatte sie gesagt. Dann war sie kurz mit der Hand über Leons Wange gehuscht. Leider sei sie an diesem Nachmittag in der Bücherei, aber Papa käme ja nach Hause. Leon suchte nach einer Spur von Bedauern in ihrer Stimme, doch es blieb eine Feststellung, sonst nichts. Später hatte sie im Garten den Tisch gedeckt. Leon dachte an Jans Mutter, die Becher und Saftkanne hinstellte, wo gerade Platz war, manchmal musste Jan erst ein paar Legosachen wegräumen oder Bücher umschichten. Bei Leons Mutter sah es aus, als käme Oma zu Besuch. Leon konnte diese Gedanken nicht unterdrücken, dabei hasste er die ständigen Vergleiche, doch er stellte sie andauernd an, er konnte nichts dagegen tun.

Später war Papa gekommen, müde, mit hämmernden Kopfschmerzen. Die Mutter hatte ihm erzählt, dass Leon Besuch bekommen würde. Papa meinte, das sei gut, dann wäre Leon ja beschäftigt. Er hätte so viel Ärger auf dem Präsidium gehabt und brauche unbedingt Ruhe. Panik flutete Leon an. Sie ließen ihn beide allein mit Jan, wie sollte er denn zurechtkommen?

Als Jan um die Ecke bog, sah Leon die Neugier, die Erwartung in seinen Augen, die Aufregung, die er kaum unterdrücken konnte. Leon war froh, dass Papa noch das Planschbecken aufgebaut hatte, doch mit jedem Schritt, den Jan näher kam, wuchs in Leon eine Wand aus Abwehr, Unsicherheit und hämischer Wut. Wenn bloß alles schon vorbei wäre! Jan sollte nicht nach seinen Eltern fragen, er sollte nicht im Haus umhergehen und überall seine Spuren hinterlassen! Sie aßen Kuchen auf der Terrasse und blieben sprachlos. Jan schluckte laut, seine Hand zitterte leicht, als er das Glas hochnahm. Leons Adern füllten sich langsam mit Eis. Sie zogen ihre Badehosen an, Jan kreischte los, spritzte wild um sich, seine Füße berührten Leons Füße, das Wasser klatschte an den hohen Plastikrand. Der Eisstrom füllte Leons Adern aus, kletterte hoch in seinen Kopf. Leon schloss die Augen und war nicht mehr da. Er sah sich erstarrt auf einem schneebedeckten Gipfel sitzen, zu dem niemand gelangen konnte. Alles an ihm war glatt, hart, unerreichbar. Plötzlich war Jan weg. Endlich. Es dauerte eine Weile, bis das Eis in Leon schmolz, etliche Tage, in denen er sich fernhielt von Jan, bis er endlich wieder aufgetaut war. Jan war geduldig, zurückhaltend, auch wenn es ihn verwirrte, begriff er doch, dass Leon ihm nicht verlorengehen würde. Jan lernte mit der Zeit, sich zurückzunehmen. Sie verließen sich aufeinander, in einer seltsamen, nicht besprechbaren Art. Und nun Elena! Sie war ein Unsicherheitsfaktor. Leon fand ihr Interesse an ihm schmeichelhaft, er war neugierig auf sie, doch seine Brust verengte sich bei dem Gedanken, Elena außerhalb der Schule zu treffen. Sollte sie etwa mit Jan zu ihm kommen? Ein schrecklicher Gedanke! Oder gingen sie gemeinsam zu Jan? Schon besser. Könnte eine Freundschaft zu dritt überhaupt funktionieren? Ein

69

Mädchen und zwei Jungen? Wild war sie, sie mochte Fangen und Verstecken, machte sich auch nichts aus Puppen oder anderem Mädchenkram. Ihr Bruder war drei Jahre älter, er ging schon aufs Gymnasium. Leon war neugierig auf Elenas Haus, ihre Familie. Er würde gern mal dorthin gehen. Plötzlich kam ihm ein furchtbarer Gedanke: was wäre, wenn Elena sich mehr für Jan interessieren würde als für ihn? Es könnte doch sein, dass die beiden sich gegenseitig besuchten, vielleicht war Elenas Mutter so wie Jans Mutter, dann brauchten sie Leon nicht mehr, es wäre viel einfacher ohne ihn. Wie gut, dass ihm das noch eingefallen war! Leon beschloss, den Kontakt zu Elena nicht weiter zu festigen, er wollte seine Freundschaft mit Jan nicht gefährden, der Gedanke war unerträglich. Leon war an der Gartenecke angekommen. Gerade als er sich vorbeugte, um ins Wohnzimmer zu sehen, klingelte sein Handy erneut. Leon sah seine Mutter auf und ab gehen, das Telefon am Ohr. Auf der Couch saß Oma Helga, kerzengerade und tadellos frisiert. Plötzlich war Leon auf beide schrecklich wütend, so wütend, dass er den Rucksack auf den Boden warf und darauf herumtrampelte, bis das Handy endlich still war.

Rainer traute seinen Augen nicht. Dort drüben, auf der anderen Straßenseite, knallte sein Sohn den Rucksack aufs Pflaster und sprang darauf herum. Vorher hatte er offensichtlich versucht, mit vorgerecktem Kopf von hinten ins Wohnzimmer zu schauen. Leon schien außer sich. Was war los?
Rainer war aus dem Bus gestiegen, er wollte so schnell

wie möglich nach Hause, es war schon kurz vor Fünf. Er sah Annettes missbilligenden Gesichtsausdruck so deutlich vor sich, dass er bis zur Ecke rannte. Erst im letzten Moment entdeckte er Leon und duckte sich hinter eine Buchenhecke. Sein Sohn stand schwer atmend neben dem Rucksack, die Hände zu Fäusten geballt, beide Arme starr nach unten gestreckt. Rainer überlegte fieberhaft, ob er ihn rufen sollte. Er könnte so tun, als sei er gerade angekommen, betont gut gelaunt auf ihn zugehen und sagen: 'Na, mein Sohn, dann wollen wir mal Geburtstag feiern', oder etwas in der Art, doch er tat nichts dergleichen. Nach einer gefühlten Ewigkeit hob Leon langsam seinen Rucksack hoch, warf ihn über die Schulter und trottete zum Haus. Er fummelte an seinem Hals herum, zog endlich die Schlüsselkette über den Kopf und schloss auf. Als er im Haus verschwunden war, atmete Rainer tief durch. Erst jetzt fiel ihm auf, dass Leon sehr spät dran war. Wo kam er denn her, um diese Zeit, mit dem Schulrucksack? Wieso hatte er den Türschlüssel mit? Heute war sein Geburtstag, Annette hatte sich frei genommen, sie wartete doch auf Leon, Helga residierte bestimmt auch schon auf der Couch.

Vor einem halben Jahr hatte er mit Annette erbittert über den Haustürschlüssel gestritten. Er fand Leon zu jung, um allein im Haus zu sein, er hatte Angst, dass jemand sehen könnte, wie der kleine Junge die Haustür aufschloss. In seiner Fantasie wurde Leon beobachtet, überwältigt und... Rainer schüttelte den Kopf, dieser Gedanke war wie eine lästige Fliege, die man vertreiben musste. Annette war zunächst ruhig geblieben, sie lächelte sogar, als sie, durch ihn hindurchschauend, wie zu einem ängstlichen Kind sprach. Es sei doch nur dienstags und freitags, ihr Dienst in der Stadtbücherei ging von zehn bis fünfzehn Uhr, dann sei sie doch wieder zuhause. Leon könne in Ruhe seine Aufgaben erledigen, ein bisschen lesen oder spielen, Rainer solle doch nicht alles mit seinen Polizistenaugen sehen. Sie schien ihn zu belächeln, seine Sorgen nicht ernst zu nehmen. Rainer fühlte sich beschämt, doch als Annette aus dem Zimmer gehen wollte, wurde er plötzlich zornig.

„Meine Polzistenaugen haben schon viel zu viel gesehen, da hast du sicher Recht! Sei froh, dass deine Augen nur über Gedichte und Romane huschen. Alles bloß Buchstaben, selbst wenn was Schreckliches dort steht, sind es immer nur Buchstaben!"

Die Schleusen waren geöffnet, beide wurden von den herabstürzenden Wassermassen mitgerissen, erstaunt, verwirrt, anklagend, fremd. Annette blieb an der Tür stehen, fuhr sich mit beiden Händen durchs Haar. Das machte sie in Situationen, die ihre Selbstbeherrschung verlangten, oder wenn sie Zeit gewinnen wollte bei unangenehmen Themen. „Was willst du eigentlich von mir, Rainer? Soll ich noch weiter die glückliche Nur-Hausfrau spielen, soll ich auf diese Chance verzichten, die sicher nicht noch einmal kommt?" Ihr Gesicht war feuergehärtetes, weißes Porzellan, ihre Augen blaugeschliffene Kristalle. Rainer starrte sie erschreckt und fasziniert an. Ihre ferne Schönheit machte ihn hilflos. „Nein, das will ich natürlich nicht! Annette, Leon ist zu klein, um allein zu sein. Ich möchte, dass wir für diese Stunden einen Babysitter engagieren, weiter nichts." Er hörte selbst, wie flehend seine Stimme klang. Sie kam einen Schritt auf ihn zu, versöhnlicher. „Findest du das nicht übertrieben? Leon kommt an beiden Tagen um halb eins aus der Schule. Um kurz nach drei bin ich wieder da, es ist doch nicht weit zur Bücherei. Willst du für diese lächerlich kurze Zeit jemanden suchen und bezahlen?" Sie hatte sich verschätzt, Rainer explodierte.

„In deiner sogenannten lächerlich kurzen Zeit geschehen die grausamsten Verbrechen, Annette! Was weißt du denn schon? Sitzt hier in deinem Wolkenkuckucksheim, liest Geschichten, doch du hast keine Ahnung, was alles passiert in der Welt!" Zu weit gegangen, er wusste es, doch die Worte waren wie Steine aus seinem Mund gefallen.

Annette stand bewegungslos vor ihm, ihre nächsten Sätze waren wohl überlegt, er konnte nicht anders, er bewunderte ihre Beherrschung, über viele Jahre eingeübt, wie er genau wusste. „Du glaubst also, dass in meinen Büchern nichts vom wirklichen Leben steht? Dass ich ein naives Dummchen bin, dass sich mit den Seelenergüssen anderer Leute vollstopft? Kannst du dir überhaupt vorstellen, dass Bücher Horizonte eröffnen, Perspektiven erweitern, zum Nachdenken und Lernen anregen? Vielleicht besitze ich eine andere Art von Information, die dir durch deinen täglichen Umgang mit Schmutz und Abschaum verwehrt bleibt; könnte das sein?" Sie formulierte gestochen scharf, wich seinem Blick keine Sekunde aus. Rainer fühlte alle Kraft, alle Wut verschwinden. Er schwieg, das letzte Restchen zappelige Aufruhr löste sich in seinem Kopf auf. Schmutz und Abschaum, fast literarische Worte, schoss es ihm durchs Gehirn. Was sollte er entgegnen? Was, das nicht noch mehr Kälte und Fremdheit zwischen ihnen schuf? Sie würde das besser aushalten als er. „Nein, entschuldige! Ich bin doch nur besorgt, sonst nichts. Könnte Leon nicht vielleicht an deinen Arbeitstagen mit zu Jan gehen?" Ein fast flehentlicher Versuch. Annette entspannte sich, legte die Hände ineinander. „Jans Mutter arbeitet jeden Tag bis zwölf im Supermarkt. Ich denke, danach hat sie genug mit ihren eigenen Kindern zu tun." Pause. „Das habe ich dir allerdings auch schon gesagt." Nachsichtiger Tadel. Rainer nickte. „Ja, ja, stimmt." Annette blieb am Ball. „Und bevor du es noch einmal versuchst, Rainer: ich könnte es nicht ertragen, wenn jemand Fremder hier in unserem Haus wäre, das weißt du. Und auch meine Mutter kommt nicht infrage." Er nickte. Beschämt, geschlagen. Leon bekam einen Schlüssel, der an einem roten Band an seinem Hals hing, ein Handy mit Annettes Telefonnummer und bis jetzt war alles reibungslos verlaufen. Und es galt ausschließlich für dienstags und freitags. Also, wieso hatte sein Sohn soeben die Tür aufgeschlossen?

Leon war lautlos ins Wohnzimmer getreten. Er sah die Rückensilhouette seiner Mutter am Terrassenfenster, einen Arm hatte sie um ihre Taille geschlungen, mit der anderen Hand presste sie das Telefon ans Ohr. Vor ihr saß Oma Helga auf der Couch und starrte ihm direkt ins Gesicht. Leon schaute auf die Hand seiner Mutter, die

74

Hand, die sie in der Mitte des Körpers aufrecht zu halten schien. Er konnte den Blick nicht abwenden. Oma Helga fasste sich schnell.

„Da bist du ja endlich! Weißt du eigentlich, wie spät es ist? Deine Mutter und ich, wir haben uns große Sorgen um dich gemacht!" Leon rührte sich nicht. Die Mutter fuhr herum. „Leon! Mein Gott, warum bist du nicht ans Telefon gegangen?" Sie flog auf ihn zu, schloss ihn stürmisch in ihre Arme, vielleicht würde sie ihn nie mehr loslassen. Leon drückte sich an sie, nun waren es seine Hände, die ihre Taille umfassten. „Mein Geburtstagskind", flüsterte die Mutter in sein Haar, „war der Ausflug denn schön?" Leon nickte unter ihrer Brust, er wollte nichts sagen, nicht reden müssen, kein 'erzähl doch mal wie es war', nur so mit der Mutter mitten im Zimmer stehen. Sein Gedächtnis würde diese Sekunden zu Ewigkeiten machen. Vom Tisch drang Tassengeklapper an sein Ohr, Kaffeeduft breitete sich aus. Oma Helga machte der Innigkeit ein jähes Ende. „So, jetzt setzt euch mal, wir wollen endlich Kaffee trinken." Eher ein Befehl als eine Einladung. Die Mutter wuschelte durch Leons Haar. „Wasch dir schnell die Hände und dann komm, ja?" Sie lächelte noch immer. Leon nickte, hob seinen Rucksack auf und sprang die Treppenstufen hoch. Im Bad setzte er sich auf die Klobrille, ein bisschen Zeit blieb ihm noch, bevor er Oma Helgas Fragen ausgesetzt war. Mit großem Trara wird sie ihm ihr Buch überreichen, er muss Überraschung heucheln, so tun, als freue er sich sehr, als habe die Oma genau das Buch ausgesucht, das Leon sich schon lange gewünscht hat. Er wusch sich lange die

Hände, schäumte die Seife immer wieder auf, spülte ausgiebig, warf sich kaltes Wasser ins Gesicht, doch es half alles nichts, er musste runter. Hoffentlich war Papa inzwischen da! Irgendwann kommen die Fragen noch, das wusste Leon. Er war auf der letzten Stufe, als die Haustür aufgeschlossen wurde. Papa kam, sein Retter in der Not! Leon sprang ihm entgegen.

Rainer breitete die Arme aus, Leon flog hinein. Er wurde hochgehoben und herumgewirbelt. Papa lachte wie lange nicht mehr. „Na, mein Großer, gefällt dir das denn noch?" Außer Atem, nach Luft japsend, setzte er Leon ab. „Klar", sagte Leon kichernd, „ich kann noch ganz lange." Rainer gab ihm einen Nasenstüber. „Oh ja, das glaube ich! Aber dein alter Vater kann da nicht mehr mithalten!" Er zwinkerte Leon zu und machte eine nickende Kopfbewegung in Richtung Wohnzimmer. Leon nickte ebenfalls. Papa beugte sich zu ihm runter. „Dann wollen wir mal in die Höhle des Löwen, was?" Leon kniff die Lippen zusammen, damit er nicht prusten musste. Papa und er, sie waren ein echtes Team.

Annette ließ das Tortenstück vorsichtig auf Helgas Teller gleiten, es blieb stehen, perfekt. Es gibt Rituale, die einfach eingehalten werden mussten. Als Papa noch lebte, (Annette nannte ihn nie Quasivater, obwohl er es war), gehörte es zu den Glanzleistungen ihrer Mutter, bei Familienfesten die selbstgebackenen Torten in gleichgroße Stücke zu schneiden und mit unnachahmlicher Leichtigkeit auf die Teller zu verteilen. Es sah aus, als glitten sie von selbst auf den Tortenheber und wieder hinunter. Bewundernde Blicke waren Helga sicher, doch sie tat, als würde sie das nicht bemerken und behielt ein geschäftsmäßiges Lächeln bei, stundenlang, wenn es sein musste. Nach Papas Tod war es still geworden im ehemals lebendigen Arzthaushalt. Annette hatte dieses Kaffeeritual schon früh durchschaut und immer verachtet, doch sobald Helga bei ihr zu Gast war, setzte sie alles daran, die Torte ebenso fehlerfrei zu verteilen. Natürlich fehlte ihr die mütterliche Eleganz und längst war nicht mehr alles selbst gebacken. Helga war klug genug, darüber kein Wort zu verlieren. Rainer und Leon kamen eng umschlungen, laut lachend, herein. Auch eine Art Ritual. Die Demonstration guter Laune verwischte jeden Konflikt. Annette fiel ein Roman ein, in dem zwei befreundete Ehepaare in einem gemeinsamen Urlaub die Fassaden ihrer kaputten Beziehungen bis zum letzten Tag aufrecht erhalten konnten. Doch als ein schweres Unwetter aufzog, das ihr Haus an der Steilküste zu verwüsten drohte, sprang das Auto nicht an und alle vier ergingen sich in bitterbösen, hasserfüllten Schuldzuweisungen. Wie hatte das Buch geendet? Sie wusste es nicht mehr. Wie seltsam. War es jemals vorgekommen, dass sie das Ende eines Romans vergessen hatte? Annette wäre jetzt gern allein, es drängte sie zu ergründen, warum es ihr ausgerechnet bei diesem Buch passierte. Es machte ihr niemals Mühe, für einen Kunden die Essenz eines Buches so zusammenzufassen, dass er die Lust am Lesen nicht verlor, im Gegenteil: ihre profunde Kenntnis erlaubte ihr, Subtexte so interessant ins Spiel zu bringen, dass ihre Leser neugierig wurden. Natürlich klappte das nur, wenn ihr das Ende des Buches bekannt war und eine Interpretation erst möglich machte. Während sie noch fieberhaft nach dem Schluss dieses Buches suchte, brannte Rainers fragender Blick auf ihrem Gesicht. „Was ist, mein Schatz? Bist du in Gedanken?" Leon hatte sich an seinen Vater gelehnt, er fixierte den Fußboden. Offensichtlich erhoffte er sich von Rainer Schützenhilfe, falls es noch zu ein paar unangenehmen Fragen kommen sollte. Annette wusste nicht, wo das allumfassende Gefühl der Sorge um ihren Sohn geblieben war. Noch vor einigen Minuten hatte sie am Fenster gestanden, mit schmerzendem Magen. Ihr Kopf war voll von Versprechungen ans Universum, alles wollte sie in Zukunft anders machen, liebevoller, geduldiger sein, mehr Interesse an Leons Kindersorgen zeigen, sie glaubte daran, mehr Freude an Leon zu haben, wenn sie es nur ernsthaft genug wollte, bereichern würde er sie, ihr Leben erfüllen mit Liebe, Wärme. Sie sehnte sich verzweifelt nach ihm. Wenn er nur gesund wiederkäme!

Und er war wiedergekommen. Da saß er, den Blick zu Boden gerichtet, verstockt, wie sie fand, keine Lust auf diesen Geburtstag, keine Ahnung von ihrer Sorge. Annette kämpfte gegen die aufkommende Wut und ihre Fluchtgedanken. Wie sollte sie es hier nur aushalten? Warum stand sie nicht auf, sagte: 'ich mache diese Schmierenkomödie nicht mehr mit!', ging hinauf in ihr kleines Zimmer unter dem Dach und legte sich mit einem Buch auf die Couch? Wahrscheinlich täte sie Leon einen Gefallen damit und müsste nicht wütend auf ihn sein, weil er ebenso empfand wie sie. Stattdessen

warf sie ihm einen strengen Blick zu. „Leon, möchtest
du denn jetzt deine Geschenke haben?" Der Satz passte
irgendwie nicht, er war wie eine tausendmal wiederholte
Regieanweisung, eine ausgeleierte Gewohnheit.
Leon sog erleichtert die Luft ein. Glück gehabt,
offensichtlich stellte niemand mehr eine Frage. Er
lächelte treuherzig in die Runde. Oma Helga strich
immer wieder über ihre Serviette, sie hielt ihren Unmut
nur mühsam im Zaum. „Also bitte! Meint ihr nicht, dass
der junge Mann wenigstens mal sagen sollte, weshalb er
so spät kommt?"
Sie heftete ihren Blick auf Leon, die rubinroten Lippen
zu einem Strich zusammengepresst. Leon schaute auf
einen Punkt über ihren Augen, dorthin, wo der
himmelblaue Lidschatten auf der faltigen Haut zu
bröckeln begann. „Wir standen im Stau, Oma. Kann ich
bitte Kuchen haben, ich habe Hunger." Der zweite Satz
war an die Mutter gerichtet. Wechselnde Koalitionen.
Annette lächelte. „Ja sicher, reich mal deinen Teller an.
Du nimmst sicher von jedem ein Stück, oder?" Leon
klatschte in die Hände. „Ja klar, das schaff' ich
spielend!" Helga lehnte sich zurück. „Mir ist gerade der
Appetit vergangen! Er soll doch wissen, welche Sorgen
du dir gemacht hast.., und ich schließlich auch!"
Beleidigt legte sie die Serviette auf den Teller. Annettes
Antwort war sanft: „Ist ja gut, Mutter. Das können wir
später noch besprechen. Jetzt ist er schließlich da und
wir feiern Geburtstag!" Helga haftete an ihrem
Gedanken, klein beigeben war ihre Sache nicht. „Aber
warum ist er nicht ans Telefon gegangen? Er hat das
Ding doch für solche Situationen, oder nicht?" Sie

redete, als sei Leon gar nicht da, also begann er, seinen Kuchen zu vertilgen und störte sich nicht an dem Geplänkel. Rainer kratzte mit der Gabel die Sahnereste vom Teller, bis jetzt hatte er schweigend gegessen. Er räusperte sich, tupfte die Mundwinkel ab, dann sagte er zu seinem Sohn: „Es war sicher laut im Bus und du hast das Telefon nicht gehört, stimmt's?" Leon war so erleichtert, dass er fast einen Fehler gemacht hätte. „Nein, das ist es nicht. Mir ist der Rucksack runtergefallen, ich glaube, das Handy ist kaputt!" Helga schnellte nach vorn. „Rede keinen Unsinn Leon! Es ist doch in der Hülle, so schnell kann es nicht kaputtgehen! Oder habt ihr mit dem Rucksack Fußball gespielt?" Sie lauerte wie ein Geier, Leon hasste sie, doch ihre Vermutung war nicht schlecht. Mit zerknirschtem Gesichtsausdruck und leiser Stimme nickte er. „Ehrlich gesagt, ja!" Triumphierend klopfte Helga mit den Fingern auf den Tisch. „Na siehst du, es geht doch! Vielleicht kann man mit den Eltern deiner Freunde reden, dann können sich alle an einem neuen Handy beteiligen!" Die Inquisitorin wollte nicht aufgeben, Annette versteifte sich. Sie musste jetzt Einhalt gebieten, dieser giftigen Quasimutter endlich das Maul stopfen. Schließlich war sie keine hilflose kleine Tochter mehr, oder doch? Gott sei Dank nahm Rainers wütende Stimme ihr die Entscheidung ab. „Es reicht Helga! Wir regeln das schon ganz gut ohne dich!" Leon hatte den fragenden Seitenblick seines Vaters bemerkt, konnte sich aber keinen Reim darauf machen. Was war denn auf einmal los? Oma meckerte doch immer an irgendwas herum, doch heute war es anders, dunkle

Wolken zogen auf, die Luft war zum Schneiden dick. Die Mutter hielt die Kuchengabel umklammert, dabei hatte sie noch nichts angerührt. In den Tassen erkaltete der Kaffee. Und was war mit Papa? Leon hatte ihn noch nie so wütend gesehen. Er verbat sich jede Widerrede von Oma Helga. Die saß da und heulte in ein Spitzentaschentuch. Die Mutter war noch blasser als sonst, sie sah wie ein kleines Mädchen aus. Alles wegen Oma! Wieso hielt sie nicht einfach ihren Mund? In Leons Kopf tummelten sich lauter böse Worte: Blöde alte Kuh, doofe Ziege, angemalte olle Schachtel, hau doch endlich ab, verpiss dich und nimm dein dämliches Buch gleich mit!

Und tatsächlich: ein paar Minuten später war ihr Platz leer! Leon hatte mit seinen Gedanken gespielt, sie hin und her geschickt in seinem Kopf, dass er nicht mitbekommen hatte wann Oma gegangen war. Echt genial, wenn man sich einfach mal 'ausschalten' konnte, fand Leon. Die Mutter konnte das auch, das hatte er schon bemerkt.

Papa schenkte sich eine zweite Tasse Kaffee ein.

Das ist ja erstaunlich, dachte Annette verblüfft, was war denn in Rainer gefahren? Sein angepasst-provinzielles Verhalten war von einem Sturm der Entrüstung weggefegt worden, nur ein einziger Satz, aber schneidend scharf. Sie konnte nicht umhin, ihn zu bewundern. Noch nie war er ihrer Mutter gegenüber unhöflich gewesen, im Gegenteil: sobald Spannungen aufkamen, bemühte er sich um einen jovial-lockeren Ton, Herrgott, wie gekünstelt das immer klang! Bloß kein Streit, wir kuscheln uns lieber in die miefige Decke erzwungener Harmonie... Nicht, dass sie selbst gerne stritt, doch Annette hätte sich so manches Mal Schützenhilfe von Rainer gewünscht, wenn ihre Mutter wieder auf ihren engstirnigen Prinzipien herumritt. Aber sieh an, jetzt saß er schon wieder da, als sei ihm der Satz ganz und gar unangenehm, ach ja, ein winziger Kontrollverlust, peinlich war es ihm, sowas sollte sich tunlichst nicht wiederholen, schließlich könnte sie noch auf die Idee kommen, er sei ein richtiger Kerl! Provinz, Provinz, zu eng, zu wenig Luft, von bewaldeten Mittelgebirgszügen eingesperrt, geschäftige Möchtegerngroßstadt mit zu hoher Kirchendichte. Warum war sie hiergeblieben, wo sie sich doch immer falsch gefühlt hat, an einen Platz gerückt, auf den sie nicht gehörte. Sie war geblieben, eine unumstößliche Tatsache. Sie war geblieben, obwohl jede erreichbare Großstadt nur 100 km entfernt war, sie hätte ihre Buchhändlerausbildung doch viel interessanter ausrichten können, mehr kulturelle Vielfalt erleben, spannende Leute treffen, ausgehen können. Annette sah zu, wie Rainer seine Kuchenkrümel mit dem Zeigefinger auf eine Seite des Tellers schob, um sie dann auf die Gabel zu schaufeln, mit dem nun angefeuchteten Finger. Dabei blitzte sein Ehering auf. Sie trug ihren schon lange nicht mehr. Sie mochte keinen Schmuck, doch er schenkte ihr jedes Jahr teure Einzelstücke. Er wusste, dass sie wusste, dass er sich wünschte, sie möge sich freuen und vielleicht ihren Ehering wieder tragen, beide wussten sie, dass dies nicht geschehen würde. Jedes Geschmeide verschwand nach Weihnachten oder nach ihrem Geburtstag wieder in der eigens dafür angeschafften ledernen Kassette, auch ein Geschenk von Rainer. Und ein Eingeständnis seiner Niederlage.

Annette hatte sich durchaus Gedanken über einen Umzug gamacht, damals, als sie gerade das Abitur in der Tasche hatte und eine erbitterte Auseinandersetzung mit ihrer Mutter über ein anstehendes Medizinstudium führte. Annette weigerte sich strikt, reagierte nicht auf Tränen, Bitten, Drohen und die perfide Anspielung auf den toten Vater, der sich das angeblich sehnlichst gewünscht hätte. Seit sie von ihrer Adoption erfahren hatte, war das Verhältnis zur Mutter von mannigfaltigen Qualen bestimmt, für Außenstehende nicht zu erkennen. Sie sahen die fleißige Arztwitwe, die sich aufopfernd um ihre Tochter, das Haus und den Garten kümmerte, für die es sicher nicht leicht war zu sehen, dass ein junger Doktor in die Praxis ihres Mannes einzog. Da war das verschlossene junge Mädchen, das freundlich grüßte, doch dem man sich einfach nicht näherte. Annette mochte Menschen lieber aus der Ferne, ach ja, sie trauerte sicher sehr um ihren Vater. Das stimmte, Annettes Trauer hatte eine unbenennbare Schwere, die sich nicht auflöst, wenn Fragen nicht mehr gestellt und Antworten nicht mehr gegeben werden können. Sie wollte der Mutter diese Fragen nicht stellen, nur der Vater hätte ihr zuhören und sie erlösen können. Mit der Mutter blieb sie durch unantastbare Rituale verbunden. Erst viel später verstand Annette, dass sie beide diese Rituale brauchten, damit sich ihr Leben von Tag zu Tag weiter wälzen konnte, einbetoniert wie ein begradigter

Fluß.

Ausgerechnet, als die Mutter ihr die Möglichkeit eröffnete, in einer großen Stadt zu studieren, lehnte Annette ab. Dass sie keine Lust hatte, Ärztin zu werden, war eine Sache, doch warum hatte sie nicht Germanistik studiert, warum nicht Literaturwissenschaft? Stattdessen hatte sie sich für den langweiligen Buchladen entschieden, 5 Minuten von ihrer Haustür entfernt.

Über diese Entscheidung hatte sie nachgedacht, damals, an einem heißen Julinachmittag im Freibad. Am ersten August würde die Ausbildung beginnen, Annette war zu zwei Gesprächerin über den Ausbildungsverlauf geladen worden. Danach keimte in ihr der Verdacht, dass der Beruf weniger mit Literaturkenntnissen zu tun hatte, als mit Organisation und Verkauf. Noch waren es knapp 10 Tage, dann würde sie es erfahren. Annette zog den Strohhut über ihr Gesicht und bugsierte ihre Beine in die schattige Ecke an den Büschen. Sie war schläfrig geworden, als aus den Wolken eine amüsierte Stimme an ihr Ohr drang. „Deine rechte Schulter ist noch in der Sonne, sie ist schon ganz rot." Erschreckt zog sie den Hut weg und blinzelte in das Gesicht, das über ihr in der Luft hing. Sie stemmte sich hoch auf die Ellenbogen. Das war doch Rainer, der Sohn vom Gastwirt; also war er wohl nicht so schüchtern, wie sie gedacht hatte. „Danke", mehr fiel ihr nicht ein. Er nickte. Annette erkannte allmählich den Körper unter dem Kopf. Rainer stand breitbeinig vor ihr, ein eingerolltes Handtuch unter dem Arm, er trug schwarzgrüne Boxershorts und sie konnte den Blick kaum von seinen behaarten Beinen lösen. Er sieht gut aus, dachte sie und fragte sich

84

gleichzeitig, warum sie das dachte. Jetzt könnte er weitergehen, offensichtlich wollte er doch schwimmen. „Hast du dieses Jahr Abi gemacht, Annette?" Ihr Name war ihm bekannt? Er bemerkte ihr Staunen. „Du weißt schon, dass wir auf der gleichen Schule waren, oder? Ich hab letztes Jahr Abi gemacht." Offenbar hielt Rainer eine längere Erläuterung für notwendig, denn er ließ sich neben Annette ins Gras fallen. Hatte er denn keine Decke, keine Wasserflasche, kein Buch, oder was man sonst so mit ins Schwimmbad nahm? Sollte sie etwa rücken und ihn auf ihr Badetuch lassen? Annette war von der unbekannten Situation überrumpelt, sie lächelte bis ihre Kaumuskeln schmerzten. Rainer schien es nicht aufzufallen. „Du warst doch jedes Jahr Siegerin im Vorlesewettbewerb, sogar in der gesamten Region. Wir haben zwar nie miteinander geredet, aber deine Stimme kenne ich trotzdem sehr gut." Pause. Er lächelte sie an. Hinreißend. „Eine tolle Stimme zum Vorlesen und Geschichten erzählen." Du liebe Zeit, wohin mit Armen und Beinen?

Sie kamen ins Gespräch, weil Rainer ihre Verlegenheit ignorierte, weil er Fragen nach ihren Zukunftsplänen stellte, weil er von seiner Ausbildung bei der Polizei erzählte und weil sie beide keine Lust auf ein Studium gehabt hatten. Am Ende des Nachmittags wähnte Annette sich verliebt. Der Mutter erzählte sie nichts. Der Gastwirtssohn, ach du je, kein Akademiker, ein Dorfpolizist womöglich. Sicher würde sie so oder ähnlich reagieren und Annette auf mögliche 'bessere Partien' verweisen.

Sie verabredeten sich täglich, gingen wandern, Eis essen, fuhren an den Stausee und Annette wartete darauf, dass irgendwas passierte. Was? Ein heißer Kuss, eine leidenschaftliche Umarmung? Wollte sie das denn? Aber es gehörte doch dazu, oder? Wozu? 'Gingen' sie jetzt miteinander, oder waren sie einfach alte Schulkameraden? Sie erzählte von ihren Lieblingsbüchern, von ihrer Sehnsucht, nach Amerika zu reisen und auf den Pfaden von Philip Roth und John Irving zu gehen. Er kannte keinen von beiden, doch sein Interesse an ihrer Vorliebe schien unerschöpflich. Nach ihrem ersten Arbeitstag stand er vor der Buchhandlung. Annette erinnerte sich an seinen erwartungsvollen Blick, sein Lächeln, den Kopf schräg, Hände in den Gesäßtaschen seiner Jeans. Sie wollte ihre Enttäuschung verbergen, nicht erzählen, dass sie die meiste Zeit herumgestanden hatte, doch bevor sie etwas sagen konnte, hatte er die Hände aus den Taschen genommen, machte einen Schritt auf sie zu, da flog sie wie von allein in seine Arme..

Bis heute konnte Annette nicht sagen, ob sie je in Rainer verliebt gewesen war. Er tat ihr gut, er war ein Halt, doch wenn er nicht mehr gekommen wäre, hätte es sie getroffen? Annette war sich ziemlich sicher, dass sie ihr altes Leben wieder aufgenommen und die Zeit mit Rainer als farbige Episode in den zähen Alltagsfluß eingeordnet hätte. Rainer musste damals zurück zur Polizeiakademie, sein Urlaub endete, als ihr Arbeitsleben begann. Er rief fast täglich an, Annette wunderte sich, doch bald waren die abendlichen Gespräche leicht, sie konnte all ihren Ausbildungsfrust bei ihm loswerden, er hörte zu. Wie wenig er von sich erzählte, fiel ihr nicht auf, sie brauchte seine Anteilnahme, um durch die Ausbildung zu kommen. Es kam, wie es kommen musste: sie verlobten sich gegen den Willen von Annettes Mutter. Rainers Eltern waren begeistert, hatte ihr Sohn doch die Arzttochter erobert. Als Rainer ihnen kurz nach der Hochzeit von Annettes Adoption erzählte, waren sie besorgt. Ob sich da vielleicht schlechte Gene versteckten? Man weiß ja nie, schließlich war die Schwiegertochter ein launischer, schwieriger Mensch, so viel hatten sie in der Zwischenzeit herausgefunden. Annette erfuhr von diesen Bedenken durch eine ungeschickte Bemerkung ihrer Schwiegermutter; es kam zu einem Bruch in der Beziehung. Annette weigerte sich, Rainers Eltern zu besuchen. Sie betrat den Gasthof nie mehr. Selbst als Leon geboren wurde blieb sie unversöhnlich. Unerbittlich, auf ewig gekränkt. Rainers Magen schmerzte, er schluckte Säureblocker, lag nachts grübelnd wach, litt unter der Qual seiner Eltern, deren Versöhnungsangebote allesamt ausgeschlagen wurden. Also nahm er Leon regelmäßig mit zu ihnen. Er wagte nicht, aufzubegehren, denn Annette warf ihm vor, ihr Vertrauen missbraucht zu haben. Er hätte seinen Eltern niemals etwas von der Adoption erzählen dürfen! Vor Wut zitternd hatte sie vor ihm gestanden, Rainer fühlte sich völlig konfus. Es sei doch in der Familie geblieben, war seine holpernde Antwort gewesen, Annette sei doch jetzt auch Teil seiner Familie. Ob er denn nicht begreifen könne, dass sie gar keine Familie habe, hatte sie geschrien, ihre Wurzeln seien einfach gekappt worden, als sie ein Baby war. Ihre Suche nach den leiblichen Eltern war ergebnislos verlaufen, ihre Mutter war vermutlich ins Ausland gegangen und ein Vater war nirgends registriert. Rainer hatte ihre Suche damals unterstützt, gegen Helgas Vorwürfe und Tränenströme. Er nahm die enttäuschte Annette in den Arm, sagte ihr, dass sie nun eine eigene Familie hatte, doch ihre Trostlosigkeit lähmte auch ihn. Der Eklat mit seinen Eltern raubte ihm Kraft und einen Teil seiner Hoffnung. Annette wusste, dass er sie auf hilflose, duldende Art liebte, vielleicht bestrafte sie ihn dafür. Doch heute war etwas anders gewesen. Rainer hatte Position bezogen, seine Wut in einen einzigen Satz geschmiedet. Fast fühlte sie sich erleichtert, stellte Annette fest.

„Warum ist Oma denn schon weg?" Leon hatte eine Weile beobachtet, wie seine Mutter seinen Vater betrachtete, als sähe sie ihn heute zum ersten Mal. Jetzt kribbelte es hinter seiner Stirn. Er sah sich um. „Wo ist denn das Buch?" Sein Vater lachte nervös auf. „Woher weißt du denn, dass du ein Buch bekommst, du Schlaumeier?" Leon sah eine Möglichkeit, die Situation zu entspannen. Er zog die Stirn kraus, spitzte die Lippen. „Oh, es kann natürlich auch was ganz anderes sein! Ein Malkasten vielleicht, oder ein Skateboard?" Er legte eine dramatische Pause ein. „Nein, es ist ein Fernglas, stimmt's?" Lachend hielt er seinen Zeigefinger in die Luft, sein Blick wanderte rasch zur Mutter hinüber. Sie stellte mit geübten, ruckenden Bewegungen die Teller aufeinander, ihre Lippen waren schmal, von dem Geplänkel schien sie nichts mitzubekommen.

Rainer wuschelte ihm durchs Haar. „Schön wär's, mein Sohn. Aber du hast schon Recht: es ist wieder mal ein Buch! Da drüben auf der Kommode." Leon seufzte theatralisch und trottete hinüber, wickelte das Buch aus dem Papier und betrachtete es schweigend. „Was ist es diesmal?" Rainer trank den letzten Schluck Kaffee. „Es ist ein Buch über die Rückkehr der Wölfe", antwortete Leon, „gar nicht so schlecht." Rainer nickte. „Immerhin."

Leon blätterte in dem Buch, die vielen Fotografien von freilebenden Wölfen faszinierten ihn. Rainer half Annette, das Geschirr in die Küche zu tragen. Sie wandte ihm den Rücken zu, während sie die Spülmaschine einräumte. Rainer trat neben sie. „So, jetzt werde ich unseren Sohn mal überraschen", flüsterte er ihr ins Ohr. „Ja, mach das", sagte Annette, ohne ihre Tätigkeit zu unterbrechen. Rainer wartete noch einen Moment, doch sie fragte ihn nicht nach seinem Geschenk. Sie ist müde und erschöpft von dem Streit, dachte Rainer, später wird sie sich freuen, bestimmt. Er ging zur Garderobe und zog einen hellblauen Umschlag aus seiner Tasche. Die Hände auf dem Rücken verschränkt, setzte er sich neben Leon auf die Stuhlkante. „So, mein Sohn, jetzt darfst du dir eine Hand aussuchen. Vielleicht tippst du auf die richtige und kriegst noch ein Geschenk!" Leon legte das Buch zur Seite. „Echt?" Er war aufgeregt, Rainer konnte seine Vorfreude kaum unterdrücken. Es wird grandios werden! Leon würde Bauklötze staunen! „Die Linke", sagte sein Sohn, rasch wechselte Rainer den Umschlag. „Richtig, Volltreffer!" Sein Arm schnellte nach vorn. Leon sah überrascht auf

das Papier. „Ein Brief?", fragte er unsicher. Rainer
kicherte. „Mach es auf, dann wirst du dich wundern!"
Meine Güte, Papa war ja aufgeregter als er. Leon zog
einen glänzenden, bunten Prospekt heraus. Das Logo
erkannte er sofort. Schweigend starrte er darauf,
während sich die Gedanken in seinem Kopf
überschlugen. Rainer beobachtete ihn. „Da bist du
sprachlos, was? Damit hast du nicht gerechnet, ich
weiß!" Leon nickte langsam, er las zum wiederholten
Mal die handgeschriebene Zeile auf dem unteren
Prospektrand.
'Gutschein für einen Familienausflug in den botanischen
Garten'.

Eine müde Sonne ergoß ihre tiefroten Strahlen in Leons
Zimmer. Er stand am offenen Fenster und schaute
hinunter in den rotglühenden Garten. Im Haus war es
still. Leon hielt das Wolfsbuch vor seiner Brust, der
Gutschein steckte zwischen zwei Seiten. Er hätte gerne
geweint. Er stellte sich vor, wie ein Tränenstrom aus
seinen Augen floss, hinunter in den trockenen Garten
stürzte, dabei seinen steinharten Kummer mit sich riss.
Leon war müde. In seinem Kopf spukte Mutters
Bemerkung, die wie ein Peitschenhieb auf Papa
niedergesaust war. 'Es wäre ja auch zu schön gewesen,
wenn du ein einziges Mal mit einem Geschenk richtig
gelegen hättest!' Papa war blass geworden. Leon hatte
zugeschaut wie er sich duckte, den Blick senkte, Leon
fühlte, dass sein Vater sich schämte. Sein Papa sollte
nicht so dastehen, seine Mutter sollte nicht solche Dinge
sagen. Leon konnte es nicht mehr aushalten, deshalb

war er aufgestanden und wortlos in sein Zimmer gelaufen. Er wollte seine Eltern nicht anschauen.

Die Sonne wanderte in den hinteren Rasenwinkel. Leon beobachtete, wie das Licht verblasste, eine dunstige Bräune kroch über die Terrasse. Der Abend kam, endlich. Gleich würde er sich ins Bett fallen lassen und schlafen, aber noch hielten ihn seine Gedanken am Fenster fest. Jede Bewegung konnte ihre Kreise stören, ihre Verknüpfungen lösen. Leon war einem Gefühl auf der Spur, das gerade eben in sein Herz kroch. Ein neues Gefühl, das nicht zu vergleichen war mit der Enttäuschung, dem immer neuen Hoffen, dem Nicht-mehr- dran- denken wollen. Es war auch nicht so wie das Verwirrtsein, die Ratlosigkeit, der Unmut, die Langeweile, dieses neue Gefühl hieß Angst. Heute war etwas geschehen, das anders war als alles, was er mit Papa und seiner Mutter erlebt hatte, es war etwas Endgültiges. Und es war bedrohlich. Zum ersten Mal waren Papa und er an seinem Geburtstag nicht zu den Großeltern gegangen. Leon hatte heute nicht am geschmückten Stammtisch gesessen, umrahmt von Oma und Opa. Es fühlte sich an, als hätten die Eltern ihn heute etwas sehen lassen, das sie bis jetzt immer vor ihm verborgen gehalten hatten. Leon dachte an den Mann auf dem Marktplatz, der mit einer Schlinge riesige Seifenblasen machte, die buntschillernd in die Luft stiegen, ein Weilchen umherschwebten, bis sie zitternd zerplatzten. Leon hatte die enttäuschten Gesichter der Kinder ringsum betrachtet, besonders die kleinen Mädchen zogen traurige Schnuten, wenn nur ein feuchter Fleck auf dem Pflaster von der Pracht übrigblieb. Der Mann machte doch sofort eine neue, noch bessere, größere Seifenblase und sofort hellten sich die Mienen der Kinder wieder auf. So ähnlich war es zuhause auch immer gewesen. Doch jetzt gab es keine Seifenblasen mehr, der Mann war vom Marktplatz verschwunden.

Leon hörte Schritte auf der Treppe. Die Mutter kam herauf, sie ging an Leons Tür vorbei in ihr Zimmer. Jetzt war Papa ganz allein unten. Leon starrte weiter in den Garten, sah das Licht verschwinden und spürte seine Arme und Beine vor Müdigkeit

kaum noch. In seinem Kopf tauchte eine Stimme auf, Jans Stimme, die fragte: „Feiern wir dann bei dir auch Kindergeburtstag?" Bevor er in einen bleiernen Schlaf fiel, dachte Leon an Elena, Malte und all die anderen, die er morgen wiedersehen würde. Er sah das müde Gesicht von Frau Gerlach vor sich. Manchmal sah sie ihn so seltsam nachdenklich an. Vielleicht würde er eine Geschichte brauchen, für sie alle, eine Geschichte, die fröhlich war und von einer Geburtstagsfeier mit tollen Geschenken erzählte. Aber vielleicht würde auch niemand danach fragen.

Blaues Licht

Drei Wochen nach der Beerdigung seines Vaters klingelte abends um zehn das Telefon. Obwohl Jochen mit Erleichterung registrierte, dass dies kein Anruf aus der Klinik mehr sein konnte, zitterten seine Hände und sein Herz hämmerte gegen die Rippen. So lange hatte das Auf und Ab mit seinem Vater gedauert, ein nervenaufreibender Wechsel zwischen Sterbeankündigungen und Entwarnungen, dass Jochen schließlich von der lapidaren Nachricht auf dem Anrufbeantworter, sein Vater sei gegen Morgen friedlich entschlafen, völlig überrascht worden war.

Er atmete tief durch. Es gab nicht viele Leute, die ihn um diese Uhrzeit noch anrufen konnten. Entschlossen stand er vom Schreibtisch auf und konnte gerade noch verhindern, dass ein Stapel Mathehefte auf den Boden rutschte.

„Hallo, wer da so spät?", sagte er betont munter in der Hoffnung, die Beklemmung auf diese Art loszuwerden. Die Stimme seiner Mutter ließ ihn nach Luft schnappen. „Entschuldige Junge", sagte sie, „hoffentlich habe ich dich nicht gestört. Bist du allein?" Sie klang erstaunlich sicher, vielleicht etwas kraftlos. Jochens aufwallende Panik verebbte, er entschied, die letzte Frage, die wegen ihrer Beiläufigkeit deutlich signalisierte, wie sehr sie seine Mutter beschäftigte, zu ignorieren.

„Mama, meine Güte, ist was passiert?" Er konnte den

besorgt- vorwurfsvollen Ton nicht verhindern. „Na ja, es ist sehr viel passiert, nicht wahr?" Leise, bedächtig, ein wenig spöttisch. Jochen entspannte sich. „Ja Mama, das stimmt. Entschuldige, aber ich..." Die Mutter unterbrach ihn. „Ja, ich weiß, es ist die Uhrzeit, die dich aus dem Konzept gebracht hat. Ich wollte dich bitten, morgen vorbeizukommen. Jochen, ich will etwas mit dir besprechen, es ist wichtig. Kannst du dir eine Stunde Zeit nehmen?"

Sie wollte nicht sagen, worum es ging, versicherte ihm nur, dass er sich keine Sorgen machen müsse, weshalb er sofort damit begann. „Das ist unfair, Mama. So etwas sagt man nicht! Dir ist doch klar, dass ich jetzt die halbe Nacht grübeln werde..." „Nun übertreib mal nicht, Junge. Es geht eher um eine Information, etwas, dass ich dir und, na ja, auch Melanie und Paula erklären möchte." Sie zögerte. „Auch wenn ihr euch getrennt habt, bleibt Paula meine Enkelin und Melanie ist nach wie vor meine Tochter." Schwiegertochter, dachte Jochen. Er nickte, als könne sie ihn sehen. „Kommen die beiden auch?" Seine Mutter ließ sich Zeit mit der Antwort. „Nein, sie kommen nicht. Ich habe ihnen einen anderen Termin gegeben." Was für eine förmlich-gestelzte Ausdrucksweise. „Gut Mama, dann komme ich nach der Schule, so gegen drei." Es folgte ein unangenehmes Schweigen. Jochen stellte sich den abweisenden Gesichtsausdruck seiner Mutter vor. Sie hatte die Trennung von Anfang an missbilligt und seine Gründe mit einer Handbewegung weggewischt. Jochen hatte nach eindeutigen, überzeugenden Argumenten gesucht, war aber letztlich nicht über 'auseinandergelebt'

94

und 'keine Gemeinsamkeiten mehr' hinausgekommen.
Es war die völlig unspektakuläre Wahrheit. Fast war es
ihm wie ein Versagen vorgekommen, dass er nicht mit
einem Seitensprung aufwarten konnte. Es wäre leichter
gewesen, wenn Melanie ihn aus Wut verlassen hätte,
weil er eindeutig die Schuld trug. Jochen vermutete,
dass seine Mutter kompromisslos an Melanies Seite
gewesen wäre. Doch so war es nicht. Es war viel
schlimmer: Er hatte sich von Melanie getrennt, nach fast
siebzehn Jahren. Die Verliebtheit der ersten Zeit, das
gemeinsame Pläneschmieden, die erotische Anziehung,
alles das hatte sich nicht dauerhaft in eine ernste, warme
Beziehung voller Freude aneinander, mit bleibender
Neugier auf den anderen, überführen lassen. Vertrauen
und Verlässlichkeit waren geblieben, vielleicht war das
schon mehr, als die meisten Paare nach einer langen Ehe
vorweisen konnten. Jochen wusste das, aber im Laufe
der Zeit entwickelte er eine ungeheure Lust aufs
Alleinleben, der er unbedingt nachgeben wollte. Im
Gegensatz zu Melanie, die sich gerne mit Menschen
umgab, neues ausprobierte und beruflich risikofreudig
und ambitioniert war, wurde ihm das alles zu viel.
Jochen sehnte sich nach Ruhe und den vielen
ungelesenen Büchern in seinem Regal. Mit schlichten
Worten, ohne Firlefanz, erklärte er es seiner Frau. Zu
seiner Überraschung willigte Melanie sofort ein. Sie
schien sogar Erleichterung zu verspüren. Sie redeten
gemeinsam mit Paula, die, gerade fünfzehn Jahre alt,
erschreckend klarsichtig Stellung nahm. 'Ist echt
Scheisse, aber ihr habt euch schon lange nichts mehr zu
sagen. Ich gehe mit Mama, aber mein Zimmer hier will

95

ich behalten. Und ich will auch nicht Gott weiß wie weit wegziehen!' Jochen empfand Stolz auf seine weitsichtige Tochter, einen Moment fragte er sich, ob er sie überhaupt kannte und vielleicht im Begriff war, einen riesigen Fehler zu begehen, doch der Gedanke zog rasch vorbei. Innerhalb weniger Wochen hatte Melanie eine Wohnung für Paula und sich gefunden, drei Haltestellen mit dem Bus entfernt.

Nach der Trennung sahen sie sich kaum noch, Paula kam und ging, wann sie wollte, Jochen freute sich darüber, doch er vermisste sie nicht sonderlich, wenn sie längere Zeit ausblieb. Das war jetzt über ein Jahr her. Damals hatte sein Vater sich schon krank gefühlt. Er verbrachte seine Tage überwiegend in dem wuchtigen, weinroten Ledersessel am Wohnzimmerfenster und schaute hinaus auf den See, sah den Spaziergängern zu und redete sich ein, dass er bald auch wieder seine Runde drehen würde, wenn nur die lästige Müdigkeit endlich wegginge und seine Beine ein wenig mehr neue Kraft bekämen. Jochens Mutter zog schweigend die Decke über seine mageren Knie, stellte ihm dampfenden Tee auf den kleinen Tisch, lächelte ihm zu, doch er sah sie nicht an.

Jochens Kehle war trocken, als er seinen Eltern die Nachricht von der Trennung überbrachte. Es war die Aufgeregtheit eines Kindes, das sich schuldig fühlt, auf Milde hofft, indem es sein Fehlverhalten wortreich erklärt. Verdammt!, so wollte er sich auf keinen Fall fühlen! Melanie war ein paar Tage zu ihrer Familie gefahren, sie hatte Verabredungen mit ihren beiden Schwestern getroffen, Paula wollte mit ihrer Cousine 'die hessische Provinz unsicher machen', beide konnten es offensichtlich nicht erwarten, das neue Leben ohne ihn zu beginnen. Kein Wort über seine Eltern, keine Frage danach, ob er ihre Unterstützung haben wollte. Jochen bat nicht darum, stattdessen übte er eine Choreografie ein, indem er alle vorstellbaren Reaktionsmöglichkeiten seiner Eltern durchspielte. Sein wichtigster dramaturgischer Punkt war, auf jeden Fall die Ruhe zu bewahren, dabei nahm er sich vor, den Blicken der Mutter standzuhalten, ganz gleich, wie laut und vorwurfsvoll sie lamentieren würde. Um seinen Vater machte er sich weniger Sorgen; sie waren sich nie nahe gewesen, wahrscheinlich würde er schweigen und aus dem Fenster sehen. Jochen war sich nicht einmal sicher, ob er später mit der Mutter darüber reden würde. Sein Besuch sollte unangekündigt stattfinden, damit die Mutter keine gemütliche Kaffeerunde inszenieren konnte, mit einem überladenen Kuchentablett auf der weißen Damasttischdecke. Er wollte vielmehr den Überraschungsmoment nutzen, seine Botschaft verkünden und schnell wieder gehen, mit dem Hinweis darauf, dass nun viel zu regeln sei, doch Melanie und er würden das in gutem Einvernehmen hinbekommen. So war sein Plan damals gewesen.

Jochen trat ans Fenster. Es war nicht wirklich dunkel, hinter den Lichtern der Straßenlaternen ahnte er das breite Band des Rheins. Die Scheinwerfer der Autos mäanderten als rote Flecken auf der breiten Uferstrasse vorbei, Autolärm war nicht zu hören. Jochen liebte die Nähe zum Fluss. Selbst bei Tag, wenn die Industriekulisse alles nüchtern grau erscheinen ließ, mochte er die Spaziergänge durch den Uferkies, die struppigen Grasflächen, die sich an der Böschung hochzogen, er mochte auch das Geruchsgemisch aus Chemie, Fisch, und wenn man Glück hatte, ab und an auch nach Pflanzen, besonders im Frühling, wenn Linden, Birken und Buchen blühten. Eine zerzauste Landschaft, die sich redlich um einen Hauch von Idylle bemühte. Jochen fiel ein Sonntagsausflug ein: seine Eltern hatten damals sehr geheimnisvoll getan, die Mutter schaute ständig den Vater an, umklammerte Jochens Hand, zog ihn über das holprige Pflaster hinter sich her bis zur Anlegestelle des Ausflugsdampfers. Der Vater positionierte sich neben dem Holzsteg, der vom Ufer auf das Schiff führte. Er winkte seine Familie wie ein Verkehrspolizist an Deck. Jochen war das peinlich, er wand seine gefühllose Hand aus der Umklammerung der Mutter und lief voraus. Auf dem Oberdeck standen Tische mit Resopalbeschichtung, darum je vier Stühle mit Plastikbespannung. An jedem Platz ein einfaches weißes Kaffeegedeck mit umgedrehter Tasse auf dem Unterteller, daneben ein klobiges Wasserglas. Keine Tischdecken, natürlich nicht, bei Wind würden sie ja wegwehen, es war zweckmäßig, Jochen fand es scheußlich. Unschlüssig war er stehen geblieben, bis sein Vater auf einen Tisch an der Reling zusteuerte. Mit einer einzigen Handbewegung wies er seinen Sohn an, sich zu setzen, die Mutter zwitscherte die ganze Zeit aufgeregt, was das doch für ein herrlicher Platz sei, so nah am Wasser, Jochen solle doch schauen, wie schön die Wellen in der Sonne glitzerten... Jochen begriff, dass die Hafenrundfahrt mit den viereckigen

Streuselkuchenstücken, der klebrigen Limonade und den endlosen, dozierenden Erklärungen seines Vaters, die große Überraschung war, der seine Mutter erwartungsvoll entgegengefiebert hatte. Für ihn blieb das als peinliche Angelegenheit in Erinnerung. Jochen sah sich möglichst unauffällig um, während sein Vater redete. Er sah, dass Leute in der Nähe spöttisch tuschelten, oder, was weitaus schlimmer war, amüsierte Blicke in Richtung des Vaters warfen, dem nicht auffiel, wie laut er sprach und weiter dozierte. Eine Frau am Nebentisch sagte lachend zu ihren Mann, diesem Herrn gehöre wohl der Hafen, worauf der Mann augenzwinkernd vorschlug, am Ende der Veranstaltung mit dem Hut herum zu gehen. Jochens Wangen brannten, sein Kopf senkte sich noch tiefer über den Teller. Mit angefeuchtetem Zeigefinger tupfte er die Streuselkuchenreste auf. Die Mutter klopfte tadelnd auf seinen Arm, wandte ihren Kopf aber sofort wieder ihrem Mann zu, aufmerksam nickend, Bewunderung signalisierend, Fragen stellend, verhindernd, dass der Vater endlich mal den Mund hielt.

Noch heute beschlich Jochen ein unangenehmes Gefühl aus Wut und Scham, wenn er daran dachte. Die vergangene Zeit hatte dem Erlebnis nichts von seiner Peinlichkeit genommen, stellte er fest. Allerdings war ihm später eine Erklärung für das Verhalten seines Vaters geliefert worden. Jochen hatte sich nie Gedanken über seinen Beruf gemacht. Der Vater ging halt jeden Morgen 'aufs Amt'. Eine schwarze Lederaktentasche, die er in seinem Arbeitszimmer mit unterschiedlichen Schriftstücken füllte, schien mit ihm irgendwie verwachsen zu sein, genau wie seine Anzüge, ein grauer und ein dunkelbrauner, die er abwechselnd trug. Die Mutter suchte ihm passende Krawatten aus, täglich eine andere. Jochen erschien das alles wie eine Arbeitsuniform, so ging man eben 'aufs Amt'.

Irgendwann hatte jemand, an den Jochen sich nicht mehr erinnern konnte, gesagt, dass sein Vater der Chef des Bauamtes der Stadt war. Es dämmerte Jochen, dass dies wohl etwas Bedeutendes sein musste. Deshalb war er so stolz auf alles, was mit Bauprojekten der Stadt zu tun hatte, deshalb kannte er alle entsprechenden Zahlen. Nun gut, doch Jochen fühlte sich nicht erleichtert, im Gegenteil, er fand es noch schlimmer, dass der Vater so damit heumprotzte, auch das hündische Verhalten der Mutter kam ihm wie unechte Bescheidenheit vor, nur dazu angetan, die Position des Vaters ins Scheinwerferlicht zu rücken.

Jochen ging in die Küche, um in den Schränken nach einer Tütensuppe zu suchen, irgendwas mit Nudeln und viel Salz, darauf hatte er plötzlich einen unbändigen Appetit. Er schnitt sich eine dicke Brotscheibe ab und setzte sich an den Tisch.

Seine Eltern waren für Jochen zu einem Studienobjekt geworden. Er suchte nach einer anderen Begrifflichkeit, um sein Verhältnis zu ihnen zu beschreiben, nicht für andere, nur für sich selbst, doch es lief immer wieder auf das Beobachten hinaus. Vor seinem geistigen Auge sah er sich in einem Versteck, von dem aus er ergründen wollte, ob er vielleicht nur zufällig bei ihnen gelandet war. Tatsächlich hatte er sich zeitweise gefragt, ob seine Eltern ihn adoptiert hatten. Die Frage war so dringend

geworden, dass er die Mutter gebeten hatte, ihm seine Geburtsurkunde zu zeigen. Er wolle nur mal sehen, wie so etwas aussieht, hatte er gesagt, ein Schulfreund habe noch eine kleine Schwester bekommen und erzählt, dass es darüber ein 'Urkunde' gebe. Den Begriff hatte er theatralisch in die Länge gezogen, woraufhin die Mutter lachend aus einer Schublade des Wohnzimmerschrankes ein in Kunstleder gebundenes kleines Buch holte und ihm erklärte, dass dies das Familienstammbuch sei. Sie war erfreut über sein Interesse, das war deutlich zu spüren. Sie zog Jochen neben sich auf die Couch, zeigte ihm zuerst die Heiratsurkunde, dann seine Geburtsurkunde. Das wäre genug gewesen, doch die Mutter ließ sich die Gelegenheit zu einer blumigen Schilderung rund um seine Geburt nicht entgehen, die darin gipfelte, dass Jochens Vater mit einem wunderschönen Rosenstrauß zu ihr ins Krankenhaus gekommen war, um mit bebender Stimme zu versichern, wie vernarrt er in den kleinen Sohn sei...
Jochen löffelte die Suppe. Undenkbar! Aber was wusste er schon davon, wie es damals zwischen seinen Eltern gestanden hatte? In seiner Vorstellung waren sie niemals jung gewesen. Er erinnerte sich an ein regelmäßiges, berechenbares Leben, ein Tag glich dem anderen. Noch bevor Jochen zur Schule ging, war sein Vater bereits auf dem Weg ins Büro. In der Diele hing sein Rasierwasserduft. Die Mutter richtete Jochens Frühstück: Kakao mit Käsebrot, mit einer Tasse Kaffee setzte sie sich kurz auf die Stuhlkante, dann ging er los und sie begann wahrscheinlich mit der Hausarbeit. Sie sprachen wenig miteinander, die Mutter fragte

101

höchstens, ob in der Schule alles in Ordnung sei, was Jochen nickend bestätigte. Damit war sie zufrieden und beide hingen wieder ihren eigenen Gedanken nach. Manchmal machten sich die Eltern abends festlich zurecht. Sie hielten sich lange in Bad und Schlafzimmer auf, wenn sie dann in die Diele traten, trug der Vater einen dunkelblauen Anzug mit einer silbernen Fliege und die Mutter ein glitzerndes, bodenlanges Kleid. 'Verpflichtungen' nannte der Vater solche Abende. Beide schienen nicht begeistert davon zu sein. Selbst bekamen sie nur selten Besuch. Bei traditionellen Familienfeiern traf Jochen auf seine Großeltern, die sich untereinander nicht leiden mochten, deshalb war es seine Aufgabe, die Aufmerksamkeit gerecht auf alle vier zu verteilen, damit es keine anzüglichen Bemerkungen, böse Blicke, oder sogar offenen Streit um Jochens Gunst gab.

Mittlerweile waren die Großeltern lange tot, der Kontakt war im Laufe der Jahre noch weniger geworden, zumal seine Eltern dazu übergegangen waren, ihren jeweiligen Eltern kurze Besuche abzustatten, vor denen Jochen sich meist gedrückt hatte. Familientreffen gab es schon lange nicht mehr, Gott sei Dank!

Jochen kippte den Rest der salzigen Suppe in die Toilette.

Ihm fiel ein was Melanie gesagt hatte, nachdem sie zum ersten Mal bei seinen Eltern gewesen war: 'Ihr seid eine Ansammlung von Einzelkindern, irgendwie komisch, so, so..., unverbunden, verstehst du?' Ihr Blick war mitleidig gewesen, sie hatte seine Wange mit dem Handrücken flüchtig gestreichelt. Jochen fühlte sich verwirrt, er wollte etwas Witziges entgegnen, doch die

Worte kamen nicht über seine Lippen. Also schwieg er, ließ zu, dass sie seine Hand nahm, starrte mit trockenen Augen in die andere Richtung. Dabei hatte Melanie Recht, sie waren wirklich alle Einzelkinder: seine Mutter, sein Vater und er selbst. Von kriegsverschreckten, stummen Eltern durch die Kindheit dirigiert, eine reglementierte Jugend, Normen und feste Regeln, all das hatte Melanie mit einem einzigen Besuch infrage gestellt. Nein, so war es nicht, sie hatte es lediglich ausgesprochen. Unverbunden war genau das richtige Wort.

Später, nachdem er ihre wilde, große, streitlustige Familie kennengelernt hatte, begriff er, was Verbundenheit bedeutete. Melanies ältere Schwestern und ihr jüngerer Bruder, sie neckten sich, stritten miteinander, gingen sich auf die Nerven, doch Jochen merkte schnell, wie gut sie sich kannten, wie liebevoll selbst ihre Ironie war, deshalb sprachen sie alles aus, sie konnten es einfach, es gehörte dazu. Alle versuchten, Jochen einzubinden in diese Familie, aber genau das war zuviel für ihn. Jochen behielt seinen Beobachterposten. Melanie verstand das, doch irgendwann hatte es angefangen, dass sie ihn wie ein minderbemitteltes Kind behandelte, der arme kleine Jochen, der sich nicht auf eine Familie einlassen konnte, den sie hätschelte, verwöhnte und bemitleidete. Als Paula geboren wurde, sollte er es endlich lernen, sie war schließlich sein eigenes Kind und Melanie präsentierte sie ihm geradezu. Jochen liebte Paula vom ersten Moment an, doch anders, als Melanie sich das vorstellte. Er betrachtete sie mit

Respekt und zärtlicher Bewunderung, nahm sie auf den Arm, doch es kam ihm nicht in den Sinn, sie zu herzen und zu küssen, so wie Melanie es ständig tat. Im Gegenteil, Jochen hatte das Bedürfnis, dem Kind Ruhe zu schenken, die überschwängliche Mutterliebe auf seine Art auszugleichen.

Er spülte den Topf aus, nahm ein Bier aus dem Kühlschrank und setzte sich wieder an den Schreibtisch. Sein Blick fiel auf den Bücherschrank. Dort stand seit einer Woche ein gerahmtes Bild seines Vaters. Es zeigte ihn hinter seinem Schreibtisch im Amt. Die Mutter hatte es Jochen mit feierlicher Miene überreicht, so, als mache sie ihm ein kostbares Geschenk, auf das er seit langem gewartet habe. Der Rahmen war aus gehämmertem Silber, das Bild fünfzehn Jahre alt. Der Vater schrieb mit gesenktem Blick, er störte sich weder an den Fotografen noch nahm er den Blumenstrauß auf seinem Schreibtisch wahr. Die runde Pappe mit der aufgemalten 60 lehnte an der Vase. Im Hintergrund stand ein kleiner Tisch, überladen mit Geschenken. Es war also der 60. Geburtstag des Amtsleiters. Der war er Zeit seines Lebens gewesen: der Amtsleiter, Pflichterfüller, der Tonangeber, der eben auch Frau und Sohn hatte. Wie es sich gehörte. Und selbst nach seinem Tod hielt die Mutter dieses Bild noch aufrecht. Der Abglanz des Vaters war auch ihre Identität gewesen. Wahrscheinlich blieb sie das auch.

Melanie hatte das gleiche Bild bekommen und ihn tatsächlich sofort angerufen. 'Meine Güte, Jochen', hatte sie gesagt, 'ich fasse es nicht! Was machst du mit diesem Bild? Stellst du es dir etwa ins Regal?' Es stand bereits dort, doch Jochen sagte, dass er es noch nicht wisse. Sie schwiegen beide, dann sagte Melanie: 'Ich gehe morgen zu Irene, schau mal nach, wie es ihr wirklich geht." Jochen war verblüfft. Dachte Melanie etwa, seine Mutter habe dieses Foto wie einen Schutzschild vor sich hergetragen, um ihre tiefgründigen Gefühle vor ihnen zu verstecken? Melanie hatte sicher nie den Wunsch aufgegeben, dass es so sein möge. Deshalb war sie seinen Eltern mit unverwüstlicher Herzlichkeit begegnet, Jahr um Jahr. Sie umarmte die beiden bei jedem Besuch, anscheinend war sie davon überzeugt, dass der stete Tropfen den Stein höhlen würde. Nicht ohne Verbitterung musste Jochen feststellen, dass Melanie sich wenig Gedanken darum gemacht hatte, wie sie seinen Eltern die Trennung übermitteln würde; sie war wohl der Meinung gewesen, dass es seine Aufgabe sei. Ein geschickter Schachzug? Wohl kaum, eher ein Ausdruck ihrer Sorglosigkeit. Jochen setzte sich noch einmal an den Schreibtisch, ein Drittel der Mathearbeit war noch zu korrigieren, es würde ihn hoffentlich davon ablenken, über die Mitteilung seiner Mutter nachzugrübeln.

Jochen klimperte mit dem Schlüsselbund zum Haus der Eltern. Einen Moment war er versucht, die Tür aufzuschließen, mit einem munteren 'Hallo, da bin ich', in die Diele zu treten, um dann...? Ja, was wäre dann? Seine Mutter würde ihm nicht freudestrahlend um den Hals fallen, wahrscheinlich zupfte sie gerade noch welke Blätter von einer ihrer unzähligen Blattpflanzen, bevor sie sich überhaupt nach ihm umwandte. Also, was phantasierte er sich da zusammen?

Im Vorgarten waren die Rosenstöcke noch winterlich verpackt, die Erde glänzte dunkel und nass. Allmählich kroch die Kälte in Jochens Füße, er stand vor der Tür, wollte gerade auf die Klingel drücken, als er von drinnen Geräusche hörte. Er drückte sein Ohr gegen das Holz. Eindeutig Mutters Stimme! Lachte sie etwa mit jemandem? Der Gedanke, Melanie könne doch da sein, machte ihn nervös. Jochen hielt den Atem an. Tatsächlich, seine Mutter lachte. Er konnte aber keine andere Stimme ausmachen. Vielleicht war der Besuch hinten in der Küche, doch wieso stand seine Mutter dann in der Diele oder im Wohnzimmer? Er drückte auf die Klingel, zweimal kurz, wie immer. Sofort wurde es still, dann kamen eilige Schritte zur Tür. Ein Schlüssel wurde umgedreht, sie schloss sich also ein. Das war vielleicht sogar vernünftig, schließlich lebte sie jetzt allein im Haus. Jochen hatte noch nicht darüber nachgedacht, wie es sich für seine Mutter anfühlte, ohne den Vater zu leben. War sie eine ängstliche Person? Nein, er glaubte nicht. Sie war es einfach nicht gewohnt. Neu war auch die viele freie Zeit die sie nun hatte, Jochen würde sie danach fragen.

„Ach, mein Junge, komm doch herein!" Zuerst öffnete sich die Tür nur einen Spalt breit, der frisch frisierte Kopf seiner Mutter schaute um die Ecke. Jochen meinte, etwas Erstauntes in ihren Augen gesehen zu haben, ein winziger Moment, indem sie die Dinge rasch ordnen musste, bevor sie die Tür weit aufmachte. Er stellte mit Erstaunen fest, dass seine Mutter ein elegantes blaues Wollkostüm trug, dunkelblau zwar, aber nicht schwarz.

Ihre Bluse war schiefergrau, mit einer kleinen Schleife am Hals. Noch nie gesehen, dachte er. Steht ihr gut, auch die grauen Lederpumps. Sie war nie der Pantoffeltyp gewesen. Obwohl seine Eltern nur selten Besuch empfangen hatten, schon gar keinen unangemeldeten, war seine Mutter immer so gekleidet gewesen, als würde es jeden Moment an der Haustür klingeln. Er hauchte ihr einen Kuss auf die Wange, dabei schaute er über ihre Schulter ins Haus hinein. „Was ist los? Suchst du was?" Ihr entging nichts, sie war auf der Hut. Jochen lächelte schief. „Mit wem hast du eben gelacht und geredet? Hast du Besuch?" Seine Frage klang inquisatorischer als gewollt. Die Mutter schloss die Tür, drehte den Schlüssel langsam um, sie blieb einen Moment mit dem Rücken zu ihm stehen. Ertappt, dachte Jochen, sie will Zeit gewinnen! Als sie sich umdrehte, wich er einen Schritt zurück. Sie starrte ihn mit harten Augen an. „Was redest du da? Wer sollte denn wohl hier sein?" Jochen verstand die Anspielung auf seinen Vater. Was, wenn sie mit ihm geredet hatte? Aus Einsamkeit, weil sie sich noch nicht an ein Leben ohne ihn gewöhnt hatte? Wieso war er nicht auf diesen einfachen Gedanken gekommen? Es war etwas Intimes, das nur ihr und dem Vater gehörte, er hatte kein Recht, einfach dort einzudringen. „Oh, Entschuldigung Mama.., es hat sich von draußen so angehört, weißt du.." Sie legte den Kopf schief und sah ihn forschend an. „Ach so", sagte sie, strich sich mit Daumen und Zeigefinger nachdenklich übers Kinn, „das war das Radio in der Küche, ja, ja, da hat einer was erzählt und ich musste lachen." Sie nickte eifrig, lächelte, dann ging

sie an Jochen vorbei ins Wohnzimmer. Er folgte ihr
schweigend. Noch nie hatte seine Mutter in der Küche
Radio gehört, sie fand das eintönige Gedudel, wie sie es
nannte, immer nervtötend. Ihr Lachen war anders
gewesen, es war, als habe sie direkt mit jemandem
zusammen gelacht, über etwas, das im Gespräch gesagt
worden war, nichts, was aus dem Radio kam. Jochen
verscheuchte den Gedanken. Was wusste er denn schon
über sie? Vielleicht hörte sie jetzt Radio. Seit der
Beerdigung hatte er sie nur einmal besucht, zwei Tage
später. Sie waren über Höflichkeiten nicht
hinausgekommen, Jochen ging bald wieder mit der
Versicherung, jederzeit erreichbar zu sein. Sie würde
sich nicht melden, das wusste er damals schon genau.
Sie bat ungern um Hilfe, er bot sich ungern an. Seine
Brust wurde eng, als er das Wohnzimmer betrat.
Der Sessel war verschwunden. Der Blick aus dem
breiten Panoramafenster war unverstellt. Jochen starrte
auf den schmalen Gehweg und den breiten Uferstreifen,
der hinunter zum See führte. Vereinzelte
eingemummelte Gestalten gingen dort spazieren. Die
Generation, die sich bei jedem Wetter eine Dosis
Frischluft verordnet hatte. Er gehörte nicht dazu.
Unfähig, sich zu bewegen, blieb Jochen stehen, diese
leere Stelle am Fenster kam ihm vor, als sei sein Vater
konsequent entfernt worden. Das Fehlen dieses
wuchtigen Möbels stand mehr für das Ausradieren
seiner Person als für seinen Tod, es veränderte die
Atmosphäre im gesamten Raum. Plötzlich war mehr
Luft da, als man zum Atmen brauchte. Hinter ihm
klirrten leise die Gläser, die seine Mutter soeben auf den

Tisch stellte. Gluckernd lief das Mineralwasser hinein, Jochen wunderte sich, dass sie still blieb. Endlich drehte er sich um. Sie saß auf ihrem Couchplatz, nah bei der Lehne, auf dem Beistelltisch ihr Strickzeug und ein Reisekatalog. 'Busreisen zu Traumzielen' las Jochen. Noch keine fünf Minuten hier, fühlte er sich aus dem Takt gebracht, verhaspelte sich beim Luftholen, weil sein Herz so sehr klopfte. Oder umgekehrt? Er verstand nicht, was jetzt los war, aber dass etwas völlig anders war als vor zwei Wochen, das wusste er. Die Mutter beobachtete ihn nicht. Sie hielt den Blick auf ihren Ehering gerichtet, an dem sie fortwährend drehte. Wo war eigentlich der zweite Ring? Trugen Witwen nicht beide Ringe? Dankbar für den Moment geschenkter Zeit, griff nach seinem Glas und leerte es in einem Zug. „Hast du solchen Durst, mein Junge?" Seine Mutter stand auf, füllte sein Glas noch einmal, dann strich sie ihren Rock glatt und setzte sich wieder hin. Ihre Stimme klang so anders, weich, fast liebevoll. „Danke Mama, ja, ich habe wohl zu scharf gegessen." Sie nickte abwesend, sah aus dem Fenster, lächelte in sich hinein. Jochen wartete. Als sie zu spechen begann, blieb ihr Blick unverändert nach draussen gerichtet. „Ich möchte dir mitteilen, dass ich in Zukunft nicht sehr oft zu Hause sein werde." Ihr Lächeln schien sie an angenehme Dinge denken zu lassen. Jochen verstand nichts. „Wie meinst du das? Wo wirst du denn sein?" Jetzt schaute sie ihn an. „Auf Reisen, mein Junge, ich werde viele wunderbare Reisen machen." Herrgott, was war er erleichtert! Jochen wusste nicht, was er erwartet hatte, doch diese Option erschien ihm wirklich nicht außergewöhnlich. Für seine Mutter schon, aber nicht im Großen und Ganzen. „Ja Mama, das ist doch wunderbar, eine prima Idee." Ein bisschen zu viel Begeisterung. Er wartete, trank sein Glas leer. Sie nickte ihm erfreut zu, beugte sich nach vorn und flüsterte: „Die wirkliche Welt, verstehst du, das ist es, was mich schon immer interessiert hat." Sie schloss die Augen, lehnte sich zurück, ließ den Kopf in das Polster fallen. Jochen verstand nicht. Die wirkliche Welt? Was meinte sie damit? War das angelesen? Die Formulierung passte nicht zu seiner Mutter, noch weniger passte eine solche Unterscheidung zu ihr. Sie hatte doch immer in ihrer wirklichen Welt gelebt, sie niemals infrage gestellt. Er räusperte sich. „Wie meinst du das Mama? Was ist denn die wirkliche Welt?" Wäre Melanie doch bloß hier! Jochen fühlte sich unwohl, er wollte weg hier, möglichst schnell. Aber er musste auch verstehen, was seine Mutter vorhatte. „Mama, hast du mich verstanden?" Es dauerte ewig, bis die Mutter die Augen öffnete. Mit einem Ruck setzte sie sich kerzengerade hin. „Natürlich, mein Junge, ich habe immer alles verstanden, wusstest du das nicht?" Ein forschender Blick, Jochen war verwirrt. Was sollte das nun wieder? Wie ernsthaft waren ihre Absichten? „Wohin willst du denn reisen, Mama? Und mit wem? Du willst doch nicht etwa allein fahren?" Er brauchte was Konkretes. Die Mutter lachte laut, klatschte in die Hände. „So viele Fragen? Na, schau her." Sie warf ihm den Katalog in den Schoß. Jochen blätterte ihn durch. Reisen mit dem Bus, meist nicht länger als eine Woche, nach Österreich, Bayern, in die Schweiz und nach Italien. Das klang wirklich nicht außergewöhnlich. „Das sind schöne Reisen", sagte er, „wenn man mit langen Busfahrten zurechtkommt." Er sah sie an. „Kannst du denn so lange im Bus sitzen?" Sie schien ernsthaft nachzudenken. „Doch, doch, ich glaube schon." Sie beugte sich hinunter und zog ihren Schuh aus, legte das Bein mit kurzem Schwung auf den Couchtisch. Jochen erschrak. „Sieh dir mein Bein an, Junge! Keine Krampfadern, keine Schwellungen. Also werde ich wohl keine Thrombose bekommen, bist du nun beruhigt?" Er konnte nur nicken. Grellrot lackierte Fußnägel schimmerten durch den Strumpf. „Na siehst du. Außerdem halten die Busfahrer ihre vorgeschriebenen Pausen ein, da können wir aussteigen, uns die Beine vertreten und sogar in der Raststätte etwas essen." Sie hatte sich also schon informiert. Er wollte gerade etwas sagen, doch sie kam ihm zuvor. „Die erste Reise beginnt in drei Tagen. Du kannst es nachlesen. Wir fahren ins Allgäu, in den Schnee!" Begeistert schlug sie mit der Hand auf den Tisch. Jochen fuhr dazwischen. „Wer ist wir? Mit wem fährst du denn?" Die Mutter sah einen Moment überrascht aus. „Ach so, das sagte ich noch nicht? Mit Doris von nebenan. Wir werden jetzt immer zusammen verreisen!" Jochens Verwirrung hätte größer nicht sein können. „Aber Mama, ihr habt euch doch nie verstanden, Doris und du! Und Papa und Paul auch nicht. Die waren euch doch immer viel zu fromm und ihr habt sie aufdringlich und besserwisserisch genannt!" Jochen dachte an den sorgsam gepflegten nachbarschaftlichen Streit, die spitzen Bemerkungen der Mutter über den Rasen, der sicher mit der Nagelschere geschnitten worden war,

111

über die Putzwut der Nachbarin und dass Paul jeden Freitag sein Auto unten am See gewaschen hat, obwohl das streng verboten war und er doch wusste, dass Jochens Vater 'bei der Stadt' war! Und mit dieser Frau wollte seine Mutter in Urlaub fahren? Sie beobachtete ihn mit gespitzen Lippen. „Tja, das wundert dich, nicht wahr? Doch alles im Leben ändert sich, das weißt du doch am besten! Paul ist tot, dein Vater ist tot, aber wir leben noch, Doris und ich! Jetzt verstehen wir uns gut, das ist doch die Hauptsache, findest du nicht auch? Wir haben keine Zeit mehr zu verschwenden, wir wollen unser Leben jeden Tag genießen." Die Worte kamen mit Nachdruck, ihre Entschlossenheit imponierte ihm. Bevor er etwas entgegnen konnte, fuhr sie fort. „Und im Frühling reisen wir nach Italien, in die Toskana, im August an die Ostsee, alles schon gebucht!" Ihre Augen blitzten vor Freude. Jochen nickte sprachlos, er fühlte sich irgendwie betäubt. Sollte er sich nicht freuen, dass seine Mutter nicht jammernd vor ihm saß, ihn ständig um sich haben wollte? Stattdessen haderte er mit ihrer Reiselust, misstraute ihrem neuen Lebensgefühl. Und warum hatte sie so betont, ihr Leben jeden Tag genießen zu wollen? Was war denn das Leben bis jetzt für sie gewesen? Hatte er sich nicht gefragt, ob sie überhaupt ohne den Vater klarkommen würde? Ging das nicht alles viel zu schnell? Er stand auf und ging zum Fenster. Seine Mutter kam zu ihm. „Jochen, das geht alles ziemlich schnell, ich weiß. Du fühlst dich sicher so, wie wir uns gefühlt haben, als du uns über die Trennung von Melanie unterrichtet hast: wie von einer Dampfwalze überrollt..." Sie lachte wieder ungewöhnlich laut. Doch es stimmte. Er hatte seine Botschft ohne Vorrede und unverblümt überbracht und war recht schnell wieder gegangen, damit er sich ihren Reaktionen entziehen konnte. Sie hatten tagelang nichts voneinander gehört und als er dann angerufen hatte, weil sein Gewissen ihn plagte, hatte seine Mutter kurz angebunden gesagt, dass sie sich nicht in seine Entscheidung einmischen würden, außerdem sei sie mit Melanie zum Kaffeetrinken in der Stadt verabredet. Von seinem Vater war gar keine Reaktion gekommen. Jochen fragte sich, was er wohl zu den Plänen seiner Frau sagen würde. Im Geiste sah er den empörten Gesichtsausdruck, den missbilligenden Blick. Er schaute sich nach dem gerahmten Foto des Vaters um. Aber er fand es nicht. Die Mutter hatte kein Bild ihres verstorbenen Mannes aufgestellt. Offensichtlich war sie seinem Blick gefolgt, als er den Kopf umwandte, sahen sie sich direkt in die Augen. Die Mutter legte den Kopf ein wenig schief, Jochen hatte das unangenehme Gefühl, dass sie mit der Situation kokettierte. Es lag eine Provokation in ihrem Verhalten, die Jochen völlig fremd war.

„Suchst du was, mein Junge?" Als ahnte sie nicht, wonach er suchte! Er konnte einen trotzigen Unterton nicht verhindern. „Ja, ich suche Papas Bild. Genau das, was du uns gegeben hast! Ich sehe es hier nirgendwo!" Mit dem Arm beschrieb er eine ausladende Geste durch den Raum. „Oh, oh, mein Sohn, das klingt sehr vorwurfsvoll!" Deutlicher Spott begleitete ihre Worte, Jochen presste die Lippen aufeinander. „Du hast Recht, hier ist kein Bild von eurem Vater. Ich habe sie euch geschenkt, damit ihr euch an ihn erinnern könnt, wenn

ihr es wollt. Ich habe schließlich 46 Jahre mit ihm
gelebt, was soll ich da mit einem Bild?" Jochen starrte
sie an wie jemanden, den man schon einmal gesehen
hatte, sich aber nicht mehr erinnern konnte, wann und
wo. Er wusste nichts zu entgegenen, er wusste ihre
Worte auch nicht zu deuten. Waren 46 Jahre genug, um
sein Bild auf immer in ihr zu verankern, oder waren 46
Jahre genug, um sein Bild endlich auszulöschen? Aus
Verlegenheit sah er demonstrativ auf seine Armbanduhr.
Für weitere Fragen oder Erklärungen hatte er heute
einfach keine Nerven mehr.
Die Mutter ging zum Tisch und nahm die Gläser hoch.
„Du willst nach Hause, nicht wahr? Ich wollte nur noch
sagen, dass ich euch bitte, während meiner Abwesenheit
nach dem Haus zu sehen und die Blumen einmal zu
gießen. Ich werde es Melanie ebenfalls sagen, sie hat
Vaters Schlüssel von mir bekommen. Die Putzfrau ist
für diese Zeit abbestellt." Jochen nickte mechanisch,
von einer Putzfrau hörte er auch zum ersten Mal. Seine
Mutter schlug den Weg zur Küche ein, blieb aber im
Flur stehen. Er war ihr gefolgt und fast in sie
hineingerannt. „Drück uns die Daumen Jochen, damit es
gut klappt mit Doris und mir, denn dann werden wir
bald einige Fernreisen machen, natürlich mit dem
Flieger." Sie machte eine Pause und strich mit dem
Zeigefinger versonnen über die Wassergläser. „Weißt
du, was ich im Fernsehen gesehen habe?" Jochen hob
leicht die Schultern. „Es gibt Orte auf der Erde, da ist
das Licht ganz blau, kannst du dir das vorstellen?" Sie
strahlte ihn an. „Ich weiß nicht mehr genau, wo das war,
aber es ist auch egal, weil wir in viele Länder reisen

114

wollen, Doris und ich. Und in einem werden wir das blaue Licht finden, da bin ich mir sicher."

Jochen atmete gierig die kalte Luft ein, er ging hinunter zum See, bog auf den Rundweg ein, lief mit raschen Schritten, bis er sicher war, dass die Mutter ihn nicht mehr sehen konnte. Es dämmerte bereits, alles um ihn herum nahm eine schiefergraue Färbung an. Außer einem Mann, der mit seinem Hund joggte, war niemand mehr hier. Jochen fror, er hätte seinen Wintermantel gebraucht, deshalb lief er los, zunächst schnell, bis er in einen angenehmen Trott verfiel, bei dem er seine Gedanken ordnen konnte. Am meisten verwirrte ihn die Tatsache, dass er sich nicht wirklich über die Pläne seiner Mutter freuen konnte, sondern allem, was sie gesagt hatte, mit Misstrauen begegnet war. Er hatte sogar nach Fallen gesucht und den Gedanken gehabt, sie wolle ihn testen. Aber wazu? Es war nicht ungewöhnlich, dass ältere Frauen nach dem Tod des Mannes nochmal eine aktive Lebensphase anstrebten, warum also nicht auch seine Mutter? Sie hatte das Geld, war gesund genug, also, warum war er nicht einfach erleichtert? Die Dunkelheit kam rasch, Jochen lief schneller. Ihm fehlte Melanies Sicht auf diese Entwicklung, ihr Blick auf seine Eltern hatte ihm zwar nicht immer gefallen, doch meist bot er Orientierung und veränderte seine Sichtweise, zumindest manchmal. Keuchend kam er wieder an der Strassenmündung an. Im Elternhaus brannte Licht. Jochen wischte sich mit dem Ärmel über die Stirn. In jedem Zimmer brannte Licht, auch im Obergeschoss. Dort waren

Schlafzimmer, Arbeitszimmer und Jochens Jugendzimmer, daneben ein Gästezimmer und ein Bad. Das Schlafzimmer und das Bad lagen nach hinten zum Garten hinaus, weshalb hatte die Mutter also im Arbeitszimmer des Vaters, in seinem Zimmer und im Gästezimmer Licht angemacht? Durch die Panoramascheibe des Wohnzimmers sah er sie geschäftig hin und her laufen, offensichtlich ging sie immer in die Küche, doch er konnte nicht sehen, dass sie etwas trug oder holte. Plötzlich blieb sie in der Nähe des Fensters stehen und schien ihn direkt anzustarren. Schnell trat Jochen hinter einen Baum, es war schon fast dunkel, sicher hatte sie ihn nicht erkennen können. Was machte sie da bloß? Er sah, wie sie den Kopf nach hinten warf und lachte, dann klatschte sie in die Hände, drehte sich um und sprach gestikulierend in Richtung Flur. Es musste jemand gekommen sein, jemand, für den sie das gesamte Haus beleuchtete? Oder war die ganze Zeit jemand dagewesen, irgendwo im Haus versteckt? War sein Gefühl vorhin richtig gewesen und sie hatte tatsächlich mit jemandem geredet? Er schlich in die Nähe der Strasse und hielt Ausschau nach einem Auto. Am Ende der Siedlung stand ein Caravan, doch der gehörte dem Nachbarn. Ansonsten war die Strasse bis auf seinen eigenen Wagen leer. Es gab allerdings eine Buslinie, die von der Stadt bis hierher in den Süden führte, an das Naherholungsgebiet mit den Baggerseen. Der Bus fuhr nur selten, eine umständliche Prozedur, besonders, wenn man gegen Abend wieder zurück wollte. Melanie war schon mal aus Umweltschutzgründen mit dem Bus gefahren, fiel

Jochen ein. Er konnte sich aber nicht vorstellen, dass Melanie sich im Haus der Mutter versteckt hielt, während er dort war, das wäre doch albern, schließlich waren sie nicht verfeindet. Doch der Gedanke setzte sich in seinem Kopf fest. Vielleicht sahen die beiden alle Sachen durch, überlegten, wie die Räume demnächst zu nutzen seien, sortierten Vaters Dinge aus, behielten einige Andenken, sowas in der Art. Jochen spürte einen Stich in der Brust. War er etwa eifersüchtig? Melanie hatte sich schließlich sehr um seine Eltern bemüht, eigentlich wusste Jochen überhaupt nicht, wie vertraut sie mit seiner Mutter war. Möglicherweise war Melanie zufällig vorbeigekommen und seine Mutter hatte keine Zeit mehr gefunden, sie wegzuschicken.., ach was, das war doch alles Blödsinn! Jochen schüttelte den Kopf und zog sein Handy aus der Tasche. Er musste Gewissheit haben, jetzt gleich. Melanie meldete sich sofort.

„Jochen, was gibt`s? Ich bin noch in der Praxis!" Erleichtert atmete er auf. „Ach so, entschuldige. Ich hatte nur ein seltsames Erlebnis mit meiner Mutter, deshalb..." Sie unterbrach ihn. „Komm doch in einer halben Stunde vorbei, dann bin ich fertig und wir können was trinken gehen, hast du Lust?" Eine Welle der Erleichterung durchflutete ihn. „Danke, ich komme gern. Bis gleich." Er steckte das Handy ein, in dem Moment wurden im oberen Geschoss die Lichter nacheinander gelöscht. Ich sehe Gespenster, dachte Jochen, vielleicht hat sie das Bedürfnis, viel Licht um sich zu haben, und sollte sie Selbstgespräche führen, wer könnte es ihr verdenken? Trotz aller Reisepläne musste sie sich doch erst einmal an das Alleinsein gewöhnen, ein neues Gleichgewicht finden. Jochen beruhigte sich zwar mit diesen Gedanken, doch ein Rest ungutenen Gefühls blieb. Er stieg ins Auto und überlegte, wie er Melanie dieses Gefühl nachvollziehbar schildern konnte.

Jochen fand einen Parkplatz gegenüber von Melanies Physiotherapiepraxis. Er saß im dunklen Auto und schaute unschlüssig hinüber. Zwischen den Lamellen der Jalousie schimmerte Licht. Früher war er hier hineinspaziert, hatte mit den beiden Angestellten gescherzt, einen Kaffee getrunken, während Melanie ihren letzten Patienten behandelte oder den Yogakurs abhielt. Sie war stolz auf ihre Praxis, ihren guten Ruf bei Ärzten und Patienten, und Jochen hatte sie insgeheim bewundert für ihr sicheres, freundliches Auftreten, mit dem sie Kompetenz und Vertrauenswürdigkeit signalisierte. Es war gut möglich, dass er sogar ein bisschen neidisch darauf gewesen war. Melanie pflegte freundschaftliche Kontakte zu Kollegen, nahm an vielen Fortbildungen teil, und Jochen sah nicht ohne Staunen, mit welcher Selbstverständlichkeit sie in ihrem Leben zuhause war. Er hatte sich nach der Trennung gefragt, ob er sich vielleicht deshalb mehr und mehr von Melanie distanziert hatte. Ihm war diese Verankerung im Alltag nie ganz gelungen. Er zweifelte oft an seinen Entscheidungen, neigte zum Grübeln, selbst bei Kleinigkeiten, die er nicht auf sich beruhen lassen konnte, stellte er sich infrage. Sein Anspruch an sich war so hoch, dass er sich die Schuld dafür gab, wenn er Disziplinschwierigkeiten mit Schülern hatte. Eine Absurdität, denn alle Kollegen klagten zunehmend darüber, doch Jochen sah sich anders. Er lastete diese Konflikte seinem eigenen Verhalten an, zermürbte sich, praktizierte gnadenlose Vivisektion an sich selbst. Melanie konnte ihm zuhören, damals, als er noch davon erzählte, doch er merkte, wie befremdet sie war, wie zweifelnd sie seinen ausufernden Erklärungen folgte. Eines Tages hatte sie mit entwaffnender Offenheit gesagt, dass sie ihn für schwer neurotisch halte und dass es wahrscheinlich besser für ihn wäre, solche Schüler mal so 'richtig zusammenzufalten', anstatt sich in verkapptem Selbstmitleid zu suhlen! Jochen war erstarrt. Die Entfremdung zwischen ihnen hatte längst begonnen. Er zog sich immer mehr zurück, las Fachliteratur zu pädagogischen Themen wie 'Umgang mit Aggression', doch er stellte die Mitteilung seines Erlebens ein. Melanie vermisste das offensichtlich nicht. Sie absolvierte ihre Yogaausbildung, erweiterte die Praxis und konnte nach kurzer Zeit eine weitere Physiotherapeutin sowie eine Bürokraft anstellen. Durch seine Besuche in der Praxis hielt Jochen den Schein einer funktionierenden Beziehung aufrecht, doch heute wusste er, dass er hoffte, etwas von dem freudigen, lebensbejahenden Gefühl absorbieren zu können. Letztlich vergrößerte sich die Kluft aber nur, sie lebten nebeneinander her, Jochen fand heraus, dass er wahrscheinlich allein am Besten zurechtkäme und konstruierte die Erwartung, dass ihm dann eine größere Zufriedenheit zuteil werden würde. Zum Teil war dies sogar eingetreten, doch die Ursache lag darin, dass er Melanie aus seinem Blickfeld verbannt hatte und nicht mehr täglich erleben musste, wie wenig sie ihn brauchte und wie gut es ihr ging. Deshalb war eine hässliche Trennung vermeidbar, keine Schlammschlacht, beide waren sie müde geworden, ihre zu unterschiedlichen Lebensauffassungen zusammenzupressen. Paula war das schon länger klar als ihren Eltern.

„Was macht das Geschäft mit der Gesundheit?" Jochen grinste sie an, während seine Hände unablässig einen Bierdeckel drehten. Sie saßen im türkischen Imbiß an der nächsten Ecke, Melanie rieb sich die Hände, als der Kellner den Grillteller vor sie hinstellte. Sie sah ihn freundlich an. „Ich denke, es macht in erster Linie gesund." Sie spießte eine Portion Dönerfleisch samt Krautsalat auf die Gabel, schob alles in den Mund und kaute genüsslich. Jochen rührte in seinem Tee. „Wen", stichelte er weiter, „die Kunden oder dich?" Melanie schaute ihm kauend in die Augen, sie ließ sich Zeit. Schließlich trank sie einen Schluck Wasser. „In erster Linie die Patienten, denke ich, aber mir schadet es auch nicht. Es macht mich zufrieden weißt du, deshalb wahrscheinlich auch gesund." Jochen legte den Bierdeckel beiseite. Ihm war heiß geworden. Zuhause würde er sich fragen, warum er sich wieder mal so unangemessen benommen hat. Melanie verunsicherte ihn. Ihre Lebenskraft, ihre Klarheit ließen seine Knochen weich werden, alle Muskeln verloren ihre Spannung, wenn er ihr gegenübersaß. Jochen gab sich einen Ruck. „Sicher, das weiß ich doch! Ich bin so durcheinander, also, das ist natürlich keine

Entschuldigung für..." Melanie unterbrach ihn sanft.
„Was willst du von mir, Jochen?" Sie beugte sich über
den Tisch, ihre Unterarme lagen auf der Tischdecke.
„Über Mutter reden. Sie war heute so seltsam fremd,
schwer auszudrücken.., als wäre sie plötzlich eine
andere." Melanie lehnte sich zurück. „Seltsam war sie
also? Jochen, dein Vater ist gerade mal ein paar Wochen
tot. Sie hat alles Recht der Welt, seltsam zu sein, meinst
du nicht?" Genau diese Reaktion hatte er befürchtet,
also schilderte er den Besuch in allen Einzeleinheiten.
Jochen erzählte von den Geräuschen hinter der Haustür,
dem Lachen, dem Sprechen, von seiner Überzeugung,
dass noch jemand im Haus sei, er redete mit trockenem
Mund von dem eleganten Kostüm, dass so gar nicht
nach Trauer aussah, er beschrieb, wie seine Mutter
schwungvoll das Bein auf die Tischplatte gelegt hatte,
von den gelackten Nägeln, davon, dass sie eine Putzfrau
hatte und dass ihm das alles vorkomme, als sei sie
einfach aus ihrem alten Leben herausgetreten und in ein
neues gesprungen. Die Worte sprudelten nur so aus ihm
heraus, er hatte Angst etwas zu vergessen, Melanie
sollte ihn unbedingt verstehen. Zum Schluss erzählte er
noch von dem blauen Licht, das seine Mutter finden
wollte, zusammen mit Doris, der Nachbarin, die sie nie
hatte leiden mögen.
Der Kellner brachte nochmals Tee für ihn und einen
Mokka für Melanie. Sie rührten beide eine Weile stumm
in ihren Tassen. „Zugegeben, das ist schon komisch",
sagte Melanie schließlich, „besonders, dass sie kein Bild
deines Vaters aufgestellt hat." Sie nahm vorsichtig einen
Schluck. „Aber was vermutest du denn, Jochen? Ich

meine, hältst du sie plötzlich für durchgeknallt? Es ist doch immer noch möglich, dass sie auf diese Weise versucht, mit der Situation klarzukommen, durch einen ganz radikalen Schnitt, verstehst du? Andere Leute versinken in Tränen, Irene macht es eben auf ihre Art." Jochen nickte. „Klar, das habe ich mir auch schon überlegt." Er suchte nach weiteren Worten. „Das wäre aber nur die reine Handlung. Ihr Verhalten war so komisch, ich weiß nicht, wie ich es sagen soll, aber manchmal kam es mir vor, als habe sie etwas eingeworfen, verstehst du? Ich kenne meine Mutter so nicht, sie war mir völlig fremd." Melanie verzog nach dem letzten Schluck das Gesicht. „Bitter wie Galle! Jochen, kannst du dich noch erinnern, dass Paula so was ähnliches von uns gesagt hat?" Er sah sie überrascht an. „Was denn, was hat sie gesagt?" „Bevor wir uns getrennt haben, hatte sie schon länger das Gefühl, dass wir nur noch Rollen spielen, das hat sie gesagt." Jochen erinnerte sich nicht daran, doch die Feststellung passte zu ihrer Tochter. „Okay, willst du mir sagen, meine Mutter spielt jetzt eine Rolle? Warum bloß?" Melanie lächelte. „Vielleicht ist es ja umgekehrt." „Ich kann dir nicht folgen." Jochen gähnte, er war auf einmal entsetzlich müde. Melanie sah ihn an. „Es kann doch sein, dass sie all die Jahre die gute Ehefrau gespielt hat. Es war ihre selbstverständliche Rolle, sich ganz nach den Bedürfnissen ihres Mannes auszurichten. Jetzt gibt es ihn nicht mehr, sie kann in eine andere Rolle schlüpfen, in eine, die sie schon immer spielen wollte, die ihr viel näher ist." Jochen konnte ein Gähnen nicht unterdrücken. „Aber das hieße ja, sie hätte in einem

122

falschen Leben gesteckt, in einem, das sie gar nicht wollte! Meine Güte, wo bleibe ich denn da? Wollte sie mich auch nicht?" Unwillkürlich musste er an seinen Verdacht, adoptiert worden zu sein, denken. Melanie schüttelte vehement den Kopf. „Jetzt sei mal nicht so theatralisch! Deine Mutter hat genau das getan, was das Leben ihr zugewiesen hat, ganz prosaisch gesagt. Ich hatte nicht das Gefühl, dass die beiden unglücklich miteinander waren. Ich finde, wir sollten froh sein, dass sie so flexibel ist, denn darüber wundern wir uns doch, oder? Wir hätten ihr so viel Initiative gar nicht zugetraut, es irritiert uns, meinst du nicht auch?" Jochen rieb sich die Augen. „Kann sein, vielleicht hast du Recht." „Aber überzeugt bist du nicht?" Jochens Augen tränten vor Müdigkeit, er stand auf. „Ich weiß es nicht, wahrscheinlich hänge ich an diesem seltsamen Satz von dem blauen Licht." Melanie trat zu ihm und legte ihre Hand auf seine Schulter. „Das kann sie im Fernsehen gesehen haben. Ich glaube, es gibt Gletscher, die unter bestimmten Lichtverhältnissen blau aussehen." Sie traten auf die Strasse. „Soll ich dich schnell fahren?" Er ging zum Auto, doch sie folgte ihm nicht. „Nein danke, ein paar Schritte an der Luft tun mir jetzt ganz gut." Dummerweise war Jochen enttäuscht. „Okay, dann vielen Dank und schlaf gut." Sie winkte kurz. „Übrigens, ich versuche das herauszufinden mit dem blauen Licht, denn morgen habe ich einen Termin bei Irene!" Lachend machte Melanie sich auf den Heimweg.

Jochen schloss die Autotür ab und sah an der Hausfassade hoch. In Paulas Zimmer brannte Licht.

Eigentlich wollte er jetzt nur noch seine Ruhe haben und vielleicht alles noch einmal überdenken, hoffentlich kam Paula nicht mit einem Problem, er fühlte sich nicht in der Stimmung zum Zuhören und schon gar nicht für wohlüberlegte, diplomatische Antworten. Gleichzeitig fand er sich ungerecht, schließlich behelligte seine Tochter ihn höcht selten, da sollte er sich doch über ihren Besuch freuen. Betont munter rief er ein lautes 'Hallo' in die Diele. Aus Paulas Zimmer dröhnte Musik, oder, was sie dafür hielt. Jochen klopfte an die Tür. „Komm rein, Papa." Die Musik brach ab und Paula fiel ihm um den Hals. Jochen geriet ins Straucheln, so überrascht war er. „Hoppla, Paulinchen, das ist mal eine freundliche Begrüßung!" Nun freute er sich tatsächlich. Paula lachte. Wie hübsch sie geworden war! Wo war das pummelige, mürrische Mädchen geblieben, von dem er sich oft beobachtet gefühlt hatte? Ihm kam der Gedanke, dass Paula von der Trennung ihrer Eltern profitiert hatte. Konnte das sein? Nun ja, zumindest schien sie nicht darunter zu leiden.

„Wo kommst du denn jetzt erst her?" Sie schaute ihn neugierig an. Jochen erriet ihren Gedanken. Er tat, als sei er verlegen. „Also, hm, es ist so..." Er biss sich auf die Unterlippe und schaute an ihr vorbei. Paula kniff die Augen zu schmalen Schlitzen zusammen, sie setzte sich auf ihr Bett. Ein unangenehmes Vakuum entstand plötzlich, Jochen begriff, dass sie sich wappnete. Vielleicht wartete sie schon seit geraumer Zeit auf eine Veränderung in seinem Leben, bei Melanie würde sie es sofort mitbekommen, sie waren offener zueinander, Jochen war da anders. Paula wartete mit ineinander verflochtenen Fingern. Zärtlichkeit überwältigte ihn. Er setzte sich neben sie. „Nein, nicht was du vielleicht denkst! Dein Vater entwickelt sich zum Eremiten, das weißt du doch." Paula seufzte. „Papa, das will ich doch gar nicht, ich möchte nur nicht..." Sie suchte nach dem richtigen Wort. Jochen sagte schnell. „Du willst nicht überrascht werden, vor vollendete Tatsachen gestellt werden, stimmt's?" Sie nickte. Er legte den Arm um ihre Schultern. „Das verstehe ich, doch es gibt in meinem Leben nicht die geringste Spur eines weiblichen Wesens, außer dir und Melanie und meiner Mutter! Womit wir schon beim Thema wären." Er ließ sie los und stand auf. „Soll ich uns einen Kaffee kochen?" Paula kam mit in die Küche. Sie war mit dem Thema noch nicht fertig. „Papa, es ist nicht so, dass ich was gegen eine neue Frau in deinem Leben hätte, wirklich nicht. Ich möchte nur nicht eines Tages die Tür aufschließen und dann steht da plötzlich ein fremde Frau im Nachthemd, verstehst du?" Jochen war verblüfft. „Was stellst du dir bloß vor, Paula? Wenn es mal so weit kommen sollte, was ich bezweifle, dann habe ich dir die Dame sicher längst vorgestellt. Außerdem lassen sich doch bestimmt Zeitabsprachen treffen, meinst du nicht?" Er zwinkerte ihr amüsiert zu. Paula ging nicht darauf ein, sie wirkte bekümmert. „Klar, das geht schon." Eine lahme Antwort. Jochen ahnte, dass sie sich mehr mit dem Thema auseinandersetzte, als er vermutet hatte. Lauerte sie darauf, was geschehen würde, wenn ihre Eltern neue Partner kennenlernten? Fühlte sie sich bedroht? Plötzlich kribbelte sein ganzer Kopf. Hatte Melanie vielleicht schon jemanden und Paula versuchte längst damit zurechtzukommen? Was, wenn sie den Neuen nicht mochte, sich abgehängt fühlte? Jochen stellte Tassen auf den Tisch. Er bemerkte, dass seine Hand leicht zitterte. Warum war sie heute gekommen? Bei seinem Eintreffen war sie gut gelaunt gewesen, was war nun auf einmal los? „Komm setz dich, Paulakind. Ist irgendwas los? Warum bist du heute gekommen?" Er goss Kaffee ein, Paula nippte an der Tasse. „Wieso muss denn was los sein, kann ich nicht einfach vorbeikommen?" Ein aggressiver Unterton gemahnte Jochen zu mehr Vorsicht. „Natürlich, du bist doch hier auch noch zuhause!"

Er versuchte ihren Blick zu erhaschen. Paula schaute in die Kaffeetasse. Jochen hielt die erneute Stille nicht aus. „Ich habe nur so allgemein gefragt, hätte dich auch fragen können, wie es dir geht, verstehst du?" Endlich sah sie ihn an. „Es geht mir gut Papa, ehrlich. Ich brauche ein paar CDs für eine Party am Wochenende, deshalb bin ich gekommen. Das Einzige, was blöd ist, ist, dass Opa nicht mehr da ist." Paulas Stimme schwankte, ihre Augen begannen zu glänzen. Jochen war perplex. Paula vermisste ihren Großvater? Er hatte das Verhältnis nie als herzlich eingestuft, waren es nicht immer Pflichtbesuche gewesen? Jochen erkannte eine Wiederholung seiner eigenen Familienbezüge darin, zumindest war es bis eben so gewesen. Er räusperte sich. „Du vermisst Opa?" Er hörte, wie blöd diese Frage klang, doch nun war sie gestellt. Paula begann zu weinen. „Ja, komisch, oder? Ich war doch gar nicht oft bei ihnen, doch Opa war eben immer da und manchmal

126

hat er mir Geschichten vom Hafen erzählt, oder von seiner Kindheit, wo er in den Trümmern gespielt hat und so." Sie leckte eine Träne von der Oberlippe. „ Ich hab mir nie vorgestellt, dass er einfach mal weg sein könnte, weißt du, habe nie darüber nachgedacht. Wie naiv, oder?" Jochen suchte nach einer Antwort, er wollte etwas Tröstendes sagen, er, der sich schämte, weil er keinen Verlust empfand, nur Erleichterung. Hilflos streichelte er Paulas Hand. Sie lächelte ihn an. „Was ist mit dir? Bist du traurig? Du sagst gar nicht, wie es dir geht." Er hielt ihrem Blick stand. „Paula, ich weiß es nicht, wahrscheinlich verdränge ich den Gedanken. Unser Verhältnis war nie eng, irgendwie lief alles über Oma, sie regelte die Dinge." Paula nickte. „Zu mir war Opa immer lieb, aber das ist wohl oft so, oder? Ich meine, dass Großeltern ein besseres Verhältnis zu ihren Enkeln als zu ihren Kindern haben." Vielleicht, dachte Jochen. Ich habe mir nie Gedanken darüber gemacht, meine Großeltern waren mir niemals nahe. Paulas Erfahrungen waren offensichtlich besser, Gott sei Dank! Melanies Eltern flossen über vor Herzlichkeit, die gesamte Familie lärmte warmherzig um Paula herum. Vielleicht war sie durch diese Zuneigung so gesättigt, dass die Freundlichkeiten seines Vaters eine Zugabe waren, die sie gar nicht dringend brauchte. Jochen verspürte den Drang, ihr vom Besuch bei seiner Mutter zu erzählen. Paula wirkte zwar erschüttert, aber standfester als er selber, stellte Jochen nicht ohne Selbstironie fest. Also berichtete er von dem Anruf, dem Besuch und dem Treffen mit Melanie. Seine Tochter hörte aufmerksam zu, manchmal bildete sich eine steile

Falte zwischen ihren Augenbrauen, dann wieder lächelte sie entspannt. Sein Treffen mit ihrer Mutter schien sie besonders zu freuen. Am Ende des Berichts sagte Jochen: „Mir kam vorhin der Gedanke, dass ich so beunruhigt bin, weil ich meine Mutter im Grunde nicht wirklich kenne, weißt du. Vielleicht irritiert mich ihr Verhalten deshalb so sehr." Paula stand auf und streckte sich. Das Licht der Strasse flatterte gelb über die Wand. Es war dunkel geworden, Jochen schaltete die Lampe an. „Oh Mann, schon so spät?" Paula sah auf die Uhr. „Tut mir Leid Papa, aber ich muss weg. Wir reden ein anderes Mal weiter, okay?" Sie sah sich um, nahm die CD's von der Anrichte und drückte ihrem Vater einen Kuss auf die Wange. Jochen war perplex. Warum floh sie förmlich aus der Wohnung? Hatte er was Falsches gesagt? Vor der Tür drehte sie sich noch einmal um. „Papa, haben deine Eltern sich eigentlich geliebt, was glaubst du?" Hilflos zog Jochen die Schultern hoch. „Ich weiß es nicht, Paula, ich hoffe es einfach." „Und Mama und du? Habt ihr euch mal geliebt?" Er starrte sie an. Eine Welle von Übelkeit schwappte durch seinen Körper. „Ich denke doch, ja, ich glaube schon." „Keine überzeugende Antwort, findest du nicht auch?" Paula drehte sich um und zog die Wohnungstür hinter sich zu.

Jochen polterte die Treppe hinauf, den Fußball unter dem Arm. Er war glücklich. Endlich hatte er im Spiel der Nachbarjungen das Tor hüten dürfen. Niemand fand, dass er zu klein, zu dünn oder sonstwas sei, denn Robert, der eigentliche Keeper, lag mit Grippe im Bett. Und so bekam er seine Chance, und weiß Gott, er nutzte sie! Nicht einen einzigen Treffer hatte er kassiert, dafür ein blutiges Knie und ein geschwollenes Auge. Doch was bedeutete das schon? Er gehörte endlich dazu! Okay, Jens frotzelte trotzdem, klar, ein blindes Huhn...und so weiter, doch es war Jochen egal. Berstend vor Zufriedenheit und Stolz flog er nur so die Treppen hinauf. Oben ging die Tür auf und seine Mutter erschien auf dem Treppenabsatz. Sie legte den Finger auf die Lippen und deutete mit dem Kopf in Richtung Wohnung. „Pssst", machte sie, dabei wanderte ihr Blick zu seinem Knie. „Vati schläft, sei leise, er hatte einen schweren Tag im Büro." Doch Jochen dachte nicht daran, leise zu sein. Er sprang auf den Treppenabsatz, prellte den Ball immer wieder auf und sang dazu: „Ich bin der beste Torwart in der Straße, jawohl, der allerbeste!" Die Mutter flatterte nervös um ihn herum, sie schnappte nach dem Ball, doch Jochen war jedesmal schneller. In ihrer Not begann die Mutter zu kreischen. „Hör auf Jochen, sei doch still, gleich gibt es was hinter die Löffel!" Jochen lachte sie aus, er war heute unverwundbar, merkte sie das denn nicht? Die Nachbarn im Haus traten aus den Türen, alle freuten sich mit Jochen und erzählten der Mutter von seiner Heldentat im Tor. Haben Sie Jochen nicht gesehen, fragten sie die Mutter, haben Sie nicht aus dem Fenster geschaut? Sie beugten sich über das Geländer und unterhielten sich von oben nach unten und von unten nach oben. Schließlich applaudierten sie und ließen Jochen hochleben. Beschämt stand die Mutter mitten im Treppenhaus und musste zugeben, dass sie nicht zugesehen hatte. Jochen wollte nicht, dass sie sich

schämte, deshalb machte er den Nachbarn ein Zeichen
und alle gingen zurück in ihre Wohnungen. Gerade, als
er die Mutter bei der Hand nehmen und in die Wohnung
führen wollte, erschien der Vater wutentbrannt in der
Diele und Jochen erwachte.

Die Zeitspanne zwischen Traum und Erwachen glich
einem Kokon. Darin eingehüllt, bedrängten Jochen alle
Traumgefühle so stark, dass er nach Luft rang. Stolz,
Scham und Wut, besonders die Wut tobte noch in seiner
Kehle und schnürte ihm den Hals zu. Er lag schwitzend
auf dem Rücken, tastete mit der Hand nach dem
Wecker. Die Leuchtziffern zeigten 4:20 Uhr. Er wollte
den Traum noch einmal durchdenken, doch da
verschwand er einfach, wie Nebelfetzen, die sich
auflösen, während man zuschaut. Er wusste nur noch,
dass es um Fußball ging, dabei hatte er niemals Fußball
gespielt. Jochen war kein sportliches Kind gewesen.
Sein Atem floss wieder regelmäßig, zurück blieb ein
Rest Verunsicherung, neben dem Ärger, um diese Zeit
aus dem Schlaf gerissen zu werden. Er würde nicht
mehr einschlafen können. Seufzend stieg Jochen aus
dem Bett. Vielleicht könnte er noch eine Weile dösen,
wenn er sich mit einem Buch in den Sessel setzte,
manchmal klappte das hervorragend. Im Wohnzimmer
blinkte das rote Licht des Anrufbeantworters. Um diese
Zeit? Er drückte auf den Knopf und hörte die aufgeregte
Stimme seiner Mutter. 'Jochen, sag mal, hast du noch
einen großen Koffer für mich? Eigentlich dachte ich,
meiner reicht aus, doch er ist einfach zu klein! Dabei
will ich gar nicht so viel mitnehmen, aber man wird
älter, da braucht man so dies und das. Also, schau mal

nach, ja? Bringst du ihn mir morgen vorbei? Ja, das war's , also vergiss es nicht, hörst du?' Der Anruf war um 1:46 Uhr aufgezeichnet worden. Jochen starrte das Telefon an. Was trieb seine Mutter dazu, mitten in der Nacht bei ihm anzurufen? Sie wusste doch, dass er schlief, oder hatte sie die Zeit nicht mehr im Blick, war sie so mit ihrer Reise beschäftigt, dass sie alles ringsum vergaß? Er ließ sich erschöpft in den Sessel fallen. Seine Mutter hatte sich Anrufe nach 22 Uhr stets verbeten. Sie war der Ansicht, die Leute seien viel zu schwatzhaft, verspürten den Drang, lauter unwichtiges Zeug mitzuteilen, dem müsse Einhalt geboten werden. Nach 22 Uhr durfte nur in echten Notfällen angerufen werden. Jochen musste zugeben, dass er ihre rigide Haltung immer besser verstand, je älter er selber wurde. Seitdem das Handy fast zu einem Körperteil mutiert war, teilte er die Überzeugung seiner Mutter noch bereitwilliger. Es war möglich, dass sie das Kofferproblem als Notfall betrachtete. Wirklich? Sie wusste, dass Jochen gerne zeitig aufstand, hätte ihre natürliche Rücksichtnahme sie da nicht bis 7 Uhr warten lassen? Es war der zweite Anruf zu ungewöhnlicher Uhrzeit. Das ungute Gefühl vom Vortag nistete sich wieder ein. Irgendwas stimmte nicht, da konnte Melanie sagen, was sie wollte, Jochen war auf der Hut, nur wovor? Plötzlich durchfuhr ihn ein verwegener Gedanke: was wäre, wenn er sie jetzt zurückrufen würde? Allerdings gab es keine Entschuldigung, falls sie wütend würde, wenn er sie aus dem Schlaf riss. Schließlich konnte sein Rückruf ganau so gut bis morgens warten, seine Mutter stand ebenfalls früh auf. Heute vielleicht nicht, wer weiß, wann sie ins

Bett gegangen war. Jochen machte sich klar, dass er den Drang hatte zu kontrollieren, ob seine Mutter sich normal verhielt, seine Unruhe entsprang einer diffusen Vermutung, dass sie sich in eine ungute Richtung veränderte. Melanie meinte zwar, dass alles, was sie nun tue, irgendwie mit Trauerbewältigung zu tun habe, doch Jochen glaubte das nicht. Ihm kam es so vor, als lösten sich auf geheimnisvolle Weise feste Grenzen der Mutter auf. Er konnte es nicht erklären, seine Sorge wuchs, zumal es sich anfühlte, als sei es nicht seine Mutter selbst, die diese Grenzen lockerte, sondern, als geschähe etwas mit ihr, das sie nicht steuern konnte.

Er begann zu frieren, seine Füße waren eiskalt geworden. Jochen zog Wollsocken an und schlurfte in die Küche. Mit einer dampfenden Kaffeetasse setzte er sich kurze Zeit später an den Tisch. Es gab noch eine zweite Möglichkeit, die er aber für unwahrscheinlich hielt: seine Mutter hatte tatsächlich ihr Eheleben lang unter den Normen und Lebensregeln ihres Mannes gelitten, sich aber widerspruchslos angepasst. So ähnlich sah Melanie es wohl. Und plötzlich bekam sie die Chance auf selbstbestimmte Lebensführung. Jochen schüttelte den Kopf. Wenn es so war, hätte sie es tatsächlich 46 Jahre lang geschafft, ihr eigenes Wesen, ihr Temperament dermaßen in den Schatten zu stellen? Anpassung bis zur Selbstverleugnung? Das gehorsame Nachkriegskind, das gelernt hatte, widerspruchslos zu gehorchen? Hatte sie das damalige Rollenklischee brav erfüllt und sich heimlich auf ihre Freiheit vorbereitet? Ohne jedes Anzeichen? Wenn sein Vater über langhaarige Chaoten geschimpft hat, die keinem älteren

Menschen mehr einen Sitzplatz in der Bahn anbieten, hatte sie nicht immer empört seine Meinung geteilt? Jochen trank den Kaffee, rieb seine müden Augen und stellte sich unter die heiße Dusche. Er beschloss, noch vor der Schule bei seiner Mutter vorbeizufahren, vorher musste er den Koffer vom Speicher holen.

Jochen parkte vor dem dunklen Haus. Noch war es nicht richtig hell draußen, der See schimmerte fahl in der Dämmerung, niemand war auf der stillen Strasse zu sehen. Sollte er wirklich klingeln? Er stieg aus und ging zur Tür. Zweimal kurz auf den Knopf gedrückt, warten. Sein Herz klopfte laut, er wünschte sich Melanie an seine Seite, wenigstens jetzt. Es blieb still und dunkel. Das Haus erschien ihm wie eine Festung, in die er nicht hineinkam. Jochen war sechzehn gewesen, als seine Eltern das Haus gekauft hatten, er hatte sich nicht mehr gestattet, hier noch einmal heimisch zu werden, dazu war er schon viel zu sehr auf dem Sprung. Bloß weg, gleich nach dem Abitur! Mit knapp neunzehn Jahren war er in eine Studentenbude gezogen, sehr zum Ärger seines Vaters, der nicht verstand, warum Jochen neben dem Studium arbeiten gehen wollte, wo er doch zuhause so bequem hätte leben können. Jochen meinte sogar, sich an eine Äußerung zu erinnern, dass die Mutter mit seinem Auszug all ihrer Aufgaben beraubt würde, so oder ähnlich hatte sein Vater lamentiert. Und seine Mutter? Sie hatte betreten dabei gestanden und ihre Lippen aufeinandergepresst. Doch sie hatte nicht versucht, Jochen von seinem Auszug abzuhalten, mit keinem einzigen Wort. Ob sie die gleiche Sehnsucht hatte?

Jochen klingelte noch einmal. Endlich hörte er eine Tür klappen und eilige Schritte, die sich näherten. Seine Mutter drehte den Schlüssel mehrmals herum, er hörte sie etwas murmeln, dann öffnete sie mit einem Schwung die Tür. „Jochen", rief sie erfreut und klatschte in die Hände. Es schien sie nicht zu stören, dass sie in einem hellblauen, seidig-glänzendem Nachthemd vor ihm stand. Einladend trat sie zur Seite. „Komm herein, mein Junge", zwitscherte sie, warf die Tür zu und eilte an ihm vorbei in die Küche. „Ich mache uns ein gutes Frühstück", sagte sie, öffnete den Hängeschrank und holte eifrig Teller und Tassen heraus. Sie schien sich nicht über seinen frühen Besuch zu wundern, ihre Fröhlichkeit war nervtötend. Jochen starrte unentwegt auf das Nachthemd, das die Konturen ihres Körprs nachzeichnete und ihn an alte Hollywoodfilme erinnerte. Ihre Haare waren vom Schlaf zerwühlt und glichen einem Vogelnest, an den Füßen trug sie Sommersandaletten. Der grelle Nagellack stach in seine Augen. Jochen fand, das seine Mutter aussah wie eine Vogelscheuche, oder wie eine billige Kopie seiner Mutter. Sie wuselte um ihn herum, kochte Kaffee, schnitt Brot, stellte Käse und Wurst auf den Tisch und plapperte in einer Tour. Jochen setzte sich schweigend. Er bemerkte die Nervosität unter ihrem Eifer, ihre Hände zitterten leicht. Er hatte den Verdacht, dass sie sich nicht setzen wollte, aus einem unerfindlichen Grund zögerte sie den Moment hinaus, in dem sie sich gegenübersitzen würden. Jochen rührte langsam Zucker in seinen Kaffee. Schließlich setzte sich die Frau, die seiner Mutter ähnelte, mit unsicherem Lächeln. Sie sah ihn kurz an, ihre Lider flatterten, Jochen meinte ein Bitten in diesem Blick zu sehen. Worum bat sie ihn? Jochen stützte sein Kinn auf die gefalteten Hände und schaute ihr ins Gesicht. „Mama", sagte er sanft, „Mama, was ist los mit dir?" Für einen Moment sah er die Mutter vor sich, so wie er sie kannte. Morgens kam sie in einem bodenlangen, hochgeschlossenen Baumwollnachthemd aus dem Schlafzimmer, zog sich im Bad ihren Frotteebademantel darüber und lüftete Wohnzimmer und Küche, bevor sie Kaffee kochte und sich rasch anzog. Das war seine Mutter, nicht diese lächerliche Frau, für die er sich schämte. Niemand sollte sie in diesem Zustand sehen!

Die Mutter antwortete nicht, sie kratzte Butter auf ihr Brot, fuhr mit dem Messer immer wieder hin und her. Er nahm ihr das Messer aus der Hand. Sie schrie empört auf, ein kurzer, harter Ton, mehr nicht. Jochen wollte ihre Hand halten, doch sie zog sie weg und faltete beide Hände im Schoß, den Blick nach unten gerichtet. Er stand auf und hockte sich neben sie. „Mama, warum hast du denn mitten in der Nacht angerufen?" Sie saß unbeweglich und blieb stumm. Er war sich nicht sicher, ob sie die Frage verstanden hatte. „Du hast um kurz vor zwei bei mir angerufen, warum hast du denn nicht geschlafen, Mama?" Da drehte sie sich um und sah ihm in die Augen, ernst und konzentriert. Ihre Stimme war ein Flüstern, als sie den Mund an sein Ohr legte. „So eine Reise will gut vorbereitet sein, mein Junge, das verstehst du doch? Man muss an vieles denken, das braucht Zeit." Unbeholfen strich sie ihm übers Haar.

„Hast du den Koffer, mein Junge?" Jochen erhob sich
seufzend. Er fühlte sich mit Zementsäcken beladen und
gleichzeitig befand er sich in einem Strudel, der sich
schneller und schneller drehte. „Im Auto, Mama", sagte
er matt, „der Koffer ist im Auto." Er ging durch den
Flur, vorbei an er Garderobe, zur Haustür. Seine Hand
lag bereits auf der Klinke, da hielt er inne und schaute
sich um. Etwas hatte ihn soeben irritiert. Im
Vorbeigehen. Er ging schrittweise zurück, dann sah er
es: an der Garderobe hing ein breitrandiger, heller
Strohhut mit zwei leuchtendroten Bändern. Jochens
Gedanken überschlugen sich. Seine Mutter fuhr doch in
die Berge, sie hoffte auf Schnee, was sollte also der
Hut? Konnte es sein, dass er ein Sonderangebot war und
sie ihn einfach in Vorfreude auf die Toskana gekauft
hatte? Doch dann läge er erstmal im Schrank, oder
nicht? Konnte jemand diesen Hut hier vergessen haben?
Er fand keine halbwegs logische Erklärung. Der einzige
Grund für das Vorhandensein dieses Hutes konnte sein,
dass seine Mutter sich plötzlich drastisch veränderte und
Dinge tat, die er nie erwartet hätte. Schließlich hatte sie
den Hut nicht versteckt, er konnte sie also fragen. Das
würde er aber nicht. Jochen schlich aus dem Haus, kam
mit dem Koffer zurück und schloss die Tür mit einem
lauten Knall. Seine Mutter saß noch am Küchentisch,
sie schien sich nicht bewegt zu haben. Ihre Hände
ruhten in ihrem Schoß, ihr Blick verlor sich irgendwo
zwischen dem Geschirr, doch sie lächelte. „ Hier ist der
Koffer, Mama." Jochen sah, wie sie zusammenzuckte.
„Meinst du, dass er groß genug ist?" Die Mutter sah ihm
freundlich ins Gesicht. „Ganz bestimmt, mein Junge, ja,

ja. Vielen Dank." Den Koffer hatte sie keines Blickes gewürdigt. Ihr Dank war beliebig, eine Floskel, auf alles und jedes anwendbar. Jochen schaute auf die Uhr. Die Zeit drängte, doch seine wachsende Unruhe nagelte ihn fest. „Sag mal, Mama, habe ich denn eine Urlaubsadresse von dir? Nimmst du dein Handy mit?" Die Mutter strich mit der Hand über die Tischkante, zupfte ein wenig an der Tischdecke. Es dauerte eine Ewigkeit, bis sie sagte: „Sicher, mein Junge." Jochen war alarmiert. Ungehaltener, als beabsichtigt, fuhr er sie an. „Was ist sicher, Mama? Wo ist die Adresse von eurem Hotel?" Da stand die Mutter so rasch auf, dass der Stuhl kippelte, sie lief ins Wohnzimmer und kam mit dem Katalog zurück. „Hier, das ist die Adresse! Komplett mit Telefonnummer, nimm es mit, mein Junge." Sie drückte ihm den Katalog in die Hand und Jochen las die angekreuzte Annonce durch. Es schien zu stimmen. Das Hotel war kein allgemeines Beispiel, sondern dort stand: 'Sie wohnen im komfortablen Alpenhotel...' Vielleicht hatte er ja einen Hang zur Hysterie, den er noch nie bemerkt hatte, jedenfalls sollte er jetzt schleunigst in die Schule fahren. „Gut, Mama, dann komm ich morgen noch mal vorbei." Die Mutter legte den Kopf schief. „Aber da bin ich doch weg." Sie legte den Zeigefinger an die Wange. Jochen war schon fast an der Haustür. „Wieso? Da steht doch, dass ihr erst übermorgen fahrt." Für einen Moment flatterten ihre Augenlider und sie fuhr mit der Hand durchs Haar, dann schüttelte sie den Kopf. „Natürlich, entschuldige! Ach je, das macht die Aufregung!" Jochen stand auf der Schwelle, er musste los, da fiel ihm noch etwas ein.

137

„Was ist mit Papas Grab, während du weg bist? Soll ich mich um irgendetwas kümmern? Kränze wegwerfen, ein Licht aufstellen oder so was?" Warum sage ich das, fragte Jochen sich im gleichen Moment. Frische Gräber bleiben erstmal wochenlang unberührt, er wusste das doch. Seine Mutter schien angestrengt nach einer Antwort zu suchen, schließlich legte sie Jochen eine Hand auf den Arm. „Tote liegen im Dunkeln, die können nichts mehr sehen, mein Junge, deshalb brauchen sie auch kein Licht", sagte sie leise, als wolle sie ihm etwas sehr Wichtiges erklären.

Der Vormittag erschien ihm quälend lang. Während seine Schüler über einer Klassenarbeit brüteten, war er in Gedanken wieder bei seiner Mutter. Wie konnte er dieses ungute Gefühl in Worte übersetzen? Er brauchte Fakten, doch wozu? Was befürchtete er? Melanie hatte gesagt, dass sie eine neue Rolle suche, weil die alte nun erfüllt war. Die Vorstellung, dass man im Leben verschiedene Rollen spielt, war ihm nicht fremd, doch Jochen war der Auffassung, dass jeder Mensch einen Wesenskern besitzt, um den herum er die Rollen gruppiert. Seine Mutter schien sich jedoch in eine gänzlich andere Person zu verwandeln. Aber wer außer ihm sah das so? Er beschloss, Melanie zu bitten, ihm von dem Besuch zu berichten. Vielleicht hoffte er insgeheim, dass ihre Wahrnehmung seiner ähnelte? Die Pausenglocke läutete, Jochen schrak aus seinen Gedanken hoch. Einige Schüler grinsten, als sie ans Pult traten und ihre Arbeitshefte abgaben. Er war unaufmerksam gewesen und ganz sicher hatten sie

gepfuscht. An den Lösungsstrategien würde er erkennen können, wer bei wem abgeschrieben hat. Er schmunzelte; heute hatten sie vielleicht Glück gehabt. Jochen trug die Hefte ins Lehrerzimmer. Er setzte sich an seinen Platz und schrieb Melanie eine Nachricht, goss sich einen Kaffee ein und trat ans Fenster. Die Schule lag in einer Seitenstraße der Innenstadt, nicht weit vom Zentrum, doch es war erstaunlich ruhig hier. Gegenüber stand eine stuckverzierte Häuserzeile aus der Gründerzeit, die drei Fassaden waren im letzten Jahr renoviert worden und glänzten in makellosem Weiß. Ein Kollege wusste, dass ein ehemaliger Manager aus der Stahlbranche hier eingezogen war. Jochen war erstaunt, dass der Käufer in der Stadt geblieben war, die meisten Menschen zogen fort oder zumindest an die grüne Peripherie, sobald sie es sich leisten konnten.
Seine Eltern hatte es ebenso gemacht. Sie hatten das Haus im Süden gekauft und nicht viel verändert. Sein Vater ließ das Dach neu decken, baute eine freischwebende Holztreppe ein und wechselte die Holzfenster gegen Kunststofffenster aus. Auf Wunsch der Mutter wurde aus zwei kleinen Fenstern im Wohnzimmer ein großes Panoramafenster mit Blick auf den nahen See. Das Haus war ihr ganzer Stolz, die Mutter pflegte es penibel, ein Dokument der Strebsamkeit und des Erfolges. Sein Vater war nach seiner Pensionierung ein Spaziergänger mit regelmäßigem Tagesablauf geworden. Jeden Vormittag nach dem Frühstück drehte er seine Runde um den See, machte Pause auf einer Bank, nahm hin und wieder altes Brot für die Enten mit, die ans Ufer gewatschelt kamen

139

und ihm aus der Hand fraßen. Im Laufe eines Frühjahrs lernte er zwei andere Pensionäre kennen, mit denen er sich 'nett unterhielt', wie er es nannte, hauptsächlich über das ehemalige Berufsleben. Ein Polizist, ein Ingenieur und ein Handwerksmeister, sagte sein Vater einmal gut gelaunt, da kommen schon viele Erfahrungen zusammen! Jochen stellte sich vor, wie er Vorträge über die Arbeit der Baubehörde hielt, er dachte an die Hafenrundfahrt und fragte sich, ob die beiden anderen Pensionäre vielleicht über ihn lachten oder ärgerlich waren. Doch wer weiß, vielleicht waren sie einander ähnlich, gaben sich gegenseitig die Gelegenheit, ihre Vergangenheit aufzupolieren, warum auch nicht? Mittags wurde um Punkt halb eins gegessen, danach ruhte der Vater eine Weile auf der Couch, so nannte er es, danach trank er eine Tasse Kaffee und setzte sich in seinen Sessel ans Fenster, um die Zeitung gründlich zu studieren. Um halb sieben wurde zu Abend gegessen, danach ferngesehen bis gegen zehn. Jeder Tag verlief gleich, nie äußerte sein Vater den Wunsch, etwas zu verändern, nach einem Tapetenwechsel, ein Urlaub vielleicht. Jochen war es gar nicht in den Sinn gekommen, sich darüber zu wundern. Es erschien ihm völlig selbstverständlich, dass die Eltern immer zuhause waren. Sie betonten regelmäßig, wie schön sie es doch hätten, und sollte seine Mutter etwas anderes gedacht haben, so war es ihr nie anzumerken gewesen. Sie war der Satellit des Vaters gewesen, beständig um ihn kreisend, hatte sie sich nach seinen Wünschen und Gewohnheiten gerichtet. Jochen fragte sich, warum er das nicht viel früher hinterfragt hatte.

Sein Handy klingelte. Es kam nicht oft vor, dass er in der Schule angerufen wurde, er mochte das nicht. Melanie wollte wissen, warum sie sich bei ihm melden sollte. Ihre Stimme klang ungehalten. „Machst du dir wieder Sorgen, oder was ist los? Ich will heute abend noch weg, und ich werde mich auch nicht lange bei Irene aufhalten." Jochen stammelte eine Entschuldigung, er versuchte nicht, Melanie seine Gedanken zu erklären. „Es geht mir nur darum, wie sie auf dich wirkt, mehr nicht." Melanie versprach ihn zu informieren, wahrscheinlich über eine Textnachricht. Sie will den Kontakt auf das Nötigste beschränken, dachte Jochen und fühlte sich so sehr enttäuscht, dass sein Magen sich verkrampfte. So ein Blödsinn! Was erwartete er denn? Jetzt, wo er sich nach ihrer Unterstützung sehnte, sollte sie zur Verfügung stehen? Seine Unsicherheit, seine Angst auffangen? Er hatte damals den Rückzug angetreten, ihren Ehrgeiz, ihre Freude an der Herausforderung misstrauisch beäugt. Im Dunstkreis ihrer Lebensfreude war er verblasst, hatte sich entzogen und war bereit gewesen, ihre Art, mit dem Leben umzugehen, als Oberflächlichkeit abzuwerten. Jochen wusste, dass es so war. Je erfolgreicher Melanie wurde, desto mehr flüchtete er sich in das Alleinsein. Ihre sprühende Vitalität lähmte ihn. Melanie war nie sein Satellit gewesen. Die Erkenntnis traf ihn mit voller Wucht: wäre es anders gelaufen, wenn Melanie ihre Bedürfnisse nicht umgesetzt hätte? Jochen liebte eine Tagesroutine ebenso wie sein Vater. Er hasste ungeplante Veränderungen, brauchte keine Fernreisen, mochte keine großen Gesellschaften. Er setzte sich an

den riesigen Konferenztisch, froh, dass kein Kollege
eintrat, und stellte sich die Frage, ob er seinem Vater so
sehr ähnelte, dass er sich unbewusst von ihm distanziert
hatte.

Die Zahlen fielen ihm ein. Schon als Kind faszinierten
sie ihn, Zahlen interessierten ihn mehr als Buchstaben,
er liebte ihre Formen, sie wirkten lebendig und
unumstößlich zuverlässig. Als Kind war es ein großes
Vergnügen für ihn gewesen, Rechenaufgaben mit
Feuereifer zu lösen, die sein Vater ihm nachmittags auf
einen Zettel geschrieben hatte. Ein zufriedenes Nicken,
ein Streicheln über den Kopf genügten ihm, der Vater
nahm ihn wahr, wenn er eine Leistung erbrachte. Jochen
begann zu schwitzen. Eine Fülle von Gedanken und
Assoziationen stürmten auf ihn ein, er musste Ordnung
in dieses Durcheinander bringen, doch gleich wartete
seine Physikklasse noch auf ihn. Auf dem Tisch lagen
leere Notizzettel und Kugelschreiber. Jochen griff nach
einem Blatt und notierte: Zahlen, Papas Schreibtisch,
der Standardsatz, Mama-Staubtuch. Der Kugelschreiber
flog über das Papier, Jochen kritzelte auf die Rückseite
noch Berührung, Freunde, Paula-Trauer, Nähe. Sein
Herz raste, als er den Zettel faltete und in seine
Aktenmappe steckte. Der Schulgong zeigte das Ende
der Pause an. Jochen sprang auf und lief mit ungewohnt
elastischen Schritten zur letzten Unterrichtsstunde.

Auf dem Heimweg hielt er an einer Bäckerei. Mit zwei
Stückchen Käsetorte wollte er die Mutter überraschen.
Insgeheim hoffte Jochen darauf, dass sie all seine
Bedenken zerstreuen würde. Er stellte sich vor, sie

öffnete ihm die Tür, wie früher trug sie ein Hauskleid mit Taschen. Aus einer ragte ein Staubtuch, das Symbol ihrer Herrschaft über das Haus. Essensgeruch zog durch die Diele, in der Küche war der Tisch für ihn gedeckt. Nicht, dass er alles mochte, was seine Mutter kochte, er hasste zum Beispiel grüne Bohnen, dafür liebte er ihren Möhreneintopf mit Mettwurst. Jochen parkte den Wagen vor dem Haus, jetzt fühlte er sich fast heiter, freute sich auf das überraschte Gesicht der Mutter. Melanie hatte recht, er sollte zuversichtlicher sein, in allem. Er klingelte zweimal kurz, doch im Haus blieb es still. Ob sie ein Nickerchen machte? Er ging seitlich an der Hauswand entlang zum Fenster, spähte in das Wohnzimmer, doch es war leer und penibel aufgeräumt. Seine Mutter würde sich am Tag nie ins Bett legen, also klingelte er nochmal, vielleicht war sie ja oben und packte ihren Koffer. Es blieb still. Nun, es konnte sein, dass sie einen Spaziergang machte, oder in die Stadt gefahren war, weil sie etwas vergessen hatte, doch an diese Möglichkeiten glaubte Jochen im Grunde nicht. Seine Mutter war in der Mittagszeit immer zuhause gewesen. Einkäufe erledigte sie vormittags und Spaziergänge fanden, wenn überhaupt, an Nachmittagen statt. Er sah sich um und beschloss, einfach mal bei Doris nebenan zu klingeln. Es wäre auch interessant zu sehen, wie Doris die Reise sah, ob sie sich ebenso freute, was sie zu dem Verhältnis zu seiner Mutter eventuell sagen würde. Jochen lief hinüber und klingelte. Der Vorgarten war nicht mehr so akribisch gepflegt wie zu Pauls Zeiten. Moos machte sich zwischen den Wegplatten breit, die Büsche waren schon lange nicht mehr gestutzt worden. Jochen überlegte, wie lange Paul schon tot war. Sicher länger als zwei Jahre, denn damals ging es seinem Vater noch ganz gut, gut genug, um am Fenster zu stehen und die tägliche Gartenarbeit des Nachbarn bissig zu kommentieren. Paul war völlig überraschend gestorben, er lag eines morgens tot neben Doris im Bett. Damals hatte es erste zögerliche Kontakte zwischen seiner Mutter und der Nachbarin gegeben, die über Hilfsleistungen jedoch nicht hinausgingen. Als später Jochens Vater erkrankte, waren die Kontakte vielleicht intensiver geworden, das wusste Jochen nicht, seine Mutter hatte nie etwas von Doris erzählt.

Er klingelte auch hier zum zweiten Mal. Wann hatte er Doris überhaupt mal gesehen in den letzten Monaten? Auf der Beerdigung seines Vaters war sie nicht gewesen, und davor? Jochen konnte sich nicht an eine Begegnung erinnern. Hatte er kondoliert, als Paul verstorben war? Nein, sicher nicht, sie hatten doch nie etwas miteinander zu tun gehabt. Das Kuchentablett auf seiner Handfläche bog sich allmählich durch und verursachte Schmerzen im Handgelenk. Doris war ebenfalls nicht zuhause. Doch Jochen wollte noch rasch einen Blick in ihr Wohnzimmer werfen, bevor er nach Hause fuhr. Hier lagen die Fenster höher. Jochen stellte den Kuchen auf die Treppe, schob eine alte Gartenbank an die Hauswand und stieg hinauf. Die Scheiben starrten vor Schmutz, er konnte im ersten Moment nichts erkennen, doch dann fielen ihm die vielen hellen Möbel auf. Eine weiße Sitzgarnitur. Ob Doris sich neu eingerichtet hatte? Jochen presste das Gesicht an eine

Stelle, die nicht ganz so blind war wie die übrige
Scheibe. Da erkannte er, dass es keine neuen Möbel in
diesem Zimmer gab, die alten waren lediglich
abgedeckt, mit blendend weißen Betttüchern. Jochen
hielt sich einen Moment an der Fensterbank fest, ein
leichter Schwindel ließ ihn schwanken. Er dachte nach.
Der ungepflegte Vorgarten, die schmutzigen Fenster,
abgedeckte Möbel, all das konnte nur bedeuten, das
Doris gar nicht mehr in diesem Haus wohnte.
Jochen stieg mit zitternden Knien von der Bank und
setzte sich einen Moment auf die Kante. Seine Unruhe
wuchs. Er knetete die Hände, in seinem Oberschenkel
zuckten kleine Muskeln, er kannte das von anderen
angespannten Situationen und wusste, dass er es nicht
steuern konnte. Ruhig bleiben, sagte er sich, jetzt gab es
nur eines: er musste mit seinem Schlüssel im Elternhaus
nachsehen, ob seine Mutter dort war. 'Elternhaus' dachte
er, doch es fühlte sich nicht vertraut an. Jochen kam sich
eher vor wie ein Polizist, der nicht weiß, was ihn
erwartet, wenn er zu einem fremden Haus gerufen wird.
Der Begriff 'Tatort' schien ihm passender. Er ließ den
Kuchen stehen, rannte zu seinem Auto und kramte im
Handschuhfach nach dem Schlüsselbund. Nach zwei
Versuchen bekamen seine flatternden Finger den
Schlüssel endlich ins Schloss. Jochen betrat die Diele.
Er schloss die Tür behutsam, lehnte sich dagegen und
wartete ab, bis das Rauschen des Blutes in seinen Ohren
nachließ. Alles war wie am Vortag, selbst der Strohhut
hing noch an der Garderobe. Er schnupperte. Ein
schwacher Duft von Kaffee hing in der Luft. Jochen
ging leise in die Küche. Kein schmutziges Geschirr, nur

ein Rest Kaffee in der Glaskanne der Maschine. Glänzende Oberflächen, eine trocken gewischte Chromspüle. Seine Mutter hatte immer nach jeder Mahlzeit die Küche aufgeräumt. Im Wohnzimmer die gewohnte akribische Ordnung, nichts Auffälliges. Also musste er nach oben gehen. Am Treppenabsatz rief er noch einmal laut nach der Mutter und hoffte inständig, dass sie oben erschien und ihn erstaunt begrüßte. Doch nichts dergleichen geschah, und die Stille im Haus zerrte an seinen Nerven. Er betrat zuerst das Schlafzimmer seiner Eltern und blieb auf der Schwelle stehen. Von dem breiten Ehebett war nur die linke Hälfte bezogen. Das Bett seines Vaters war flach, ohne Decke und Kopfkissen, mit der gefalteten Tagesdecke abgedeckt. Decke und Kissen seiner Mutter waren mit bunter Blumenbettwäsche bezogen, das Bett war gemacht und wirkte freundlich und einladend. Ein neuer, weißlackierter Nachttisch stand daneben, Vaters Nachttisch war verschwunden. Jochen konnte sich nur an weiße Bettwäsche erinnern, und an die braunen Nachtschränkchen mit einer Tür, darin bewahrte der Vater die Medikamente auf. Im Kleiderschrank hingen nur noch die Sachen seiner Mutter. Jochen öffnete alle Türen und fand eine Hälfte leer. Nichts erinnerte mehr an den Vater, die Mutter hatte sich in Windeseile von all seinen Sachen getrennt. Nicht nur das, Jochen stellte auch fest, dass das Familienfoto ebenfalls nicht mehr an der Wand über dem Bett hing. Ein heller Fleck auf der Tapete zeigte sein Fehlen überdeutlich an. Auf dem Foto war er zehn Jahre alt gewesen, ein Fotograf hatte es gemacht und seine Eltern und ihn immer wieder umgruppiert, Blumen in den Hintergrund gestellt und Jochen so oft zm Lachen aufgefordert, dass ihm die Gesichtsmuskeln weh taten. Er hatte das Bild nie gemocht, denn es zeigte in seiner künstlichen Harmonie und Heiterkeit, wie starr und unverbunden seine Familie war. Er hatte sich eingepfercht gefühlt zwischen seinen Eltern, die Hand des Vaters auf seiner Schulter war schwer wie ein Pflasterstein gewesen und das knisternde Kleid seiner Mutter zeugte von der Spannung zwischen ihnen. Jochen fragte sich, wo sie das Bild wohl verwahrte, wenn sie es überhaupt verwahrte. Im ehemaligen Arbeitszimmer des Vaters blieb er wie angewurzelt stehen und schnappte nach Luft. Das Zimmer war komplett ausgeräumt! Die nackten Möbel standen poliert und nutzlos herum. Ihm kam es vor, als sagte jedes Möbelstück: ich habe ausgedient. Alle Akten, alle Bildbände über die Stadt und ihre Bauwerke, Pläne der Hafenarbeiten, Vaters Stifte und Lineale, die Blöcke und Notizzettel, selbst der alte Computer, mit dem sein Vater sich noch angefreundet hatte, nichts davon war mehr da. Ein vages Mitgefühl für den toten Vater glomm in Jochen auf. War es wirklich so schrecklich gewesen, dass die Mutter ihn praktisch auslöschen musste? Oder traf Melanies Rollentheorie einfach auch hier zu? Rolle erfüllt, neue Rolle... Er zog die Tür lautlos ins Schloss und ertappte sich bei dem Gedanken, der Vater solle nicht mitbekommen, wie es in seinem Zimmer jetzt aussah. Jochen seufzte. Es gab auch keinen Grund, durch das Haus zu schleichen wie ein Einbrecher, dennoch behielt er seinen vorsichtigen Gang bei. In seinem ehemaligen Zimmer hatte die

Mutter nichts verändert. Es war ein funktionales, helles Jugendzimmer, aufgeräumt, leer, und seiner Umfunktionierung zum Gästezimmer nie nachgekommen, so weit Jochen wusste. Nach seinem Auszug hatte es keinen Übernachtungsbesuch gegeben, also war er der einzige Gast dieses Hauses geblieben, dachte er wehmütig. Doris kam ihm wieder in den Sinn. Hatten sie und Paul eigentlich Kinder? Vielleicht war sie bei einer Tochter oder einem Sohn untergekommen? Nein, Jochen meinte sich zu erinnern, dass die Mutter gesagt hatte, wie einsam Doris nach Pauls Tod gewesen sei. Er hatte auch nie jemanden drüben gesehen. Das musste nichts heißen, waren seine Besuche doch selbst mehr als spärlich gewesen. Manchmal ist der Unterschied zwischen Kinderlosigkeit und Kinderhaben nicht besonders groß. Kinderreichtum, Kindersegen, Begriffe, die aus beiden Perspektiven zu beleuchten waren. Jochen glaubte, dass weder er noch seine Eltern sich jemals besonders reich oder gesegnet gefühlt hatten. Im Bad war er nicht mehr überrascht, dass alle Sachen seines Vaters fehlten. Sein Blick blieb an einem teuren Parfümflakon hängen. Auch ein Novum, dazu ein Duschgel mit goldener Verschlusskappe. Neue, flauschige Handtücher in Malvetönen hingen über der Stange. Jochen stellte sich vor, mit welcher Lust seine Mutter diese Luxusgüter eingekauft hatte, denn das waren sie mit Sicherheit für sie. Plötzlich fiel ihm ein, dass seine Mutter nicht weg sein konnte, denn das Haus war nicht abgeschlossen gewesen. Die Tür war gleich aufgesprungen. Jochen lief die Treppe hinunter, durch die Diele zum Schlüsselbrett neben der Garderobe. Es

148

war leer bis auf den Kellerschlüssel. Die Schlüssel seines Vaters hingen ebenfalls nicht mehr dort.

Vielleicht hatte seine Mutter die schon herausgelegt für Melanie. Egal, jetzt machte Jochen sich ernsthafte Sorgen. Seine Mutter würde nie weggehen, ohne das Haus sorgfältig abzuschließen. Und noch etwas fiel ihm siedendheiß ein: wo war der Koffer? Er hatte ihn nirgends gesehen, er wusste aber auch nicht, welche Kleider fehlten, der Schrank war ihm gut gefüllt vorgekommen, an der Garderobe hing eine Wetterjacke, der Wintermantel fehlte. Jochen schnappte sich den Kellerschlüssel und stieg die Holztreppe hinab. Der Schlüssel war für den größten Raum, die Werkstatt seines Vaters. Fast hätte er gepfiffen wie ein ängstliches Kind, doch die helle Neonröhre unter der Decke leuchtete den Kellergang beruhigend gut aus, fast wie ein Krankenhausflur, dachte Jochen. Im kleinen Waschkeller fand er nichts ungewöhnlich. Einige Blusen und Pullis hingen auf Bügeln an dem aufklappbaren Wäscheständer, Waschmaschine und Trockner starrten ihn aus runden Bullaugen an, es duftete nach Weichspüler. Im angrenzenden Kellerraum fand er Kisten mit alten Sachen, auch Spielsachen einer Kinderzeit waren hier gelagert. Eine Holzeisenbahn, ein verstaubtes Kasperltheater, Jochen kramte nach den Puppen, fand aber nur den Kasper mit angeklebter Holznase. Er erinnerte sich an ein Weihnachten, war er sechs oder sieben?, als der Vater ihn ins Wohnzimmer rief und stolz auf das Kaspertheater zeigte, das unter dem leuchtenden Baum stand. Jochen hatte sich nie eines gewünscht, deshalb war seine Überraschung durchaus echt. Die Eltern hielten sie für Begeisterung und Jochen versichte ihnen eilig, dass er sich ganz doll freue! Doch da niemand mit ihm Kaspertheater spielte, geriet das Geschenk bald in Vergessenheit und stand in seinem Kinderzimmer herum. Die Holzeisenbahn war da schon besser gewesen. Jochen hatte damit gespielt, bis er eine elektrische bekam, die hatte er als Jugendlicher selbst verkauft.

In einem Metallregal fand er uralte Einmachgläser, sicher noch von den Großeltern, in der Ecke stand ein ebenso alter Servierwagen mit zwei Etagen und einem Flaschenhalter an der Seite. Jochen schloss nun die Werkstatt des Vaters auf. Er tastete nach dem Lichtschalter neben der Tür und wartete, bis die Neonröhre mit einem Klacken aufleuchtete. Dieser Raum war das Allerheiligste seines Vaters gewesen und Jochen hatte ihn nur selten betreten. Er sah, dass die Werkzeuge ordentlich an Haken an der Wand aufgereiht hingen, die Werkbank war unter das Kellerfenster geschoben worden und in der Mitte des Raumes stand hochkant Jochens Koffer. Wie ein Ausstellungsstück. Jochen legte ihn flach auf den Boden und öffnete ihn. Er sah in das Gesicht seiner Kindheit, sah das verzerrte Lächeln, fühlte die Hand seines Vaters auf der Schulter und roch das Haarspray der Mutter. Unter dem Bild erkannte er die Kunstledereinbände der Familienalben und das gerahmte Hochzeitsbild der Eltern neben dem Geburtstagsfoto des Vaters in seinem Büro. Alle Familienerinnerungen hatte die Mutter in Jochens Koffer gepackt und in die Werkstatt gestellt. Sorgfältig abgeschlossen. Dann hatte sie das Haus verlassen.

Jochen konnte keinen klaren Gedanken fassen, dabei musste er den nächsten Schritt überlegen. Noch konnte die Mutter jede Minute nach Hause kommen, doch er glaubte nicht daran. Vielleicht sollte er die beiden anderen Nachbarn in der kleinen Stichstrasse befragen, sie wussten vielleicht, was mit Doris war. Jochen stieg gerade die Treppe hinauf, als die Haustür geöffnet wurde. Er stand Melanie und Paula gegenüber. „Papa, was machst du denn hier?" Seine Tochter drückte ihm einen Kuss auf die Wange. Jochen hielt sie einen Moment fest und fühlte die Erleichterung nicht mehr allein zu sein. „Hallo ihr beiden! Ich wollte noch mal nach Oma sehen, bevor sie.., naja, wegfährt, aber sie ist nicht da." Er lächelte schief. „Ihr seid früh dran, oder bin ich schon so lange hier?" Melanie trug ein Kuchentablett. Jochen sagte: „Drüben, auf Doris' Treppe steht noch so eins." Melanie runzelte die Stirn. „Aha, wieso steht es bei Doris?" Paula ging in die Küche. „Ich mach mal Kaffee, okay? Kuchen haben wir ja genug, wie ich höre." Jochen versuchte einen Scherz. „Habt ihr etwa auch Käsekuchen mitgebracht? Das würde passen, es ist nämlich alles Käse momentan." „Nein, es ist Kirschstreusel", sagte Melanie, ihr Blick fiel auf den Schlüssel in Jochens Händen. „Was hast du denn im Keller gemacht?" Jochen seufzte. „Komm mit in die Küche, ich habe einiges zu erzählen." Es ist gut hier zu sitzen, dachte Jochen, wie früher, als wir noch eine Familie waren. Ob Paula das vermisst? Habe ich es vermisst?, dachte er. Jetzt fühlte es sich auf jeden Fall richtig an, sein Kopf wurde klarer, sein Herz schlug verlässlicher. Nachdem er alles der Reihe nach erzählt hatte, blieb Melanie eine Weile still, Paula sah zwischen ihren Eltern hin und her. „Aber das heißt ja, dass Oma euch angelogen hat! Doris ist gar nicht mehr hier, was erzählt Oma denn für Sachen?" Sie drehte den Kaffeelöffel in der Hand herum, dann weiteten sich ihre Augen und sie hielt inne. „Oder meint ihr, Oma ist nicht mehr.., ganz bei Trost?" Paula schluckte. „Letzte Woche war ich hier", erzählte sie aufgeregt, sah den überraschten Blickwechsel zwischen ihren Eltern nicht, „da hat sie mir ihr Notizbuch gezeigt und gesagt, sie muss sich alles aufschreiben, weil sie so viel vergißt." Paula sprang auf und lief zum Küchenschrank. Sie zog einen kleinen Kalender aus der Schublade und legte ihn auf den Tisch. „Sie hat gelacht und gesagt, falls sie mal vergißt, wo der Kalender liegt, soll ich es mir merken." Paulas Stimme zitterte, Tränen traten in ihre Augen. „Was ist denn mit Oma? Wo kann sie bloß sein?" Melanie legte den Arm um ihre Schulter. „Wie schön, dass du bei Oma warst, Paulinchen." Jochen blätterte in dem Kalender. „Hört mal", rief er, „sie hatte heute Morgen um halb zehn einen Termin bei ihrem Hausarzt! Ach, vielleicht ist sie wirklich nur bummeln." Melanie schüttelte den Kopf. „Nein, das glaube ich nicht. Wir waren doch verabredet, es ist schon nach drei, sie wäre auf jeden Fall nach Hause gekommen. Jochen, ruf du den Arzt an und ich will mal in dem Reisekatalog nach einer Nummer gucken. Wer weiß, ob es überhaupt stimmt, dass sie gebucht hat, oder hast du eine Rechnung gesehen?" Nein, Jochen hatte nicht daran gezweifelt, das Kreuz im Katalog hatte ihm gereicht. Jetzt war er dankbar, dass Melanie die Initiative ergriff.

Nach einigen Minuten wussten sie, dass Irene weder beim Arzt erschienen war, noch hatte sie eine Reise gebucht. Paula wollte loslaufen. „Ich gehe sie suchen", rief sie aufgelöst, doch Melanie hielt sie zurück. „Schatz, lass uns mal überlegen, was wir als Nächstes tun. Es bringt nichts, planlos in der Gegend herumzurennen." Paula schüttelte den Arm ihrer Mutter ab. „Nein, ich muss jetzt was machen, sonst werde ich verrückt!" Jochen stand auf und zog sie an sich. Offensichtlich hatte Paula eine Beziehung zu ihren Großeltern, die ihm nicht bekannt war. Ob Melanie davon wusste? Er fragte sich, ob seine Tochter sich an seiner Stelle um die Großeltern kümmerte, und ob er Grund hatte, sich zu schämen. „ Paula, der Doktor hat gesagt, wir könnten gegen fünf bei ihm vorbeikommen, es gäbe da etwas zu besprechen." Paula rief empört: „Das dauert ja noch über eine Stunde!" Melanie räumte das Geschirr in die Spülmaschine und wischte den Tisch ab. „Paula, wenn du eine Idee hast, wo Oma sein könnte, dann such sie. Wir werden bei den Nachbarn fragen und wenn nichts dabei herauskommt, fahren wir um viertel vor fünf zu Omas Arzt, okay?" „Ich gehe mal um den See", sagte Paula, „ da bin ich schon einmal mit ihr herumspaziert, sie fand es schön." Paula nickte und stürmte aus dem Haus.

Es entstand eine Stille zwischen Melanie und Jochen, die beide beklommen machte. Schließlich legte Melanie ihm eine Hand auf den Arm und sagte: „Unsere Tochter erstaunt uns, findest du nicht? Und bevor du mich fragst: nein, ich habe nicht gewußt, dass sie ihre Oma besucht." Jochen fühlte sich elend. „Sie hat auch zu

ihrem Opa ein gutes Verhältnis gehabt, das hat sie mir gesagt." Sie setzten sich einen Moment wieder an den Küchentisch, wussten nicht, wohin dieses Gespräch sie führen würde, wenn sie weiterredeten. Jochen schwieg, seine Kehle war zugeschnürt. Hier ist meine Familie, ging es immer wieder durch seinen Kopf, meine Frau und mein Kind. Es erschreckte ihn festzustellen, wie sehr er sich nach beiden sehnte, dass er sie brauchte, doch brauchten sie auch ihn? Melanie ging mit der Situation souverän um, sie traf Entscheidungen, während er verwirrt und hilflos war. Er wußte, dass es nicht nur die Sorge um seine Mutter war, die ihn umtrieb, sondern die unvorhersehbaren Anforderungen, die Unterbrechung seiner gewohnten Routine. Wusste Melanie mehr über seine Gefühle als er selbst? Vielleicht hatte sie ihn schon längst durchschaut, war ihr die Trennung deshalb so leichtgefallen? Doch was dachte Paula über ihn? War in ihrem Blick nicht Spott gewesen, als sie ihn nach seiner Liebe zu Melanie gefragt hatte? Oder schlimmer noch: Enttäuschung? Melanies Gesicht war plötzlich nah bei seinem. „ Lass uns gehen, Jochen. Hoffen wir, dass sich alles auflösen wird, dann machen wir heute Abend noch einen Spaziergang am Rhein, im Dunkeln." Sie lachte und Jochen fand das eine wunderbare Idee.
Sie traten hinaus auf die stille Straße, der Himmel wurde fahl, es dämmerte. Jochen hoffte, dass Paula den See umrundete, bevor es dunkel wurde. Melanie schritt zielstrebig auf das zurückliegende Haus der Nachbarn zu, die sie beide nicht kannten.
Auf ihr Klingeln wurde die Tür einen Spaltbreit

geöffnet, hinter der Sicherheitskette schauten trübe
Augen mißtrauisch drein. Jochen erklärte in holprigen
Worten, worum es ging, Melanie sprang ein, wenn er
nicht weiterkam. Der alte Mann hörte zu und sagte
dann, er wisse schon, wer Jochen sei, ab und an sei er ja
hier gewesen, nicht wahr? Nein, die Mutter habe er
heute nicht gesehen, aber gestern habe er sie am oberen
Fenster gesehen und auch mal kurz im Garten, als sie
zur Mülltonne ging. Von Doris wusste er nichts und war
offensichtlich überrascht, dass das Haus leerstand. Ob
sie nicht auf einen Kaffee hereinkommen wollen, fragte
er und hantierte schon an der Kette, doch Melanie sagte
schnell, nein danke, sie seien doch sehr in Sorge und
wollen erst den Verbleib der Mutter klären. Der alte
Herr nickte bedächtig. Seine Frau läge im Krankenhaus,
sagte er, Herzinfarkt, aber es gehe ihr schon ein
bisschen besser. Vielleicht kämen sie ja mal mit der
Mutter, wenn sich alle von dem Schreck erholt hätten,
schließlich seien sie doch Nachbarn...
„Was für ein Elend", sagte Jochen, als sie sich auf den
Weg zum Haus auf der anderen Seite machten. Melanie
nickte. „Gut, dass wir noch nicht wissen, wie es uns mal
geht, wenn wir alt sind. Aber man kann ja auch Vorsorge
treffen." Er sah sie von der Seite an. Sie schien
unbefangen, stellte lediglich ein allgemeine Überlegung
an, bei der er wohl keine Rolle spielte. Warum auch?
Jochen biss sich ärgerlich auf die Unterlippe. Die andere
Tür wurde von einer jungen Frau geöffnet, aus dem
Haus schallte Kinderlärm. Jochen hatte nicht gewusst,
dass es hier eine junge Familie gab. Mit Doris sei es
sehr traurig gewesen, sagte die Frau, seit ein paar

Monaten sei sie im Pflegeheim, nachdem ihr wegen der Zuckererkrankung ein Fuß amputiert worden war. Die jüngere Schwester wolle sich um den Hausverkauf kümmern, doch bis jetzt sei noch niemand wieder hier gewesen. Jochen fragte, ob sie seine Mutter kennen würde. Die Frau zögerte einen Moment und senkte den Blick, doch dann sagte sie, gerade vorgestern habe sie seine Mutter vor Doris' Haustür angetroffen. Sie habe mehrmals geklingelt und den Namen gerufen. Auffällig war, dass sie viel zu sommerlich angezogen war und einen Strohhut auf dem Kopf hatte. Jochens Magen schnürte sich zusammen. Ob sie mit ihr gesprochen habe, fragte er die Frau. Ja, ja, beeilte die sich zu sagen, sie habe ihr erklärt, dass Doris nicht mehr hier wohne und gesagt, sie solle schnell nach Hause gehen, es sei doch viel zu kalt für die Sommersachen. Nach einem Moment fügte sie hinzu, dass die Mutter sich entschuldigt hätte und ihre Überraschung über Doris' Umzug echt gewesen sei, doch irgendwie sei das Verhalten trotzdem sonderbar gewesen...

Paula kam ihnen atemlos entgegen, als sie zurück zum Haus gingen. „Ich habe sie nirgends gesehen, es sind kaum Leute am See. Habt ihr was herausgefunden?"

Melanie berichtete kurz. Jochen schloss die Tür auf. Ihm fiel ein, dass Melanie vorhin nicht geklingelt hatte. „Wieso hast du vorhin sofort aufgeschlossen, Melanie?" Es hörte sich tadelnd an, deshalb fügte er schnell hinzu: „Ich meine, wir klingeln doch immer, denn eigentlich ist Mutter doch zuhause, wenn wir kommen, verstehst du?"

Melanie sah ihn an. „Ich weiß. Ehrlich gesagt, wollte ich sie mal unvorbereitet überraschen, wollte mir einen eigenen Eindruck von ihrem Verhalten machen, wenn sie noch nicht mit mir rechnet, so in der Art." Jetzt lächelte sie tasächlich verlegen. Jochen fühlte sich sehr zu ihr hingezogen. „Also hast du doch ein bisschen daran geglaubt, dass ich mit meiner komischen Wahrnehmung richtig liegen könnte?" Nur mit Mühe schaffte er es, sie nicht einfach in die Arme zu nehmen, als sie verlegen antwortete. „Sagen wir mal so: ich wollte es nicht ignorieren."

Paula schaltete sich ein. „Wisst ihr, was komisch ist? Als ich letzte Woche hier war, hat Oma nichts von einer Reise gesagt, nur von ihrer Vergesslichkeit hat sie gesprochen, doch ich fand sie nicht komisch, ich habe mich nur gewundert, dass sie so gut gelaunt war, also nicht wie eine arme Witwe, versteht ihr? Aber ich habe mich gefreut, dass sie so, so..." Paula begann wieder zu weinen. Ein trauriges Kind mit seinen tröstenden Eltern, ging es Jochen durch den Kopf. Er nahm Paulas Hand, Melanie strich ihr über die Wange. „Es ging ihr wirklich ganz gut", sagte Jochen und merkte, dass er in der Vergangenheit sprach, „ und sicher geht es ihr immer noch gut. Kommt, wir fahren jetzt zu Omas Doktor." Wie leicht ihm das Wort 'Oma' über die Lippen ging!

Die Anmeldebereich der Praxis war fast so luxuriös wie die Rezeption eines Nobelhotels. Hinter einer geschwungenen, weißen Theke saßen vier weißgekleidete Damen vor ihren Computerbildschirmen. Melanie trat vor und räusperte sich. Eine Dame hob den Kopf und dirigierte sie ins Wartezimmer mit dem Verspechen, es ginge schnell, der

Doktor wisse ja Bescheid. „Ist sie besorgt gewesen, oder habe ich mir das eingebildet?", flüsterte Jochen Melanie zu. „Jedenfalls ist sie gut informiert", sagte Melanie. Das geräumige Wartezimmer war nur noch spärlich besetzt. Jochen sah mit Erleichterung die hellblauen Sitzbezüge der Stühle, die an drei Wänden aufgereiht standen, das vorherrschende Weiß schüchterte ihn ein. Sie saßen nebeneinander, Jochen musste sich räuspern, ein deutliches Zeichen seiner Nervosität. Neben ihm zog Paula scharf die Luft ein. „Seht mal, dort an der Wand!" Vor Überraschung hatte sie laut gerufen. Obwohl die übrigen Patienten sich unbeteiligt gaben, wanderten alle Blicke in Richtung Wand. Jochen starrte auf den gerahmten Druck. Über spiegelndem, tiefblauen Wasser erhob sich der Eingang einer Felsenhöhle, davor dümpelten einige buntgestrichene Holzboote auf sanften Wellen. Am unteren Bildrand stand in ebenfalls blauen Lettern 'Die blaue Grotte auf Capri'. Je länger Jochen auf das Bild schaute, desto stärker wurde das Gefühl, in das tiefe Blau eingesogen zu werden. „Das blaue Licht", flüsterte Paula, „hier hat Oma gesessen und das blaue Licht gesehen."
Der gemütliche, wohlgenährte Doktor schien so gar nicht zu seiner modernen Praxis zu passen. Er setzte sich auch nicht hinter den Schreibtisch, sondern zog seinen Ledersessel dahinter hervor. Sein freundlicher Blick richtete sich auf Paula. „Deine Großmutter hat von dir erzählt, ich weiß so einiges." Schelmisch drohte er mit dem Finger. „Du bist ihr einziges Enkelkind und sie ist sehr stolz auf dich." Die beruhigende Absicht verfehlte ihre Wirkung, Paula brach wieder in Tränen

aus. Der Arzt wies auf die Packung mit Papiertüchern auf seinem Schreibtisch und Paula zog eines heraus. Jochen ergriff rasch das Wort, er schilderte nun recht flüssig, was in den letzten zwei Tagen geschehen war. Als er fertig war, nickt der Doktor bedächtig. „Sie müssen wissen, dass Ihre Mutter organisch gesund ist, dies nur vorweg. Ihre Blutwerte sind in Ordnung, sie kommt regelmäßig zur Routinekontrolle. Schon vor dem Tod Ihres Vaters klagte sie über Vergesslichkeit. Was sie schilderte, war nicht außergewöhnlich. Sie verlegte Sachen, vergaß mal einen Termin, fing an, sich Dinge zu notieren, verstehen Sie? Die Pflege ihres Mannes war schwierig, sie beklagte sich nicht, ließ jedoch durchblicken, dass er ziemlich anstrengend war." Jochen nickte, er konnte sich den Vater vorstellen, wie er vom Sessel aus der Mutter Befehle erteilte. Meine Güte, er hätte öfter hinfahren sollen! „Aber sie hat doch die ambulante Pflege eingeschaltet", warf Melanie ein. „Ja, aber erst als es nicht mehr anders ging", sagte der Doktor, ohne jeden Vorwurf in der Stimme. „Sie kam im letzten Jahr ziemlich oft zu mir und irgendwann fand ich sie zunehmend, sagen wir mal, bizarr." Er rieb sich über das Kinn. „Wissen Sie, sie kleidete sich plötzlich sehr auffällig, nicht geschmacklos, nur in einem ganz anderen Stil. Ihre Affekte passten nicht zu ihrer Aussage, ich will damit sagen, sie konnte mit einem lächelnden Gesicht erklären, wie schlecht es ihr ging, verstehen Sie?" Jochen verstand genau. Melanie nickte zögerlich. Paula fragte erschreckt: „Wollen Sie damit sagen, Oma ist verrückt geworden?" Der Doktor schaute sie freundlich an. „Nein", sagte er, „ das nicht, aber ich wollte heute einige Tests mit ihr machen, weil ich den Verdacht auf eine beginnende Alzheimererkrankung habe, und dann wollte ich sie zum Spezialisten überweisen."

Jochens Herz lag wie ein Stein in der Brust. „Hat sie Ihnen etwas von einem geplanten Urlaub erzählt?", fragte er. „Nein", sagte der Arzt, „aber vor zwei Wochen kam sie mit grell lackierten Fußnägeln in Sommersandaletten und auf dem Kopf trug sie einen Strohhut. Mitten im Winter."

Draußen war es mittlerweile dunkel geworden. Im Auto sprach zunächst niemand. Jochen saß hinterm Steuer und ließ den Schlüsselring um seinen Finger kreisen. Melanie drehte sich zu Paula um, die auf dem Rücksitz saß und aus dem Fenster starrte. Jochen wunderte sich, dass Melanie noch schwieg, vielleicht war es an der Zeit, dass er nun die Initiative ergriff. „Wir fahren jetzt zurück", sagte er, „wenn sie immer noch nicht zuhause ist, rufe ich die Polizei an." Ohne eine Antwort abzuwarten, startete er den Wagen und fuhr los.

Das Haus war dunkel und still.
Die Mutter saß im Wintermantel am Küchentisch. Im schwachen Lichtschein der erleuchteten Fenster des alten Nachbarn sah Jochen zunächst ihren Umriss. Er machte Melanie und Paula ein Zeichen, hinter ihm zu bleiben. Sie hielt den Kopf gesenkt, eine Hand strich immer wieder über die Tischdecke, die andere ruhte im Schoß. Sie zuckte zusammen, als Jochen seine Hand auf ihre Schulter legte. „Hallo Mama", sagte er, „da bist du

160

ja. Wollen wir das Licht anmachen?" Die Mutter sah zu ihm hoch. „Ach mein Junge, da bist du ja." Melanie schaltete die Lampe ein. Paula hielt es nicht mehr aus. „Oma, wo warst du denn bloß? Wir haben dich überall gesucht!" Sie kniete sich vor die Großmutter und nahm ihre Hände. Melanie war neben Jochen getreten. „Schön dich zu sehen, Irene", sagte sie freundlich. „Ach Kinder, ihr seid ja alle gekommen, das ist schön." Die Mutter entzog Paula die Hände, tätschelte ihren Kopf und stand schwerfällig auf. „Wollt ihr mich alle zum Bus bringen?", fragte sie und sah sie der Reihe nach mit einem erschöpften Lächeln an.

Jochen blätterte in verschiedenen Bildbänden. Er war erstaunt, wie zahlreich die Phänomene des blauen Lichtes waren. Es gab nicht nur eine Grotte, er fand mehrere wunderschöne Aufnahmen, auch die blau schimmernden Eisberge waren in einem Bildband und Jochen entschied sich, zwei der schönsten Bücher zu kaufen. Seine Mutter liebte es, sich Fotografien anzuschauen, sie erzählte Jochen von ihren Reisen rund um die Welt und er schnitt ihr das Butterbrot in kleine Häppchen, nach denen sie immer wieder zwischendurch griff. Die Schwestern im Pflegeheim schickten ihr Urlaubskarten, die sie stolz auf ihre Kommode stellte und manchmal kam Doris aus dem Nebenzimmer mit ihrem Rollstuhl herüber und unterhielt sich ein wenig mit Jochen. Er besuchte seine Mutter jede Woche, manchmal sogar mehrmals. Im Laufe des Jahres hatte er festgestellt, dass es jetzt so einfach war, die Mutter zu umarmen, ihre Wange zu streicheln und ihr einen Kuss zum Abschied zu geben. Er tat das gern. Melanie kam ebenfalls ab und zu, sie war seit ein paar Monaten mit einem Kollegen liiert und er sah sie kaum noch. Paula bereitete sich aufs Abitur vor, sie besuchte die Großmutter unregelmäßig, aber stürmisch. Die Mutter erzählte Jochen, dass sie ihre schönsten Reisen mit Paula gemacht hätte. Dabei zeigte sie auf arktische Eisfelder und lachte. „Da bin ich mit Paula Schlitten gefahren." Jochen nickte, sie blätterten um und reisten weiter. Von Jochens Vater sprach sie nie mehr.

Abends, wenn Jochen in seiner Wohnung am Fenster stand und auf den Rhein sah, erinnerte er sich gern an den letzten Spaziergang mit Melanie an dem Abend vor über einem Jahr. Wie erleichtert und wie vertraut sie miteinander gewesen waren, auf dem Schotterweg am winterlichen Fluss.
Es war schnell bergab gegangen mit seiner Mutter. Abends war sie mehrmals am See aufgegriffen worden, einmal mit einer Reisetasche, einmal im Morgenmantel, immer auf der Suche nach etwas, das sie nicht benennen konnte. Wohin sie denn wolle, hatte Jochen sie gefragt, ihr freundlicher Blick signalisierte Unverständnis, ach Junge, ich weiß es gar nicht, hatte sie mit nachdenklich gerunzelter Stirn gesagt. Wieder in ihrem Wohnzimmer, schaute sie sich um und fand es 'ganz hübsch hier'. Als es nicht mehr ging zuhause, machten Jochen und Melanie sich gemeinsam auf die Suche nach einem Pflegeheim. Mit Umsicht und Zuwendung war Melanie an der Seite seiner Mutter geblieben, als der Umzug anstand. Jochen hatte den Eindruck, dass seine Mutter

dachte, sie sei nun endlich in Urlaub gefahren; es gefiel ihr in dem neuen Zimmer, sie bat Jochen, den 'netten Kellnerinnen' Trinkgeld zu geben. Ihr bisheriges Leben verschwand allmählich aus ihrem Bewusstsein, jeder Besuch von Jochen erstaunte sie aufs Neue.

Melanie verabschiedete sich bald aus der Familie. Ihre Hilfe beim Umzug war ein letztes Geschenk gewesen, nun plante sie ihre Zukunft mit einem neuen Mannn. Paula spöttelte gerne über den 'zweiten Frühling' ihrer Mutter, sie war verunsichert, doch sie würde damit zurechtkommen. Ihr Leben wartete auf sie, vielleicht ein Studium in einer anderen Stadt, Paula hatte ihre Entscheidungen zu treffen.

Jochen sah lange auf den glitzernden Fluss. Er fühlte weder Verbitterung, noch Enttäuschung, er schipperte in ruhigem Fahrwasser.

Alles in allem war sein Leben bisher ganz gut gelaufen.

Die Insel

Der Sturm peitschte den Regen in Fetzen über die Insel. Am Strand, wo gestern noch Urlauber in der Sonne gelegen hatten, war alles leer und grau. Grollend spuckte die Nordsee gewaltige, schäumende Wellen an Land, kaum eine Handbreit Platz zwischen dem tosenden Wasser und blauschwarzen Wolken.

Das ist ein Novembersturm, dachte Moni Krüger, doch wir haben erst Anfang September. Die Saison geht noch bis Ende Oktober, dann kommt die Herbstpause, bevor kurz vor Weihnachten die Wintergäste eintreffen. So sollte es sein, aber schon seit Jahren beobachteten die Insulaner die raschen, drastischen Wetterwechsel, die ihnen schon Sonnenschein im November und Schneeregen im Mai gebracht hatten.

Moni hievte die Metallkiste mit den Medikamenten auf die Theke. Sie überprüfte den Lieferschein der Zentralapotheke, räumte Schachteln, Flaschen und Cremetuben in die Regale, und ahnte, dass die nachbestellte Sonnenlotion mit besonders hohem Lichtschutzfaktor wohl ein Ladenhüter werden würde. Gut, dass sie schon jetzt Hustenlöser, Kopfschmerztabletten und Nasentropfen im Sortiment hatte. Morgen früh würden sich die verbliebenen Touristen eindecken, das wusste Moni aus Erfahrung. Der Wetterbericht war nicht vielversprechend: ein Tiefdruckgebiet aus Skandinavien sollte sich mehrere Tage halten. Der Sturm würde zwar abflauen, doch

Regenschauer und Wind blieben in den nächsten Tagen, bei maximal zwölf Grad. Doch die Vorhersagen waren auch nicht immer zuverlässig, also gab es eine gewisse Hoffnung.

Draussen dämmerte es bereits, um kurz vor sechs. Moni ließ die Rollläden an den beiden Schaufenstern herunter, ging in den Lagerraum und vergewisserte sich, dass die Hintertür verschlossen war, bevor sie durch die Ladentür ins Freie trat. Der Sturm riss ihr fast die Klinke aus der Hand, sie schwankte einen Moment, bis sie mit aller Kraft den Schlüssel umdrehen konnte. In die Nische zwischen Tür und Schaufenster gedrückt, sah sie hinaus auf die abfallende Strasse, die zum Inselhafen führte. Das Dünengras rechts und links führte einen bizarren Tanz auf. Sandfontänen sprühten über den Asphalt. Das kann eine üble Nacht werden, dachte Moni. Sie und ihre Mutter hatten noch zwei Gäste. Vielleicht würden sie abreisen, sobald die Fähren ihren Betrieb wieder aufnehmen konnten. Moni ließ ihre Augen langsam über den verlassenen Hafenplatz wandern. Paul hatte schon am Morgen die Rollcontainer für das Gepäck in die Lagerhalle geschoben, der Fischimbiss war verrammelt und im Hafenbecken riss die vertäute 'Fiete II' wie verrückt an den dicken Seilen. Moni zog die Jacke fest um ihren Körper, sie wollte schnell die wenigen Schritte von der Apotheke zum Haus rüberlaufen, als sie inmitten der Hafentristesse einen gelben Punkt entdeckte, der sich bewegte. Sie sah genauer hin. Verdammt, das war Hannes!

Was machte er denn bei diesem Wetter da unten? Jetzt kämpfte er sich, vorgebeugt, um dem Wind nicht so viel

165

Angriffsfläche zu bieten, vor bis zum Fahnenmast. Der
olle Hannes, wie wollte er da bloß wieder wegkommen?
Moni überlegte nicht lange, sie rannte los. Der Sturm
schlug ihr die Atemluft in die Kehle, sie lief am Rand
der Strasse, neben den Dünenausläufern, und als sie sich
Hannes keuchend näherte, schrie sie mit aller Kraft:
„Hannes, was machst du denn hier? Bist du jetzt total
verrückt geworden?" Er hörte sie nicht. Die Inselflagge
knatterte wie ein Maschinengewehr im Wind, Hannes
hielt die Fahnenstange umschlungen wie eine Geliebte
und starrte auf das Wasser. Moni blieb hinter ihm
stehen. „Hannes!" Um ihn nicht zu erschrecken, fasste
sie ihn nicht an. Ohne sich umzudrehen, brüllte er: „Das
habe ich mir fast gedacht, dass du mich holen kommst!"
Verflixter alter Fuchs! Moni trat an seine Seite und griff
ebenfalls nach der Fahnenstange. Sie blickten beide aufs
Wasser. „Ach was! Wieso hast du das gedacht?" „Weil
ich weiß, dass du deine Apotheke mittwochs sortierst
und den Hafen von oben sehen kannst. Und da habe ich
mir gedacht: Hannes, habe ich gedacht, wenn sie dich
sieht, kriegt sie Angst, dass der Wind dich mit
rausnimmt; also wird sie dich holen! Und? Habe ich
genau richtig gedacht, oder?" Mit der freien Hand hielt
er seinen Südwester fest und drehte sich zu Moni um. Er
grinste, sein Gesicht glänzte vom Regen. Monis Wut
verrauchte sofort. „Stimmt, du hast richtig gedacht."
Beide schwiegen. Moni sah an der schwankenden
Fahnenstange hoch. „Aber jetzt komm auch, Hannes.
Das ist kein Wetter für dich. Komm mit, Mutter macht
uns einen Tee..., für dich mit Rum!" Er nickte. „Dann
hak' mich mal unter. So ein Angebot lass ich mir nicht

166

entgehen." Sie kämpften sich die Strasse hoch. Vor dem Haus angelangt, blieb Hannes stehen. „Aber weißt du was, mein Kind? Ich bin ein alter Fährkapitän. Ich kenne jedes Wetter! Da brauchst du keine Angst um mich zu haben..." Moni kannte diesen Spruch. „Ja, ja, schon gut, du Sturkopp. Sagen wir mal so: du machst das extra, weil du Tee mit Rum kriegen willst, okay?" Hannes trat sich die Füße ab, während Moni sich gegen die Haustür stemmte. „Jau", sagte er zufrieden, „so können wir das stehen lassen."

Nora Krüger schaltete den Wasserkocher ein. Sie hatte ihre Tochter zum Hafen laufen sehen, und das konnte nur bedeuten, dass der verrückte Hannes sich nicht um das Unwetter geschert hatte. Jetzt wollte er sicher wiederTee mit Rum. So endete es immer, wenn Moni ihn auflas. Letztes Jahr war er im Hochsommer ins Naturschutzgebiet gelaufen, quer durch die Dünen, ohne einen Schluck Wasser, dafür mit seiner ollen Strickjacke. Das Gebiet war weitläufig, und wenn Paul nicht zufällig die Kaninchenlöcher kontrolliert hätte, wäre Hannes gar nicht entdeckt worden. Zwischen zwei Dünen hatte er am Boden gekauert, umgeben von aufblühenden Eriken. Den Kopf auf der Brust, war er eingeschlafen. Bei fast dreißig Grad! Paul hatte Moni angerufen und die kam dann irgendwann mit Hannes an. Er fand, dass alle viel zu viel Theater um seinen Spaziergang machten, schließlich konnte er ja nicht von der Insel verschwinden, und dass er ins Naturschutzgebier gekommen war, hat er nicht bemerkt. Was war denn mit dem Zaun, hatte Nora gefragt, da bist du doch drüber am Ostende, du alter Trottel! Er sah sie erstaunt an. Dass da ein Zaun gewesen sein sollte, nein, ehrlich, er hat jedenfalls keinen gesehen... Jetzt trink erstmal Wasser, hatte Moni gesagt, doch Hannes schob die Flasche weg. Und mit einem treuherzigen Blick auf Nora hatte er hinzugefügt: Tee mit einem kleinen Schuss Rum, bitte. Du weißt doch Eleonore, Wasser vertrage ich nicht...

Aus der Diele drang ein kalter Luftschwall in die Küche. Sie waren also da. Nora stellte Teebecher auf den Tisch und gab Hannes einen Schuß Rum hinein. Die Flasche ließ sie sofort wieder im Schrank verschwinden. Schon polterte er in die Küche.

„Eleonore, meine Liebe", säuselte er, „sie hat mich wieder eingefangen, unsere Pillendreherin, was sollte ich also machen?" Nora füllte schweigend die Becher, Hannes schnupperte mit geschlossenen Augen und seufzte wohlig. „Willst du gleich zum Abendbrot bleiben?", fragte sie ihn. Hannes nahm einen großen Schluck, legte seine knotigen Hände um den heißen Becher und sah sie an. „Du bist eine gute Seele, Eleonorchen! Sicher bleibe ich. Was gibt es denn?"

Rita nahm die Lesebrille ab. Schon seit mittags hatte sie Kopfschmerzen, nicht hart und hämmernd, wie sie es von langen Tagen bei Wind und Wetter auf dem Kutschbock kannte, diesmal war ein enges Band um ihren Kopf geschnürt. Es drückte gleichmäßig gegen die Schädelknochen und verursachte ein Pochen hinter den Augen. Vielleicht entwickelte sie eine neue Art von Wetterfühligkeit, es wäre nicht verwunderlich. Sie sortierte einige Papiere auf dem Schreibtisch, schob sie in die Ordner mit der Aufschrift 'Tierarzt' und 'Futterkosten', dann schaltete sie den Computer aus und lehnte sich in ihrem Schreibtischstuhl zurück. Eine gute Anschaffung, dachte Rita. Der Doktor hatte ihr dringend geraten, sich besser um ihren Rücken zu kümmern. Zwei Bandscheibenvorfälle hatte sie bereits, noch bekam sie alles mit Spritzen und Physiotherapie halbwegs geregelt, doch Rita wusste, dass es nicht mehr ewig so weitergehen konnte. Sie erzählte niemandem, wie oft sie zusätzlich Tabletten nahm, außer Moni, die wusste es natürlich und machte ihr jedesmal die Hölle heiß. Moni war auch mit ihr aufs Festland gefahren, um den Schreibtischstuhl auszusuchen. Ergonomie lautete das Zauberwort. Die Lehne schmiegte sich an ihren schmerzenden Rücken. Es fühlte sich an wie gestreichelt werden. Rita schwang sich auf dem Stuhl herum. Bodo war in seiner Couchecke eingeschlafen. Die Zeitung lag in seinem Schoß, den Kopf ins Polster gedrückt, schnarchte er leise mit geöffnetem Mund. Rita betrachtete ihn. Die erschlafften Gesichtsmuskeln offenbarten im Schein der Leselampe seine Erschöpfung, sein Alter, alles, was Bodo verdrängte und nicht wahrhaben wollte. So machten sie es beide: taten, als ginge es immer so weiter. Von Bodos Vater hatten sie das Fuhr- und Transportgeschäft, eines von dreien auf der Insel, vor fast dreißig Jahren übernommen. Mittlerweile standen von den ehemals achtzehn, noch zwölf Connemara Ponys in ihrem Stall. Auf der autofreien Insel gehörte das Hufgetrappel zum romantischen Urlaubsbild der Touristen. 'Gute Wahl'

169

stand auf den beiden Kutschwagen, in Anlehnung an
ihren Nachnamen, und auf den Transportanhängern, mit
denen Rita und Bodo täglich das Gepäck der Touristen
von den Unterkünften zum Hafen, und umgekehrt,
transportierten. Der Transport war allerdings
zurückgegangen, seit die Touristen ihre Rollkoffer
größtenteils selbst über die Insel zogen. Sie hatten die
Einbußen berechnet und Bodo war zu dem Ergebnis
gelangt, es sei besser, sich jetzt einen zweiten
Planwagen anzuschaffen und die Inselrundfahrten
auszuweiten. Ritas Skepsis hatte er weggelächelt und
gesagt, er werde sich um die Werbung kümmern und
dann würde sie staunen...Bodo rechnete mit spitzer
Feder, sie verkauften ein Pony, um sich nicht weiter zu
verschulden. Vor fünf Jahren war die alte Scheune zu
zwei gemütlichen Ferienwohnungen umgebaut worden.
Rita seufzte bei dem Gedanken an die Unmengen von
Arbeit damals. Obwohl die Männer der Insel fast alle
geholfen hatten, brauchten sie Handwerker und Statiker
vom Festland, außerdem hatte der langwierige
Genehmigungsprozeß sie Nerven und Geld gekostet. Zu
ihrer grenzenlosen Erleichterung lief die Vermietung der
neuen Wohnungen gut. Auch die Kutschfahrten waren
bei den Touristen beliebt.
Rita stand auf, schlich auf Zehenspitzen zum Sofa und
zog Bodo die Wolldecke über die Knie. Ihr war im
letzten Frühjahr aufgefallen, dass er Schmerzen hatte.
Das Absteigen vom Kutschbock fiel ihm schwer. Rita
hatte gesehen wie er einknickte, bei dem Versuch,
locker abzuspringen, so wie früher. Vielleicht ist er nach
dem Winter noch ein bisschen eingerostet, hatte sie

gehofft, doch Bodo hinkte durch den Sommer, das Knie wurde dick, Moni brachte Gel zum Einreiben, der Inseldoktor verschrieb ihm Schmerzmittel mit Entzündungshemmern, die er nicht nahm, stattdessen verbrauchte Rita sie nach und nach, wenn ihr Rücken wie Feuer brannte. Es liess sich nicht verdrängen: sie waren nicht mehr jung und das Inselleben forderte seinen Tribut.

Eine Windboe fuhr krachend ums Haus. Rita sorgte sich um die Ponys. Sie standen viel zu früh im Stall. Ihre Futterwiese war innerhalb weniger Stunden zum Sumpf geworden, Rita dachte mit Widerwillen daran, morgen mit Gummistiefeln durch den Matsch zu waten. Wenn das Unwetter überhaupt morgen abzöge.. Sie wollte noch kurz nach den Tieren sehen. Bodo stöhnte leise im Schlaf.

Der Stall war solide gebaut, rundum gemauert, darauf hatten sie Wert gelegt. Bodos Vater hätte das nicht gutgeheißen, doch als er vor zehn Jahren kurz nach seiner Frau gestorben war, hatten Bodo und Rita endlich nach und nach mit den nötigen Renovierungen begonnen. Schweigsam war Bodo daran gegangen, die morschen Bretter auseinander zu reißen. Mit dicken Arbeitshandschuhen hatte er die Zange gehalten und die rostigen Nägel aus dem Holz gezogen. Es war wie eine stumme Abrechnung mit dem autoritären Vater, verbissen und trotzig.

Mit Mühe hob Rita den Holzbalken, der quer über der Flügeltür lag, aus den Halterungen. Keuchend betrat sie den Stall und zog mit aller Kraft die Türen zu. Die Ponys schnaubten leise in ihren Boxen. Einige scharrten

mit den Hufen, fast alle wandten die Köpfe in ihre
Richtung. Von den robusten Körpern ging eine Wärme
aus, die Rita entspannte. Der Duft nach Heu war
überlagert von scharfem Uringeruch. Mein Gott, wie
sollten sie den Stall ausmisten bei diesem Wetter? Sie
ging an den Boxen entlang, murmelte beruhigende
Worte, tätschelte die warmen Hälse und blieb bei Kicker
stehen. „Na, mein Guter, wie geht es dir?" Der alte
Hengst sah sie an. Vielleicht will er eher mich
beruhigen, als ich ihn, dachte sie. Kicker verstand sie,
davon war Rita überzeugt. Er spürte, wenn sie unruhig
oder traurig, glücklich oder erschöpft war. Seine Nähe
tat ihrem aufgewühlten Herzen gut, seit fast dreißig
Jahren. Bodo hatte einmal gesagt, Kicker sei ihr einziger
fest angestellter Mitarbeiter in der Anfangszeit gewesen,
und Rita wusste, was er damit meinte. Als junges
Hengstfohlen war er auf die Insel gekommen, sein
Temperament war außergewöhnlich für ein Connemara-
Pony. Er schien sich regelrecht auf die Arbeit zu freuen,
und Rita liebte ihn vom ersten Moment an. Zwischen
Kicker und ihr gab es eine Magie, über die sie nie
sprach. Rita vertraute ihm vieles an, ihr ganzes
Inselleben flüsterte sie in seine Mähne, und sein
stämmiger Körper spendete ihr Trost und Bestätigung.
Kicker war ihr lebendiges Tagebuch.
Die Stalltüren flogen auf, ein scharfer Wind fuhr in die
Boxen und einge Pferde wieherten nervös. Erschreckt
sah Rita in den Gang hinaus. Moni stapfte durch die
Stallgasse, einen dicken Schal um das Gesicht
gewickelt. Rita schüttelte den Kopf.
„Was tust du hier bei diesem Wetter?", fragte sie fast

unfreundlich, doch die Erleichterung war ihr anzumerken. Moni zog den Schal vom Gesicht. „Ich wollte mal nach den Ponys sehen, was sonst?" Sie umarmten sich. Moni sah Rita an. „Machst du dir Sorgen um Kicker?" Sie wusste, dass der alte Hengst Probleme mit den Nieren hatte. Rita nickte. „Riechst du es nicht? Der Urin stinkt immer mehr. Er ist zu konzentriert. Ich denke, seine Nieren machen nicht mehr lange mit." Moni schnupperte. „Na ja, sie pinkeln jetzt alle ins Stroh, doch es stimmt schon. Hier riecht es extrem scharf." Sie tätschelte Kickers Hinterbacken. „Was sagt denn der Doc?" Rita hob die Schultern. „Er ist auch bald mit seinem Latein am Ende. Immer wieder Antibiotika, immer wieder neue Entzündungen. Es wird wohl nicht mehr viel zu machen sein." Sie seufzte. „Außerdem ist es nicht gerade billig." Moni ahnte, dass Rita sich auf den endgültigen Abschied von Kicker einstellte. Schwer auszuhalten, bei all den anderen Sorgen, die Bodo und Rita plagten, deshalb versuchte Moni es mit einer halbherzigen Aufheiterung. „Vielleicht geht es seinem irischen Herzen morgen besser, wenn er so richtig im Matsch wühlen kann! Der Sturm wird nachlassen, haben sie im Radio gesagt." Rita lächelte. „Schön wär's, aber Kicker ist keine echter Ire mehr, vergiss das nicht. Ihm bekommt der Dauerregen nicht, es ist zu kalt für September, es ist bei ihm wie bei alten Leuten: er braucht ein bisschen Wärme für die morschen Knochen und die kaputten Nieren." Tränen liefen über ihre Wangen. „Und er ist alt geworden, so ist es nun mal." Als hätte Kicker sie verstanden, stupste er Rita mit den Nüstern. Sie legte die Arme um seinen Hals. „Ist schon gut, mein Lieber! Wir stehen das zusammen durch, versprochen." Moni schwieg. Sie nahm sich vor, Dr. Friedrichs zu fragen, ob es doch noch eine Behandlung für Kicker gab. Rita schloss das vielleicht aus, weil es einfach zu teuer war, doch Moni würde den Freunden gerne helfen. Kicker war noch nicht uralt, ein paar Jahre konnte er noch leben. Er war für Rita viel mehr als ein Arbeitspony. Und hier auf der Insel musste man sich gut um seine Freunde kümmern, auch um die tierischen. „Wann kommt der Doc denn wieder?", fragte sie Rita. „Ich glaube, übermorgen. Aber mach dir keine Hoffnungen, Moni. Wir müssen uns alle damit abfinden." Moni nickte. Sie hielt es für das beste, dieses Thema jetzt zu beenden. Sie würde dem Doktor eine Nachricht schicken und ihn bitten, bei ihr in der Apotheke vorbeizuschauen. Das tat er ohnehin gerne. Sie tranken einen Tee, tauschten den neuesten Inselklatsch aus, und Moni lagerte immer einen Medikamentenvorrat für ihn ein. Dr. Friedrichs kam einmal pro Woche mit dem Inselflieger. Er war mittlerweile für drei Inseln zuständig, Tag und Nacht, und suchte händeringend nach einem Nachfolger. Ab und zu hatte er einen Studenten im Schlepptau, doch bis jetzt konnte er niemanden für die anstrengende Arbeit begeistern. Die jungen Leute fanden es zwar 'vielseitig', 'spannend' und 'abwechslungsreich', doch sobald sie mitbekamen, dass die gepackte Tasche immer in Reichweite des Doktors stand, bewunderten sie nachdrücklich sein Engagement und gaben gleichzeitig zu verstehen, dass diese Form der Veterenärmedizin nicht zu ihrer Lebensplanung passte. Bei dem Gedanken angekommen, fiel Moni etwas ein. „Was ist eigentlich mit unserem Plan, die runden Geburtstage gemeinsam zu feiern?" Im November wurden der Doktor und Bodo sechzig, Moni vierzig Jahre alt. Sie hatten darüber gesprochen, wie schön es doch wäre, mit den Insulanern im Touristenzentrum zu feiern. Ohne Touristen, versteht sich. Rita schien überrascht. „Ach ja, stimmt! Wir haben nicht mehr darüber geredet, ehrlich gesagt. Bodo mit seinem dicken Knie, die beiden Ferienwohnungen, alles andere.., na ja, du weißt schon. Doch er will es sicher noch. Es würde ihm auch guttun, glaube ich." „Okay, dann reden wir also übermorgen mit dem Doktor und gehen mal in die konkrete Planung." Moni sah sich im Stall um. „Komm, wir misten ein bisschen aus, schieben das Gröbste hinten in die Ecke. Morgen kann es sicher raus." Ehe Rita protestieren konnte, hatte Moni eine Mistgabel vom Wandhaken genommen und war zur ersten Box gelaufen. Rita rief durch den Stall. „Danke, ich fang dann hier bei Kicker an." Sie arbeiteten schweigend, murmelten ab und zu den Pferden beruhigende Worte zu, während der Sturm Orkanstärke erreichte und die Hängelampen über den Boxen zu schaukeln begannen. Zum Schluß hatten sie einen nassen Strohhaufen neben der Tür aufgetürmt. Es war nur wenig frische Einstreu im Stall, ein paar Händevoll für jedes Pony. Rita sah zum Heuboden hinauf. „Das reicht für heute. Ich klettere nicht mehr rauf, bis morgen geht es schon. Meine Güte, hörst du wie die Holzbalken knirschen? Und das im September! Komm, wir schließen hier ab und du kommst mit ins Haus. Bodo wird sich schon wundern, wo ich bleibe."

Sie stemmten sich gegen den Sturm, hoben den Balken in die Halterungen und liefen geduckt ins Haus.

Bodo hantierte in der Küche herum. Als sie eintraten, drehte er sich um. „Moin, moin, Moni! Was treibt dich denn bei dem Wetter über die halbe Insel zu uns?" Er nahm die Teekanne vom Herd und humpelte zum Küchentisch. Rita gab ihm einen Kuss auf die Wange. „Wie schön, du hast Tee gekocht!" Moni betrachtete die beiden. Bodo und Rita waren ihre besten Freunde, obwohl eine Generation zwischen ihnen lag. Schon als Kind war sie aus dem Wohndorf über die Wiesen zum Wahlhof gelaufen und hatte sich im Pferdestall rumgetrieben. Moni erinnerte sich daran, wie ungemütlich Opa Wahl einmal geworden war, als er sie bei Donna entdeckte, die tags zuvor ihr Fohlen geboren hatte. 'Verdammich, Deern, was machst du hier?', hatte er gerufen und sie am Arm gepackt, in die Boxengasse gezogen und zornig angefunkelt. 'Ohne meine Erlaubnis will ich dich hier nicht sehen, verstanden?' Moni hatte vor Schreck gezittert und sich den schmerzenden Arm gerieben, der am nächsten Tag einen dicken blauen Fleck aufwies. Der alte Wahl war unberechenbar und launisch gewesen. Später begriff sie, dass er von schwerem Gelenkrheuma geplagt wurde, denn da brachte sie ihm seine Medikamente und hielt sich bei Rita in der Küche auf. Als Moni vierzehn oder fünfzehn war, kam sie eines Tages gleich nach der Schule zum Stall. Rita wollte ihr ein neues Hengstfohlen zeigen und außerdem sollte sie helfen, Kicker einzuspannen. Doch der Stall war leer und Moni lief zum Haus. In der Küche

176

fand sie Rita vor, die weinend am Tisch saß und sich rasch die Tränen abputzte, ein schiefes Lächeln aufsetzte, und 'ach, da bist du ja' sagte. Moni war verwirrt, sie hatte Rita noch nie weinen sehen. Plötzlich brüllten vor dem Fenster laute Stimmen. Rita schlug beide Hände vors Gesicht und Moni sah voller Schrecken, dass ihre Schultern bebten. Bodo schrie, Opa Wahl schrie zurück. Moni verstand, dass Bodo seinem Vater vorwarf, sich ständig in sein Leben einzumischen und Opa Wahl konterte, dass er sich jeden Tag Sorgen um den Hof mache, da immer noch kein Enkel in Sicht sei und die Konkurrenz durch die beiden Islandhöfe nicht schlafe. Bodo und Rita blieben kinderlos. Einige Jahre später, sie waren längst Freundinnen geworden, sprach Rita mit Moni darüber. Opa Wahl war ein einziger stummer Vorwurf. Rita sagte, sie habe das Gefühl, sich ducken zu müssen, sobald der Alte in ihre Nähe kam, es fühle sich an, als trage sie eine schwere Schuld. Eine Reihe von Untersuchungen, denen sie und Bodo sich unterzogen, war ergebnislos geblieben. Es gab keinen medizinischen Grund für die Kinderlosigkeit, und Bodo hörte auf, darüber zu reden. Er arbeitete hart und unermüdlich, so, als müsse er seinem Vater immer noch beweisen, dass er den Hof erhalten und sichern könne. Doch seit ein paar Jahren hatte er sich verändert. Monis Vater, der alte Inselapotheker, hatte kurz vor seinem Tod gesagt, dass Bodo das gleiche Gelenkleiden wie sein Vater bekäme. Die Finger seien schon krumm und er beginne, schief zu laufen. So war es. Kurz danach hatte Monis Vater einen tödlichen Herzinfarkt erlitten, im Lager der Apotheke.

Als er nicht zum Mittagessen kam, war Moni
rübergegangen und fand ihn am Boden, halb begraben
von einem Regal, das er im Sturz umgerissen hatte, und
bedeckt von Schachteln voller Herzmedikamente. Sie
war regungslos stehengeblieben, nicht einen Moment
zweifelte sie an der Endgültigkeit dieser Situation, doch
gleichzeitig erfasste sie auch deren ungeheure Ironie.
Sie räumte die Schachteln beiseite, bettete den Kopf
ihres Vaters auf ihre Strickjacke und küsste seine
wächserne Wange, bevor sie ins Haus gegangen und in
die angstgeweiteten Augen ihrer Mutter geschaut hatte.
„Willst du vielleicht was essen?" Rita legte ihre Hand
auf Monis Arm. Die zuckte zusammen und lächelte.
„Nein, lass mal. Ich habe schon zuhause mit Mama und
Hannes gegessen." Bodo sah sie neugierig an. „Hannes
war bei euch? Bei dem Wetter?" „Ja, ich habe ihn vom
Hafen weggeholt und eben nach Hause gebracht.
Deshalb bin ich noch bei euch vorbeigekommen."
Hannes wohnte am Dorfende, von da war es nicht mehr
weit zum Hof. Rita schnitt Brotscheiben von einem
großen Laib. „Hannes macht mir langsam Sorgen",
sagte sie, „ ich finde, dass er immer tüdeliger wird. Wie
kann er denn bei dem Sturm zum Hafen gehen?" Bodo
grinste. „Ich glaube, er will, dass Moni ihn holt, damit
er bei Nora sitzen kann." Moni nickte. „So was
ähnliches hat er sogar gesagt. Irgendwie sucht er
wirklich Mamas Nähe." „Er war schwer verliebt in sie,
damals, als wir alle jung waren", sagte Bodo und rührte
Sahne in seinen Tee. „Wir?" Rita lachte. „Hannes ist
über siebzig, du noch keine sechzig." „Das spielt keine
Rolle, ich habe das als Kind genau mitgekriegt, so, wie

Moni bei uns vieles mitgekriegt hat." Sie schwiegen einen Moment. „Aber dann kam Papa vom Studium zurück und es war die ganz große Liebe, oder, Bodo?" Moni sah ihn verschmitzt an. „Tatsächlich, es war genau so! Du bist mit Sicherheit ein Kind der Liebe." Moni beugte sich über den Tisch und streichelte Bodos Wange. „Das hast du aber lieb gesagt." Rita verdrehte theatralisch die Augen. „Und als du vom Studium zurückgekommen bist, haben wir alle darauf gewartet, dass Uwe und du ein Liebespaar werdet..., aber das war wohl nichts. Was hat der arme Kerl für eine Angst gehabt, dass du dir einen Akademiker vom Festland angelst. Dann warst du endlich wieder da und hast seinen Antrag abgelehnt, wo wir doch alle so sicher waren, dass ihr beide..." Bodo unterbrach sie. „Lass mal gut sein, Rita. Das sind olle Kamellen und gehen uns auch nichts an." Moni schwieg und sah auf ihre Hände hinunter. „Entschuldigung", sagte Rita kleinlaut, „ich wollte dir nicht zu nahe treten." Monis Blick war reserviert, als sie aufschaute. „Es ist wirklich lange her, und außerdem war es immer eine Art Kumpelfreundschaft zwischen Uwe und mir. Ich war nie in ihn verliebt und habe auch nicht so getan. Für ihn mag es anders gewesen sein, doch ich konnte ihn ja nicht aus Mitleid heiraten." Rita nickte und verkniff sich weitere Fragen. Moni hatte die Apotheke übernommen, lebte in ihrer Wohnung im elterlichen Haus und schien zufrieden mit dem Inselleben, das sie führte. Uwe hatte ein paar Jahre später geheiratet und war Vater von zwei kleinen Töchtern. Er, Moni und Matthias vom Inselmuseum engagierten sich gemeinsam für den

Naturschutz, den Deichausbau und sie kämpften gegen Immobilienspekulanten, die den alten Insulanern für horrende Summen ihre Häuser abkauften, um sie zu begehrten Feriendomizilen für Investoren umzubauen, die dann höchstens zweimal im Jahr für ein paar Wochen darin wohnten.

Die Überalterung der Inselbevölkerung war mit den Jahren zum Problem geworden. Die jungen Leute gingen aufs Festland und kamen nicht mehr zurück. Jedes verfügbare Zimmer, jedes leerstehende Haus wurde für Feriengäste hergerichtet. Die Arbeit in den Hotels und in der Gastronomie machten mittlerweile junge Leute aus Polen und Tschechien. Viele von ihnen waren bereit zu bleiben, doch es mangelte an bezahlbarem Wohnraum. Durch die Arbeitskräfte war die Inselbevölkerung wieder auf etwas über tausend Menschen angestiegen und der Schule drohte nicht mehr die Schließung. Nächste Woche sollte sogar ein neuer Lehrer kommen, die kleine Einliegerwohnung im Schulhaus hatte Paul bereits renoviert.

Moni stand auf. „Ich geh dann mal, kämpfe mich zurück, sonst macht Mama sich Sorgen." „Ruf sie doch an", sagte Rita, „wir wollten doch noch über die Geburtstagsfeier reden." Bodo sah interessiert auf. „Unsere große Feier zu den drei Nullen?" „Genau." Moni stand schon an der Tür. „Heute nicht mehr. Übermorgen kommt der Doc. Dann setzen wir uns zusammen. Abgemacht? Ich bin auf jeden Fall dafür." Sie reckte den Daumen in die Höhe. „Oh ja, ich auch!", rief Bodo und versuchte, beide Daumen auszustrecken. Seine Finger waren krumm und aufgetrieben. Die

Daumen sahen aus wie ein abgebrochene Äste.

Am nächsten Morgen erinnerte nichts mehr an das Unwetter. Eine trügerischen Stille lag über der Insel. Graue Wolken zogen gemächlich über den Himmel, der senkrechte Regenvorhang rauschte leise und ließ darauf schliessen, dass dieses Wetter noch andauern würde. Die Fähre konnte ihren Betrieb aufnehmen. Moni hörte ihre Mutter im Flur mit den Damen reden. Am Tonfall erkannte sie, dass beide wohl abreisen wollten, obwohl sie bis zum Wochenende gebucht hatten. Nun, das würde ihrer Mutter und ihr eine willkommene Pause verschaffen. Die neuen Gäste waren erst für nächste Woche angemeldet. Die beiden Fremdenzimmer hatte Moni nach dem Tod des Vaters eingerichtet. Sein altes Arbeitszimmer und das vorhandene Gästezimmer waren komplett renoviert worden, bekamen jeweils ein modernes Duschbad, und Monis Mutter machte es große Freude, Mobiliar und Wäsche auf dem Festland auszusuchen. Sie hatte jedoch zur Bedingung gemacht, dass sie ausschließlich an Frauen vermieteten. Eine gute Idee, hatte sie gesagt, als Moni ihr damals den Vorschlag unterbreitete, und auch nicht mehr angemerkt, dass ihre Tochter diese Räume vielleicht doch noch mal für sich und einen Partner haben wollte. Dieses Thema war ad acta gelegt. Moni hatte den Dachboden in eine gemütliche Singlewohnung umbauen lassen, Noras Räume waren im Erdgeschoss und die Gästezimmer in der ersten Etage. Das solide alte Apothekerhaus bot Platz genug.
Nora saß am Tisch, als Moni in die Küche kam. „Moin,

181

Mama. Na, fahren die Damen heute ab?" „Ja, sie haben den Wetterbericht gehört und verzichten auf die beiden Tage. Ich bin nicht böse drum." Nora lachte. „Ein bisschen Ruhe für uns, was meinst du?" Die beiden Küchenfenster waren weit geöffnet, Moni sog die frische Luft ein. „Komm, setz dich, Kind. Wir lassen uns Zeit. Erzähl mal, wie es Rita und Bodo geht." Moni berichtete vom gestrigen Abend, von der Sorge um Kicker und von Bodos rheumageplagten Gelenken. Ihre Mutter hörte zu und nickte. „Sie haben es schwer, die beiden. Das Transportwesen erledigen die Islandhöfe, die Lieferungen ebenso, die haben mehr Personal und auch mehr Geld, da bleiben für Bodo und Rita nur die Kutschfahrten und der Gepäckdienst übrig. Und der bringt auch nicht mehr so viel wie früher." Moni strich Honig auf ihr Brot. „So ist es wohl. Weißt du Mama, gestern habe ich mal kurz gedacht, dass die Situation von den beiden so etwas wie ein Vorzeichen sein könnte." „Wofür denn?" „Vielleicht für den Untergang des alten Insellebens. Wir haben immer mehr Touristen, produzieren immer mehr Müll, haben immer weniger Wohnraum für uns und die Angestellten, es kommt mir vor, als verscherbeln wir unsere Insel an den Meistbietenden, verstehst du?" Ihre Mutter legte den Kopf in die Handfläche und schaute sie liebevoll an. „Du liegst sicher richtig. Ich denke ganz ähnlich. Andererseits verändert sich die Welt ständig, nichts bleibt wie es ist. Als Katharina letztes Jahr ihr Haus an die Maklerfirma verkauft hat, war ich erst wütend und enttäuscht, doch als sie anfing zu weinen und mich gefragt hat, was sie denn machen solle, ganz allein,

Ende siebzig, mit zwei Kindern, die höchstens zweimal pro Jahr zu Besuch kommen, weil sie weit weg leben. Ich habe mich ein bisschen geschämt, mir fiel auch keine Alternative ein. Katharina ist in einem guten Seniorenheim gleich auf der Landseite, sie kann uns besuchen, sie hat ihre Pflege, also, was hat sie falsch gemacht? Das Geld ermöglicht ihr einen würdigen Lebensabend." Moni sah in den Regen hinaus. „Stimmt schon, Mama. Alles hat zwei Seiten, aber trotzdem..." Nora unterbrach sie. „Hast du dir schon mal überlegt, was aus mir würde, wenn du nicht hier wärst?" Sie sah Monis ungläubigen Blick. „Ja, ja, ich weiß, du denkst, was soll das, Mama ist doch fitt. Stimmt, ich bin Mitte sechzig und es geht mir gut. Aber wie wird es in zehn Jahren sein? Ich habe keine Familie außer dir. Papa ist einfach tot umgefallen, meine Schwester lebt in der Schweiz, sie ist eine von denen, die der Insel schon vor Jahren den Rücken gekehrt haben. Das ist kein neues Phänomen, Monika." Wenn sie 'Monika' sagte, war es ihr ernst mit dem Thema. Moni suchte nach Gegenargumenten. „Aber es kommen auch welche zurück auf die Insel, Matthias zum Beispiel. Er will als Biologe bewusst etwas für den Vogelschutz tun. Und Uwes Frau Simone ist sogar vom Festland. Und in vier Tagen kommt noch ein neuer Lehrer. Das ist doch auch was wert." Nora lachte. „Ja sicher, das ist sehr schön und ich bin stolz auf euch alle, die ihr euch so für unsere Insel einsetzt." Moni stand auf. „Ich fahre jetzt zu Christoph, Rezepte abholen, und dann kaufe ich ein. Brauchst du was Bestimmtes?" Nora stellte das Geschirr zusammen. „Waschpulver und Toilettenpapier, dann

mache ich morgen in aller Ruhe die Gästezimmer
fertig." Moni nickte, sie blieb noch einen Moment
zögernd im Türrahmen stehen. „Ist noch was, Kind?"
„Ich habe da so eine Idee, wegen der Fremdenzimmer.
Aber das möchte ich mit dir in aller Ruhe besprechen.
Jetzt muss ich los. Christoph öffnet in einer halben
Stunde die Praxis."

Moni radelte über den Deich. Die Nordsee lag wie ein
graue Decke unter ihr. Vereinzelte Spaziergänger gingen
am Wellensaum entlang, der Strand war mit Treibgut
übersät. Paul und die Jungs hatten viel aufzuräumen.
Die Eingangstür zur Praxis war bereits geöffnet. Moni
lehnte ihr Rad gegen die Hauswand. Im Wartezimmer
jammerte ein Kind, jemand hustete. Sie ging vorbei und
klopfte direkt an die Sprechzimmertür. „Komm rein",
rief Christoph, „der Kaffee ist gleich durch." Er saß an
seinem Schreibtisch, schaute auf den Bildschirm und
schob Moni einen kleinen Rezeptstapel zu. „Moin",
sagte er ohne aufzublicken, „heute ist es knapp, das
Wartezimmer ist schon voll und ich muss noch drei
Hausbesuche machen. Aber einen Kaffee nehmen wir
noch, denke ich." Moni steckte die Rezepte ein, holte
Becher und Kaffee aus der winzigen Teeküche im Flur
und setzte sich. „War es schlimm gestern?", fragte sie
und sah Christoph an. Er sah müde aus. „Ja, kann man
sagen. Paul hat sich an einem umgekippten Zaun
verletzt, den er unbedingt aufrichten wollte, bei diesem
Sturm..., und ein paar Touristen meinten, sie hätten ganz
fürchterliche Erkältungen, aber das war halb so wild.
Echt schlimm war, dass ich die halbe Nacht beim alten

Wolter verbracht habe, und ihn nicht ins Krankenhaus kriegen konnte. Jetzt ist er mit dem Flieger rüber." Moni wusste, dass der Senior der Inselbäckerei an Krebs erkrankt war und sich standhaft weigerte, aufs Festland in die Klinik zu gehen. Er bekam schon längere Zeit Morphinpflaster. Nun schienen sie nicht mehr zu reichen. „Das Pflaster und die Tabletten helfen nicht mehr, er braucht Infusionen, sonst erträgt er den Tumorschmerz nicht. Er sitzt voller Metastasen, ein Jammer." Christoph blinzelte, rieb sich über die Augen. „Und wie war es bei dir? Gut über die Nacht gekommen?" Moni nickte. Sie wollte eigentlich von Bodo erzählen, doch es war der falsche Zeitpunkt. Die Assistentin steckte den Kopf zur Tür herein. „Können wir anfangen, Dr. Benthien? Mit dem Kind? Es hat fast vierzig Fieber." Christoph nickte, Moni trank den Kaffee aus und verabschiedete sich rasch. Draußen sah sie sich die Rezepte an. Es waren sechs, ausschließlich von Insulanern, die nicht mehr selbst zur Apotheke kommen konnten. Moni brachte ihnen die Medikamente nach Hause. 'Pillenservice' nannte sie das. Auf dem Rückweg hörte sie das tiefe Signal der Fähre. Ihre beiden Gäste liefen die Strasse zum Hafen hinunter, die Rollkoffer hinter sich herziehend. Auf der Strasse unterhalb des Deiches kam Rita mit dem Ponywagen aus der anderen Richtung. Nur wenige Koffer standen auf der Ladefläche, viel zu viel freier Platz. Falls Rita den Kopf hob, würde sie wissen, dass Moni die magere Ausbeute gesehen hatte. Moni fand das irgendwie beschämend, deshalb strampelte sie so schnell sie konnte auf das flache Deichende zu, bog ab in die

Dorfstrasse, und hielt erst vor dem Supermarkt an. Bald wäre es ganz vorbei mit dem Gepäcktransport für dieses Jahr, und Bodo und Rita hatten keine anderen Transportaufträge. Das verhinderte die strikte Aufgabenteilung für die drei Fuhrunternehmen der Insel. Moni verscheuchte den sorgenvollen Gedanken, erledigte ihre Einkäufe und hielt im Laden ein Schwätzchen mit der Kassierein. Zuhause packte sie aus, stellte alles auf den Küchentisch und lief hinüber in die Apotheke.

Nora hatte die Gäste verabschiedet, die Zimmer gelüftet und stand nun im Garten hinter dem Haus. Schlimm sah es hier aus. Die Wiese war ein einziger Sumpf, ihre Herbstastern umgeknickt, da war nicht mehr viel zu retten. Nora dachte an das Gespräch mit Moni und fragte sich, ob sie sich missverständlich ausgedrückt hatte. Natürlich war sie froh, dass Moni und sie zusammenlebten, besonders, nachdem Karl plötzlich einfach weg war! Sie schüttelte den Kopf. Tatsächlich, so hatte sie es empfunden. Nach dem entsetzlichen Schock an seinem Todestag, den ersten Wochen nach der Beerdigung, die sie in einer Blase von Empfindungslosigkeit verbracht hatte, und sich vorkam, als bewege sie sich in einer Filmkulisse, die sie zwar kannte, die aber nichts mit ihrem Leben zu tun hatte, hatte sie ihren Alltag wieder aufgenommen. Dann kam ihr der Gedanke, dass Karl sie einfach alleingelassen hatte, so war es doch nicht geplant gewesen! Sie wollten schließlich gemeinsam alt werden, es sich schön machen, vielleicht sogar mal reisen, wer weiß? Und

dann fällt er einfach um, dazu noch in der Apotheke!
Sie ging zurück ins Haus. Moni war da gewesen, die
Einkäufe standen auf dem Tisch. Nora räumte alles weg,
machte sich einen Tee und setzte sich ins Wohnzimmer.
Sie musste unbedingt herausfinden, ob sie heute
Morgen etwas Falsches gesagt hatte. Moni sollte auf
keinen Fall den Eindruck bekommen, dass sie sich
darauf verließ, immer von ihrer Tochter versorgt und
behütet zu werden. So war es nicht. Nora musste ihr das
unbedingt sagen. Es war nur schwer, es auf
unverfängliche Art zu tun, denn unweigerlich käme
dann wieder Monis Singleleben zur Sprache. Nora und
Karl waren viele Jahre davon ausgegangen, dass Moni
eines Tages heiraten würde. Natürlich hatten sie gehofft,
der Schwiegersohn wäre ein Insulaner, oder würde
zumindest einer werden, wenn er denn mit auf die Insel
käme. Uwe Teckmann, der Erbe des Hotels
'Seepferdchen' wäre ihnen schon recht gewesen, und es
sah auch lange so aus, als könne daraus etwas werden.
Die beiden spielten zusammen Tischtennis, waren in der
gleichen Jugendclique, und es war nicht zu übersehen,
dass Uwe verliebt in Moni war. Als sie zum Studium
wegging, hat er sie gefragt, ob es Sinn mache, auf sie zu
warten. Moni schien damals ehrlich erstaunt. Nein, sie
sei nicht verliebt in ihn, auch nie gewesen, aber sie
möge ihn gern, das schon. Uwe war enttäuscht und
Moni verstand nicht, warum. Doch Uwe war hartnäckig
und machte ihr einen Antrag, als sie nach dem Studium
allein zurückkam. Und wieder holte er sich einen Korb.
Nora seufzte, Das war nun auch schon dreizehn Jahre
her. Karl hatte damals damit gerechnet, dass Moni in der

Stadt jemanden kennenlernen würde, vielleicht sogar einen Pharmaziestudenten. Er malte sich aus, dass beide die Apotheke weiterführten, die Enkelkinder würden Nora und er schon hüten.. Ach, Karl war einfach glücklich gewesen, dass sein einziges Kind die Apotheke in dritter Generation übernehmen wollte. Nora war jedoch nicht davon ausgegangen, dass Moni auf jeden Fall zurück auf die Insel käme. Sie hatte immer damit gerechnet, dass sie eines Tages verkünden würde, auf dem Festland zu bleiben, und das wäre mehr als verständlich gewesen. Wie viele Möglichkeiten hätte sie dort gehabt! Doch Moni kam zurück, sie nahm ihr Inselleben wieder auf, der Vater übergab ihr nach und nach die Apotheke und von einem Freund war einfach nie die Rede. Nora verstand das nicht. Moni war hübsch, groß und schlank, klug, warmherzig und humorvoll, Attribute wie für eine Heiratsannonce, dachte Nora. So vergingen die Jahre und das Thema verblasste. Doch Nora hatte nicht aufgehört, daran zu denken und eine überraschende Wende einzukalkulieren. Als Matthias Klasen vor zwei Jahren zurückgekommen war, klopfte Noras Herz wieder einmal schneller. Er war auch ein Jugendfreund von Moni, mittlerweile geschieden und in sein Elternhaus gezogen, das über ein Jahr leergestanden hatte. Moni und er hatten sich viel zu erzählen, waren abends häufig in den 'Fischkopp' gegangen, doch Nora musste schließlich einsehen, dass es auch diesmal nicht mehr als eine gute Freundschaft war. Moni erzählte ihr begeistert von ihrem zukünftigen, gemeinsamen Engagement für die Insel, doch sonst passierte nichts.

Dennoch: ihre Tochter sollte nicht denken, dass Nora sie vereinnahmen wollte. Aber vielleicht dachte sie das gar nicht, und es war immer noch Noras Hoffnung auf einen Schwiegersohn, die diese Gedanken in ihr aufkommen ließ.

Sie seufzte. Jedenfalls war Moni ein zufriedener, glücklicher Mensch, soweit Nora das beurteilen konnte. Und außerdem kam ja am Montag der neue Lehrer. Soweit Nora wusste, war er alleinstehend und in Monis Alter...

Rita und Moni hatten die Nacht bei Kicker verbracht. Dem alten Pony ging es zusehends schlechter. Es ließ den Kopf hängen, die Augen waren trübe geworden und am Abend hatte Rita Blutspuren im Stroh gesehen. Sie war bei ihm geblieben, weil sie beobachten wollte, ob er überhaupt noch Urin absetzte, und als Kicker unter Qualen einige Tropfen pinkelte, war es mehr Blut als Urin. Seine Flanken zitterten nach dieser Anstrengung, die aufgeblähten Nüstern verrieten Atemnot. Nach Mitternacht war Bodo gekommen um sie abzulösen, doch Rita hatte sich abgewandt und den Kopf an Kickers Hals gedrückt. Bodo traute sich nicht, sie in den Arm zu nehmen, er kannte Ritas Distanziertheit in Situationen, in denen sie erschüttert und hilfsbedürftig war. Trost zu spenden fiel ihr leichter, als sich trösten zu lassen. Sie würde die ganze Nacht im Stall ausharren, das wusste Bodo, und er würde ebenfalls kein Auge zumachen. Morgen früh kam die Fähre zeitig, es waren Touristen angesagt, die sich nicht vom Regen abschrecken ließen, auch für ihre Ferienwohnung, deshalb mussten sie mit dem Anhänger pünktlich am Hafen sein. Wie sollten sie das schaffen? Bodo konnte den Koffertransport erledigen, das würde schon gehen, doch Rita begrüßte immer die Gäste, das war ihr Part, damit wollte Bodo nichts zu tun haben, ungelenk und ungehobelt, wie er oft war. Dann kam der Doktor noch, auch am Vormittag. Der würde sicher keine guten Aussichten für Kicker verkünden. Bodo sah auf die Uhr. Es war fast halb eins, doch er entschied sich, Moni anzurufen. Auf dem Handy, damit Nora nicht geweckt würde. Moni ging sofort dran, offenbar war sie noch nicht im Bett gewesen. Gott sei dank! Bodo schilderte die Lage, er fasste sich kurz, wer ihn nicht kannte, konnte ihn für fordernd und schroff halten, doch Moni begriff was los war und versprach, rüberzukommen. Gegen Morgen war Kicker wacklig auf den Beinen, er wollte weder fressen noch saufen. Als Rita beruhigend auf ihn einsprach, schien er den Kopf bewusst abzuwenden. „Ihm ist alles zuviel", sagte Rita, während Moni Kaffee einschenkte. Bodo hatte ihnen eine Thermoskanne und Butterbrote gebracht, den Heizstrahler aufgestellt, und dann versucht, ein paar Stunden zu schlafen, doch gegen sechs war er schon wieder zum Stall gehumpelt. Der Anblick des Ponys erschreckte ihn. Kicker würde das nicht überleben, er war todkrank. Moni lächelte ihn an, ihr Blick sagte ihm, dass sie genau so dachte. Rita umarmte ihn. „Ach Bodo, warum hast du nicht ein bisschen länger geschlafen? Was macht dein Knie?" Bodo winkte ab und drückte sie fest an sich. Endlich. „Wann will der Doktor kommen?", fragte er. Moni holte ihr Handy aus der Jacke. „Wir haben ihm nochmal geschrieben. Er will gegen acht mit dem Flieger rüberkommen." Rita löste sich von Bodo. „Wir werden nichts mehr tun können, das ist uns klar." Sie weinte. „Gut, dass wir heute Nacht bei ihm waren, aber ich weiß, dass er nicht mehr will. Er hat keine Kraft mehr." Bodo strich ihr zärtlich über den Kopf, Moni sah die krummen Finger mit den aufgetriebenen Gelenken und spürte, wie sehr sie die beiden liebte und mit ihnen fühlte.

„Du musst gehen, Moni", sagte Rita. „Machst du heute auf?" Moni gähnte. „Ich denke nicht, die Insulaner sind versorgt und wer dringend was braucht, kann ja klopfen. Soll ich bleiben, bis der Doktor kommt?" Sie dachte daran, dass sie eigentlich über die Geburtstagsfeier reden wollten, doch darum würde es heute sicher nicht gehen. Bodo sammelte Tassen und Decken ein. „Geh du mal nach Hause, Moni. Vielen Dank auch, dass du bei Rita geblieben bist..., und bei Kicker. Wir machen uns jetzt frisch, dann wird Doktor Friedrichs sagen, was zu tun ist und anschließend fahre ich zum Hafen." Rita wollte protestieren, doch Bodo war plötzlich ungehalten. „Sei jetzt still, Rita. Du legst dich auf jeden Fall hin, was anderes kommt nicht infrage." Der stenge Ton enthob Moni jedes halbherzigen Protestes, ihre Knochen waren bleischwer vor Müdigkeit. Ein paar Stunden Schlaf, dann würde sie nachsehen, ob Bodo viel zu tragen hatte. Und zu Rita gehen.

Paul Mertens saß bei seiner zweiten Tasse Tee in Noras Küche. Seine bandagierte Hand lag in einer schmutzigen Schlinge, er sah grau und übernächtigt aus.

Nora hielt den Zettel hoch, den Moni ihr in der Nacht hingelegt hatte. „Das kann dauern, Paul. Wenn es um die Ponys geht, ist Moni geradewegs verrückt." Paul schlürfte laut seinen Tee und bekam nicht mit, dass Nora die Stirn runzelte. „Ja, ich weiß. Der alte Kicker wird es wohl nicht mehr lange machen. Wenn ich meine Salbe habe und einen neuen Verband, dann geht es auch wieder. Muss unbedingt nochmal in die Lehrerwohnung, ein paar Fliesen verfugen." Er zuckte zusammen. „Du hast Schmerzen, stimmt's?" Nora schob ihm ein Leberwurstbrot hin, Paul biss gierig hinein. Typisch Junggeselle, dachte Nora, leerer Kühlschrank, kann sich nicht richtig versorgen. Das stimmte nicht ganz. Paul war zwar seit vielen Jahren Witwer, doch sein Sohn führte den Supermarkt der Insel und die Schwiegertochter sorgte immer für einen gefüllten Kühlschrank. Paul war kein geselliger Mensch, er trieb sich bei Wind und Wetter auf der Insel herum und kümmerte sich um alles mögliche. Die Gemeinde hatte ihn vor Jahren als 'Inselhausmeister' angestellt, so nannte Paul es jedenfalls.

„Das ist der Wundschmerz, hat Dr. Benthien gesagt. Es zieht und pocht, doch es geht schon." Nora beugte sich über den Tisch. „Moni kommt hoffentlich bald. Sag mal, Paul, was ist das eigentlich für einer, der neue Lehrer? Hat Frau Benthien was von ihm erzählt? Wie er heißt, wo er herkommt, vielleicht?" Die Frau des Arztes leitete das Gemeindeamt. „Nö, so richtig nicht", sagte Paul. „Er heißt Andreas Irgendwas, hab ich vergessen, ist wohl frisch geschieden, kommt von einer Realschule aus Hamburg und will hier zur Ruhe kommen, oder so

192

ähnlich." Nora sah ihm an, dass er sie durchschaute. „Wahrscheinlich geht er nach ein paar Jahren wieder", meinte Paul, ohne aufzusehen, „so einer bleibt doch nicht lange auf einer Insel, kann ich mir nicht vorstellen." Wahrscheinlich hatte er recht. Nora hörte die Haustür, kurz darauf stand Moni in der Küche. Nachdem sie Paul versorgt hatte, fiel Moni todmüde ins Bett. Nora brachte ihr eine Wärmflasche, stellte Kräutertee auf ihren Nachtschrank und zog leise die Tür zu. Moni wollte um elf Uhr wieder geweckt werden, doch Nora hatte vor, sie schlafen zu lassen, ganz gleich, ob sie mit ihr schimpfen würde oder nicht. Sie sah blass und verfroren aus, übernächtigt von der Nachtwache, doch an Kickers Schicksal war nun mal nichts mehr zu ändern. Die Sorge um Rita trieb Moni sicher auch um, doch Nora fand, dass ihre Tochter jetzt dringend Ruhe brauchte. Sie neigte dazu, sich selbst zu vergessen.

Der Schlaf wollte einfach nicht kommen. Moni trank einen Schluck Tee, wickelte sich in ihre Decke, beide Füße auf der Wärmflasche. Sie war überdreht von den Ereignissen der Nacht, sie fühlte sich ohnmächtig und gleichzeitig so erschöpft, dass sie froh gewesen war, gehen zu können, Bodo hatte es ihr angemerkt. Als sie endlich zuhause war, saß Paul in der Küche. Mit seinem schmierigen Verband. Einen Moment war sie zornig gewesen, auf ihn, auf ihre Mutter, die jeden hereinließ, doch dann sagte sie sich, dass sie einfach übermüdet war. Schließlich halfen sich die Insulaner immer gegenseitig und es war ganz normal, dass Paul da hockte, und es war ebenso normal, dass er ihre guten

Ratschläge in den Wind schreiben, und mit der frisch verbundenen Hand wieder jede Drecksarbeit machen würde! Oh ja, Moni war wirklich gereizt. Dann hatte ihre Mutter zu allem Überfluss noch diese Bemerkung gemacht, dermaßen beiläufig, dass sofort auffiel, wie wichtig ihr die Neuigkeit war. Ob Moni schon wisse, dass der neue Lehrer Andreas heiße, hatte sie gesäuselt, dabei eifrig den Tisch abgeräumt und sie nicht angeschaut. Er käme ja Montag, Paul habe es eben erzählt. Paul hatte Moni einen entschuldigenden Blick zugeworfen, war rasch aufgestanden und hatte sich mit einem undeutlichen Gemurmel fluchtartig verabschiedet. Moni fühlte sich vorgeführt, Nora konnte es einfach nicht lassen.

Deshalb konnte sie jetzt nicht einschlafen.

Offensichtlich beschäftigte sich ihre Mutter viel mehr mit ihrer Lebensführung, als Moni es vermutete. Sicher, vor Jahren war es immer wieder Thema gewesen, als Papa noch lebte und klar war, dass beide auf Enkelkinder hofften. Nora hatte sie auch einmal direkt gefragt, ob sie denn nie verliebt gewesen sei, was sie während des Studiums in ihrer Freizeit gemacht habe, und immer war es Moni vorgekommen, als bäte ihre Mutter sie gleichzeitig um Absolution. Das sprach sie nie aus, doch für Moni fühlte es sich an, als stünde hinter jeder harmlos vorgebrachten Frage die wirkliche Frage: Kind, haben wir denn etwas falsch gemacht? Wieso bist du immer noch allein? Gestern war Rita ihr schon auf die Nerven gegangen mit ihrer Anspielung auf Uwe, und dann vorhin noch ihre Mutter! War sie denn die einzige Junggesellin auf der Insel? Nein, Hella war ebenfalls Single. Sie leitete die Inselschule, war mittlerweile über fünfzig, damit war sie vielleicht jenseits von Gut und Böse.. Moni dachte mit Schrecken daran, dass ihre Mutter, vielleicht sogar mit ein paar Insulanerinnen, jeden Mann der auftauchte, auf potentielle Ehefähigkeit abklopfte... Eine schreckliche Vorstellung! Moni dachte an Uwe und Matthias. Sie musste sich fast rechtfertigen, dass sie in keinen von beiden verliebt gewesen war. Sie war noch nie so richtig verliebt gewesen. Der misslungene Beziehungsversuch während des Studiums zählte nicht, da hatte sie eigentlich eher das Gefühl gehabt, 'es' müsse nun endlich mal geschehen.

Mittlerweile schmerzte ihr Rücken. Eine Stunde hatte sie versucht einzuschlafen. Moni stand auf und stellte sich unter die Dusche. Es war kurz vor halb neun, und der Doktor war bestimmt bei Kicker. Sie ließ einen Strahl eiskaltes Wasser über ihren Körper laufen, zog sich an und huschte aus dem Haus, bevor ihre Mutter es merkte.

Es regnete kaum noch. Moni radelte zum Stall. Je näher sie kam, desto mulmiger wurde ihr. Niemand war zu sehen, nur die Ponys stapften über die sumpfige Wiese, offenbar froh, wieder draußen zu sein. Kicker war nicht dabei. Die Stalltür war nur angelehnt. Moni ging hinein und blieb stehen. Die leeren Boxen machten sie plötzlich traurig. Kickers Box, am Ende der Gasse, war noch nicht einzusehen. Moni stiegen Tränen in die Augen. Sie bereitete sich auf den Anblick vor: Kicker würde dort liegen, die alte Pferdedecke über seinen

Körper gebreitet, wartete er auf den Abtransport. Sie näherte sich mit vorsichtigen Schritten und hielt die Luft an, den Blick vor sich auf den Boden gerichtet. Das war Monis Trick, wenn es galt, etwas Schlimmes, Schockierendes ansehen zu müssen. Erst im letzten Moment hinschauen, sich einmal schnell und frontal konfrontieren, den Adrenalinstoß wegatmen, danach war es erträglich. So hatte sie es gemacht, als ihr alter Hund eingeschläfert werden musste, aber auch, als sie ihren Vater fand, hatte sie zunächst auf die Medikamentenschachteln geschaut und dann blitzschnell in sein Gesicht. Gerade, als sie tief einatmete, um den Blick zu heben, hörte sie ein leises Schnauben an der rechten Seite. Moni schrie vor Schreck auf, als sie in Kickers erstaunte Augen sah. Da stand er, mit klarem Blick und offensichtlich erfreut, Besuch zu bekommen. Die Anspannung der Nacht, die Übermüdung, der Zorn, alles löste sich in diesem Moment in einer Tränenflut auf. Moni schluchzte hemmungslos, legte die Arme um Kickers Hals und sog seinen warmen, guten Duft ein.

Sie fand Bodo und den Doktor in der Küche. Es duftete nach Kaffee, der Tisch war für ein Fürstenfrühstück gedeckt. Sie setzte sich zu ihnen, die Tränen liefen noch immer. „Moni!", rief Bodo, „du solltest doch im Bett liegen! Mädchen, warum schläfst du denn nicht?" Dr. Friedrichs klopfte ihr auf die Schulter. „Kaffee?" Sie nickte. Die Männer schwiegen und sahen zu, wie sie langsam trank. „Was ist mit Kicker? Wo ist Rita?" Ihre Stimme zitterte. Bodo lachte. „Rita schläft hoffentlich", sagte er, „im Gegensatz zu dir." Er sah den Doktor an.

Der fuhr fort. „Wir versuchen es noch mal. Er hat eine dicke Nierenbeckenentzündung, leider nicht die erste. Ich habe ihm ein neues Antibiotikum gespritzt und was Krampflösendes. Das wiederholen noch zweimal. Entweder wird es dann besser, oder wir müssen uns von ihm verabschieden. So ist es nun mal." „Es geht ihm viel besser, ich komme eben aus dem Stall." Moni hatte sich wieder im Griff. Bodo stimmte ihr zu. „Ja, wir haben wieder Hoffnung. Rita hat sich so gefreut, es ist kaum zu beschreiben. Ach Moni, wir sind schon eine Inseltruppe, was?" „ Ja, sind wir." Moni schluckte kurz. Die ungewohnte Zärtlichkeit in Bodos Stimme rührte sie an. Dr. Friedrichs legte seine Hand auf Monis Hand. „Wo wir drei jetzt doch noch zusammensitzen, können wir doch mal kurz über die Geburtstagsfeier reden, was meint ihr?"

Bodo holte Stift und Schreibblock und sie machten Pläne, notierten sich, was es zu essen und zu trinken geben sollte und wer für Live-Musik sorgen könnte. Hella wäre sicher bereit, Deko zu basteln, Monis Mutter und ihr Damenkränzchen würden ein paar Torten backen, und Simone Teckmann, die den Kindergarten leitete, könnte mit den Kleinen eine Tanzdarbietung aufführen. Das hatten sie schon beim Inselfest im Juli erfolgreich gemacht: Zweiundzwanzig kleine Bienen, die um einen riesigen Honigtopf aus Pappe herumtanzten. „Prima", sagte Dr. Friedrichs, „Und ich werde mir für diesen Abend wirklich eine Vertretung besorgen. Irgendwie muss das mal klappen."

Als Moni mit dem Doktor wenig später vor der Tür stand, fragte sie nach den Behandlungskosten für

Kicker. „Das ist doch bestimmt nicht alles durch die Versicherung gedeckt, oder? Kicker war in den letzten Jahren zu oft krank, denke ich." Moni wurde ein bisschen verlegen, als sie den forschenden Blick des Doktors bemerkte. „Nein", sagte er, „einen Teil bekommen sie schon noch erstattet, aber nicht alles, da haben Sie wohl Recht." Moni sah ihm ins Gesicht. „Dr. Friedrichs, ich möchte diese Kosten gerne übernehmen, wissen Sie? Bodo und Rita sind meine besten Freunde, und Kicker ist irgendwie auch mein Freund. Sie glauben nicht, wie froh ich war, als er da in seiner Box stand und mich angesehen hat." Der Doktor sah auf die Uhr. „Ich muss los, Richtung Flieger. Moni, ich mache Ihnen einen Vorschlag: Wir beide teilen uns die restlichen Kosten, es wird nicht allzu teuer. Das ist dann unser Geschenk für Bodo. Was meinen Sie?" Moni hielt ihn am Ärmel fest. „Das wäre ganz toll, Doktor! Außerdem ist es ein Geschenk für uns alle, finden Sie nicht auch?" Sie fühlte sich rundherum zufrieden. Warum dachte ihre Mutter bloß, dass ihr etwas fehlen würde?
Moni radelte nach Hause. Sie wollte nachsehen, ob jemand einen Zettel in den Briefkasten neben der Apothekentür geworfen hatte. Das war üblich, wenn etwas Dringendes anlag und Moni nicht erreichbar war. Doch der Kasten war leer. In der Diele traf sie auf ihre erstaunte Mutter. „Mein Gott Moni, hast du mich erschreckt! Ich dachte, du schläfst." Schon auf der untersten Treppenstufe, drehte Moni sich zu ihr um. „Nein, Mama, ich konnte einfach nicht einschlafen. Weißt du, ich musste immer an den neuen Lehrer denken und daran, dass Paul jetzt sicher weiß, wie

scharf ich auf diesen Andreas bin!" Ihr Herz hämmerte wie wild, doch es tat einfach gut, diesen Satz abzufeuern! Nora zuckte zusammen. Sie starrte Moni schweigend an, drehte sich um und ging in die Küche.

Vom Hafen hörte Moni das Fährsignal. Sie lag angezogen auf ihrem Bett. Durch das Dachfenster sah sie ein kleines Stück blauen Himmel zwischen den schiefergrauen Wolken. Es regnete nicht mehr. Moni sprang auf. Sie wollte Bodo überraschen und hoffte, dass er so viele Koffer zu transportieren hatte, dass sich ihre Hilfe lohnte. Nora war nicht in der Küche. Ihr Regenmantel hing nicht an der Garderobe, also war sie wohl ausgegangen. Moni spurtete los. Am Anleger wurde gerade die Rolltreppe ans Schiff gefahren. Paul rief: „Fünf Koffercontainer!", und hob die unverletzte Hand hoch, in Bodos Richtung. Der saß auf dem Kutschbock und lenkte die beiden Ponys langsam zum Containerplatz. Hinter der Abtrennung warteten die abreisenden Touristen. Moni sah, dass Bodo etliche Koffer auf der Ladefläche hatte. Also hatte sich das Einsammeln schon mal gelohnt. Sie lief zu ihm. „Hallo, Bodo, soll ich dir ein bisschen helfen?" Schon griff sie nach dem ersten Koffer. Bodo hielt schmunzelnd inne. „Ach, sieh mal an. Unsere Pillendreherin! Ganz zufällig am Hafen, was?" Oh Mann, tat das gut, wieder gemeinsam zu lachen! Die abreisenden Touristen nahmen ihre Koffer in Empfang. Inzwischen strömten die Ankömmlinge aus dem Schiff. „He, ich wusste nicht, dass so viele Leute kommen", sagte Moni, „da hat der Sturm sie offenbar doch nicht abgeschreckt." Die

Gepäckcontainer wurden mit dem Kran vom Schiff gehoben und nach einer halben Stunde war Bodos Ladefläche voll. Es hatte sich gelohnt. Moni winkte Paul zu, der am Kai die Gatter zusammenstellte und versuchte, den schon wieder verdreckten Verband vor Moni zu verbergen. „Gib dir keine Mühe, Paul", rief sie, „komm einfach nachher nochmal vorbei." Er lachte und tippte an seine Schirmmütze. Moni hörte ihn rufen. „Hannes, komm runter vom Schiff, los, mach schon! Die Treppe muss weg." Hannes stand an der Reling und zwang dem Kapitän ein Gespräch auf. Das tat er immer. Meist erzählte er von seinen vielen angeblich gefährlichen Situationen, die er natürlich gemeistert hatte, obwohl es immer sehr, sehr, knapp gewesen war... Heute war Wilhelm sein Opfer. Moni winkte den beiden und schaute dann noch einmal über den fast leeren Anleger. Die Touristen waren schon auf der Strasse zum Inseldorf. Da sah sie plötzlich die Frau, die auf der Bank vor der Fischbude saß, rechts und links je einen großen Koffer neben sich. Sie schien auf jemanden zu warten, sicher wurde sie abgeholt. Irgendetwas an der Frau war allerdings seltsam, fand Moni. Sie hatte die Hände in die Ärmel ihres Mantels geschoben, den Kopf hielt sie gesenkt, so, als wolle sie nicht sehen, was rund um sie vorgeht. So sitzt man doch nicht, wenn man auf jemanden wartet. „Bodo, da unten sitzt eine Frau mit zwei Koffern. Weißt du was über sie? Wird sie vielleicht abgeholt?" Bodo ruckelte das Gepäck auf der Ladefläche zurecht. Er drehte sich um und schüttelte den Kopf. „Nee, keine Ahnung. Unsere Leute verspäten sich doch nicht, wenn sie Gäste erwarten." „Ich frag sie mal", sagte Moni und war schon unterwegs.

Die Frau schrak auf, als sie angesprochen wurde.

„Entschuldigung, ich wollte Sie nicht erschrecken. Ich habe nur gesehen, dass Sie mit ihren Koffern hier sitzen. Werden Sie vielleicht abgeholt? In welchen Gasthof oder Hotel wollen Sie denn?" Moni stand vor der Frau, die sie unsicher ansah. „Ach, ich habe mich noch gar nicht vorgestellt. Ich heiße Moni Krüger, ich bin die Apothekerin hier auf der Insel." Sie streckte der Frau die Hand entgegen. Die zog langsam eine Hand aus dem Ärmel, lächelte ein wenig und stand auf. „Guten Tag, das ist sehr nett von Ihnen. Wissen Sie, ich bin viel zu früh hier angekommen..., nun ja, ich meine, ich sollte eigentlich erst Montag kommen, aber ich habe es einfach nicht mehr ausgehalten, weil..." Sie verstummte, schüttelte den Kopf und ergriff Monis Hand. „Ich bin Andrea Gerber, die neue Lehrerin, und ich kann Ihnen gar nicht sagen, wie sehr ich mich freue, hier zu sein!"

„Ach", hörte Moni sich sagen, ein leises Scheppern dröhnte in ihrem Kopf, weit hinten, als schlügen zwei Becken zart aneinander. Sie spürte eine Mattigkeit, bekannte Bezugspunkte verschoben sich, für einen Moment fühlte sie sich fremd auf der Insel, tausendmal gesehene Dinge schienen verändert zu sein. Sie hielt immer noch die Hand der Lehrerin. „Frau Krüger?" Die Stimme erreichte Moni durch eine Watteschicht. „Bitte, Frau Krüger, es tut mir leid, dass ich so unerwartet angekommen bin. Wissen Sie, es ist nicht schlimm, wenn ich noch nicht in die Wohnung kann.." Moni unterbrach sie hastig. „Nein, nein, warten Sie bitte einen Moment, ja? Ich regele das." Sie ließ die verdutzte Frau

201

stehen und rannte runter zum Lagerschuppen. „Paul?",
schrie sie, „Paul, wo bist du?" Sie hörte ihn drinnen
rumoren. Er war dabei, einhändig die Gatter an der
Wand aufzustellen. „Was willst du denn hier? Ist was
passiert?" Er kam ihr entgegen. Moni keuchte. „Hast du
den Schlüssel von der Lehrerwohnung dabei?" Er
nickte. „Ja, an meinem Bund. Aber wieso...?" „Komm
schnell Paul. Am Imbiss wartet die neue Lehrerin, sie ist
eben mit der Fähre gekommen." Paul begriff nichts.
„Nein, es ist ein Mann, und der kommt erst Montag."
„Verdammt, jetzt komm!" Moni stampfte wütend mit
dem Fuß auf. „Sie heißt Andrea und ist ganz sicher kein
Mann. Da hat sich wohl ein Amtsschimmel
vergalloppiert." Meine Gott, dachte Paul und sah Moni
schief an, selbst wenn es so ist, muss sie doch nicht
gleich wütend werden. Die Wohnung war ja fertig.
Moni schnappte sich einen Handkarren und lief voraus.
Sie half Frau Gerber, die Koffer aufzuladen, stellte ihr
Paul vor und dann gingen sie hoch, durchs Dorf zum
Schulhaus. Moni schwieg, doch Paul erzählte von dem
offensichtlichen Schreibfehler der Behörde und dass sie
alle einen Mann erwartet hätten. „Ach so, jetzt verstehe
ich Ihre Verblüffung", sagte Andrea Gerber und sah
Moni an. „Ich hoffe, Sie sind nicht enttäuscht." Paul
überschlug sich vor Eifer. „Nein, ganz im Gegenteil!
Eine nette junge Frau hier bei uns, das ist doch mal was
ganz Neues, oder, Moni?" Er stieß Moni in die Seite.
Die nickte, doch ihre Kehle blieb zugeschnürt. Moni
wollte so schnell wie möglich weg. Sie war so müde,
unfähig, einen klaren Gedanken zu fassen, sie sehnte
sich nach ihrem Bett, der warmen Decke, sie wollte

weder Bodo noch Rita, noch Kicker sehen, auch ihre Mutter nicht. Moni musste allein sein, sie musste schlafen, schlafen, schlafen.

Noras Linsensuppe duftete herrlich, Moni schnupperte. Ihre Mutter kam aus der Küche. Auch das noch. „Mama, ich bin völlig erledigt. Jetzt gehe ich wirklich schlafen, die Suppe esse ich später, okay?" Sie wollte hochgehen, doch Nora hielt sie zurück. „Warte einen Moment Monika"; sagte sie. „Ich will dir sagen, dass es mir leid tut, wegen heute morgen, du weißt schon..."Moni nickte, ihr war übel vor Müdigkeit. „Schon gut Mama, jetzt nicht. Übrigens ist es eine Lehrerin, kein Lehrer, sie ist eben angekommen." Damit ließ sie ihre verblüffte Mutter stehen und stieg die Treppe hinauf.
Als Moni am späten Nachmittag aus einem bleiernen Schlaf erwachte, war sie mürrisch und wäre am liebsten in ihrer Wohnung geblieben. Sie wollte niemanden sehen, doch ihr Magen knurrte und sie musste unbedingt noch zur Apotheke, nachsehen, ob jemand etwas brauchte. Außerdem kamen abends mit der Frachtfähre Medikamente, die sie abholen musste. Nora erwartete sie in der Küche mit frischem Kaffee und der aufgewärmten Suppe. Ihre Finger spielten nervös mit der Zuckerdose, offenbar wartete sie darauf, Neuigkeiten loszuwerden. Nora war durch die ungewohnte Schweigsamkeit ihrer Tochter verunsichert, deshalb redete sie wild drauflos, während sie zwei Scheiben Brot abschnitt und neben den Suppenteller legte. „Stell dir vor, Paul war vorhin nochmal da, eigentlich wegen dem Verband, doch ich habe ihm

gesagt, dass du schläfst, da hat er mir erzählt, dass die Papiere bei Ulla Benthien wirklich falsch ausgefüllt waren. Da stand überall 'Andreas' drin. Also, alles andere stimmt, doch peinlich ist es schon irgendwie. Paul war mit der Dame gleich auf dem Amt und da haben sie sich entschuldigt, dann hat er ihr den Supermarkt gezeigt und Klaus hat ihr eine Räuchermettwurst zur Begrüßung geschenkt. Nett ist sie, hat Paul gesagt und sie lässt dich nochmal grüßen und hofft, dass sie dir nicht zu viel Umstände gemacht hat. Die Wohnung fand sie ganz hübsch und Paul sagt, sie hätte Tränen in den Augen gehabt und sich immer wieder bedankt, es war ihm ganz peinlich, denn so dolle ist die Wohnung ja auch wieder nicht, doch es scheint ihr nicht besonders gutzugehen und Paul meint, sie sieht aus, als wolle sie sich erstmal verkriechen und ihre Ruhe haben." Komisch, dachte Moni, dann geht es ihr genau wie mir. Obwohl der Redeschwall ihrer Mutter sie anstrengte, konnte Moni nicht genug hören. Sie sah das verstörte Gesicht von Andrea Gerber vor sich, als sie am Hafen auf der Bank saß, im Regen, den sie gar nicht zu bemerken schien. Und dann ihre plötzlich aufkeimende Freundlichkeit, der offene Blick, und ihre Andeutung über eine Art Flucht vom Festland auf die Insel...Dieser seltsame Moment der Entrücktheit, als Moni das Gefühl hatte, nur Andrea Gerber und sie seien da, an diesem Ort, unten am Hafen, für alle anderen unerreichbar, und gleich darauf der Fluchtimpuls, als sie losrannte, um Paul zu suchen.

Sie löffelte ihre Suppe. „Hörst du mir überhaupt zu?", fragte Nora, sie klang ein bisschen beleidigt. „Hhmm",

machte Moni und kroch fast in den Teller. Nora verstand
die Situation völlig falsch. „Kind, bist du mir immer
noch böse?", fragte sie. Moni sah sie endlich an. „Nein,
Mama, bin ich nicht. Es ist nur..., ich bin erschöpft,
keine Ahnung, wieso ich heute so fertig bin." Sie stand
auf. „War lecker, die Linsensuppe. Ich geh mal eben
rüber, in den Briefkasten sehen. Kommt Paul nochmal
wieder?" Nora schüttelte den Kopf. „Er wollte noch
schnell in der Praxis vorbei." „Gut", sagte Moni und
beeilte sich, aus dem Haus zu kommen.

Die Wohnung im Dachgeschoss der Schule war Andrea
fremd und vertraut zugleich. Sie ging durch die hellen
Räume, erleichtert, dass es nichts Dunkles,
Bedrückendes gab. Sie hatte befürchtet, auf düstere
Holzvertäfelungen zu treffen, gepaart mit einem
muffigen Geruch, denn man hatte ihr gesagt, die alte
Lehrerin, die kurz vor ihrer Pensionierung verstorben
war, habe ihr Leben in dieser Wohnung verbracht.
Andrea strich mit der Hand über das hübsche Sideboard.
Vielleicht entsprang die Erwartung auch nur ihrem
trostlosen Gemütszustand, der sie nicht glauben ließ,
dass sie jemals wieder zur Ruhe kommen konnte,
geschweige denn, dass sie sich zufrieden und ab und zu
glücklich fühlen würde. In der Küche standen
Herbstastern in einem Steinguttopf, so unbeholfen
arrangiert, dass sie Andrea zu Tränen rührten.
Paul Mertens war an der Tür stehengeblieben, nachdem
er ihre Koffer in die Diele gestellt hatte. So viel
Zurückhaltung hatte sie nicht erwartet, deshalb bat sie
ihn herein. Hölzern blieb er in der Diele stehen, und als

sie ihm sagte, wie hübsch die Wohnung war und wie
frisch und sauber, erst da entspannte er sich und sagte
verlegen, dass ER das alles für sie, oder ihn!, vorbereitet
hatte. Naja, die Einrichtung ist von der schwedischen
Möbelhauskette, hatte er noch augenzwinkernd
hinzugefügt. Andrea musste lachen, sie sagte, dass ihr
deshalb wohl jeder Raum gleich vertraut war, vom
ersten Moment an. Seine Freundlichkeit, die
Verlegenheit, dazu die unverstellte Bodenständigkeit,
alles zusammen entwaffnete Andrea, sie spürte, wie sich
ihr verhärtetes Herz entspannte, eine Ahnung keimte
auf, dass sie vielleicht eine gute Entscheidung getroffen
hatte. Eine Insel, die schwerem Seegang trotzte, die
dazu noch stetig nach Osten wanderte, gerade hier sollte
sie wieder standfest werden?
Die ersten Begegnungen waren jedenfalls hoffnungsvoll
verlaufen. Andrea setzte sich in den blauen
Schwingsessel und ließ die Stunden seit ihrer Ankunft
noch einmal Revue passieren. Während der Überfahrt
hatte sie überlegt, wie sie ihre viel zu frühe Ankunft
rechtfertigen sollte. Vielleicht konnte sie sagen, dass sie
sich noch ein Wochenende erholen wollte, bevor
dienstags der Unterricht für sie begann. Doch sie hatte
keine Erklärung dafür, warum sie sich nicht angemeldet,
und auch nicht nachgefragt hatte, ob die Wohnung
schon fertig war. Auf keinen Fall wollte sie darüber
reden, wie schlecht es ihr ging, und dass sie die Flucht
als einzige Rettung gesehen hatte. Seitdem Dirk sie in
einem flammenden Wutanfall plötzlich zweimal hart ins
Gesicht geschlagen hatte, wurde sie die Angst nicht
mehr los. Er wollte nicht akzeptieren, dass sie wirklich

ging, weg aus der Stadt, auf eine Insel...Er hielt das für totale Spinnerei.. Andrea hielt ihn nicht grundsätzlich für einen gewalttätigen Mann, doch seit die Scheidung vor acht Wochen rechtskräftig gworden war, hatten Verzweiflung und Wut ihn die Kontrolle verlieren lassen. Dirk warf ihr in Mails und Telefonaten vor, ihn zu zerstören. Dann gab er endlich Ruhe. Andrea wusste nicht, ob das ein gutes Zeichen war oder eher die trügerische Stille vor einem Sturm. Sie wollte so schnell wie möglich weg. Doch auf der Bank am Hafen, als die Touristen abgezogen waren, war sie sich völlig deplaziert vorgekommen, hatte alles infrage gestellt und überlegt, ob nicht auch Schuldgefühle sie von Dirk weggetrieben hatten. Nach zehn Jahren Ehe, die für sie von Jahr zu Jahr freudloser und spröder geworden war, hatte sie jede Lust an körperlicher Berührung verloren, die ohnehin nie groß gewesen war. Eines Morgens war sie aufgewacht, während Dirk mit geöffnetem Mund neben ihr schnarchte. Sie hatte ihn lange betrachtet, zugesehen, wie ein Speichelfaden vom Mundwinkel auf sein Kopfkissen rann, und mit plötzlicher Hellsichtigkeit erkannt, dass sie ihn verlassen würde. Sie musste es tun, sonst würde sie zerbrechen wie ein morscher Ast. Der Entschluss verursachte einen enormen Adrenalinstoß, und sie sagte Dirk noch vor dem Aufstehen, ohne Vorwarnung, dass sie gehen würde. Natürlich verstand er nichts von dem, was sie ihm entgegenschleuderte, benommen und noch nicht richtig im Tag angekommen, doch dann, am Vormittag, begann die Zeit der Hölle. Das Schlimme war, dass er wieder und wieder betonte, dass er sie liebte, keine

andere Frau haben wolle und nicht verstehen könne, was falsch gelaufen sei. Oder was falsch an ihm war. Andrea wusste es auch nicht. Nichts war falsch an ihm, außer der Tatsache, dass sie seine Nähe nicht mehr ertragen konnte. Aber das war doch wohl eher ihre Schuld! Und dann die Ratschläge der Eltern! Redet miteinander, setzt euch zusammen, fahrt mal in Urlaub, ihr arbeitet beide zuviel... Andrea ließ alles an sich abprallen, sie war längst nicht mehr erreichbar. So schützt man sich, wenn es keine erklärenden Worte gibt, weil es keine 'Schuld' gibt. Als Dirk das begriff, hat er zugeschlagen. Sie war erstarrt, ihre Wange fühlte sich an wie loderndes Feuer. Laut schluchzend war er aus der Wohnung gestürmt und Andrea hatte für einen Moment darauf gewartet, auf der Strasse laut kreischende Bremsen und einen dumpfen Aufprall zu hören. Doch er war wiedergekommen, hatte geweint, gedroht, gebettelt, sich betrunken, ihr Rosen geschenkt, sie beschimpft, während Andrea zusah, wie das alles geschah, ohne Mitleid, ohne Groll, mit einem müden Überdruss. Und einem vagen Schuldgefühl. Deshalb war sie geflohen, vor diesem elenden Schuldgefühl.
Und plötzlich stand diese Frau vor ihr. Mit ihrem erstaunt-besorgten Blick, und hatte ihr Hilfe angeboten. Mitten in Andreas trübe Gedanken war sie geplatzt, mit einer Entschuldigung, und jede Geste signalisierte Besorgnis, selbst ihre Irritation konnte der Vorbehaltlosigkeit nichts anhaben. Die Frau zog einen unsichtbaren Kreis um sich und Andrea, für einen winzigen Moment leuchteten Verheißung und Gewissheit. Andrea verspürte Zuversicht, - wieso bloß?,

worauf? - , dann kam Paul Mertens und die etwas
verworrene Erklärung der Situation, mit Kopfschütteln
und lautem Lachen, dabei landeten ihre Koffer in der
Schubkarre und sie zogen zu dritt die Hafenstrasse
hoch, Andrea in der Mitte. Hatte sie nicht dieser Moni
Krüger gleich zu Beginn von ihrer Flucht erzählt?
Natürlich fühlte sie sich überrumpelt, von einem Ende
der Galaxie zurückgeholt auf diese Insel, doch sie hatte
das nie erwähnen wollen, und schon nach zwei Minuten
war es ihr passiert. An der Ecke zur Dorfstrasse hatte
Moni Krüger sich dann ziemlich übereilt verabschiedet,
Andrea war sich nicht sicher, ob sie vielleicht doch
verärgert war, aber sie entschuldigte sich (schon
wieder!) wegen Übermüdung, und Paul erzählte auf
dem Weg ins Inseldorf von einem schwerkranken Pony,
und das Moni Krüger den Freunden nachts im Stall
geholfen hatte. Sie kamen am Gemeindeamt vorbei und
am Supermarkt, der von Paul Mertens' Sohn geführt
wurde, wie er stolz berichtete. Andrea lernte Frau
Benthien kennen, die lachend hinter ihrem Schreibtisch
hervorkam und die Papiere mit dem falsch
geschriebenen Vornamen hochhielt. Ein herzliches
'Willkommen bei uns', keine Frage nach dem Warum-
denn- schon- so- früh, Andreas Sorgen waren
unbegründet. Paul stand dienstbeflissen dabei, wollte
noch unbedingt mit ihr in den Supermarkt und beim
Tragen der Lebensmittel helfen, vom Sohn gab es eine
Wurst zur Begrüßung, sie kaufte eine Riesentüte voller
guter Sachen, dann ging es zur Schule, die nur um zwei
Ecken lag, in einer Seitenstrasse. Von ihrem
Giebelfenster konnte sie das Meer sehen. Andrea

schaute hinaus in eine wunderbare Weite, das Wasser
sah aus wie polierter Schiefer, sie schloss für einen
Moment die Augen und lauschte auf die Stille. Kein
Lärm, keine Motorengeräusche, kein Hupen. Sie rief
ihre Eltern an, ihr Ton war bestimmt und kurz
angebunden, ließ weder Ratschläge noch Vorwürfe zu,
eine Information über ihren neuen Lebensort, sonst
nichts. Die Müdigkeit übermannte sie ganz plötzlich. Im
Schlafzimmer standen drei Kisten mit ihrer Wäsche, die
hatte sie schon rübergeschickt. Der Absender lautete: A.
Gerber, so hatte sie auch die wenigen Mails
unterschrieben, die sie mit Frau Benthien gewechselt
hatte. Kein Wunder, dass es zu einer Verwechslung
gekommen war. Andrea war zu müde, um das Bett zu
beziehen. Sie kroch unter die Daunendecke und war
nach einer Minute eingeschlafen.

Am späten Nachmittag zeigten sich deutliche Risse in
der grauen Wolkendecke, blaue Flecken kamen zum
Vorschein, der Regen hatte endgültig aufgehört. Rita
schob die Schubkarre mit Mist aus dem Pferdestall. Sie
versuchte, sie seitlich zu kippen, doch ein scharfer
Schmerz im Rücken ließ sie aufstöhnen. Rita ließ die
Griffe los, richtete sich langsam auf und stemmte die
Handflächen in die Lenden. Sie stellte sich vor, dass auf
ihrem Kopf ein Faden befestigt war, an dem sie langsam
in die Senkrechte gezogen wurde. Das hatte die
Physiotherapeutin ihr beigebracht, zu der sie schon
mehrere Wochen nicht mehr gegangen war. Zeitmangel,
natürlich. Rita hatte ein großes Repertoire an Ausreden,
besonders in der Hauptsaison. Nun waren die

Schmerzen aber so schlimm, dass sie beschloss, wieder regelmäßig rüberzufahren. Moni würde bestimmt mal mitkommen, dann könnten sie einen Bummel machen, was Leckeres essen, vielleicht soagar mal wieder ins Kino gehen, eine Nachmittagsvorstellung wäre zu schaffen. Rita blinzelte in den Himmel. Hoffentlich kommt die Sonne noch mal wieder, dachte sie. Ihre neuen Gäste waren eben zu einem ersten Rundgang aufgebrochen und hatten sich einen Restauranttipp bei ihr geholt. Im Hotel 'Seepferdchen' hatte Rita gesagt, gibt es eine ausgezeichnete Fischkarte, wenn Sie lieber Fleisch essen, empfehle ich den 'Strandläufer', aber gute Hausmannskost gibt es auch im 'Fischkopp', da darf der Name Sie nicht irritieren. Die Gäste hatten sich bedankt und Rita war mal wieder ihrem unausgesprochenen Werbeauftrag gerecht geworden. Sie schaute sich um, niemand war zu sehen, vor allem Bodo nicht. Rita reckte sich, dehnte ihren Rücken, ließ die Schultern kreisen und schüttelte das linke Bein aus, das ihr Sorgen machte. Schon gestern war es zeitweise taub gewesen, dann kribbelte es wie verrückt und Rita wusste nicht, wie sie sitzen, liegen oder stehen sollte. Mit zusammengebissenen Zähnen schnappte sie sich die Schubkarre und kippte den Mist mit einem Schwung auf den Haufen neben der Stalltür. Irgendetwas knackte in ihrem Rücken, Rita schleppte sich gebückt zum Haus. Sie musste Moni erreichen. Die Tabletten waren fast aufgebraucht, Moni würde sie zum Doktor schicken, das war ihr klar, aber vielleicht hatte sie ein Wärmepflaster für die Nacht. Moni war nicht zuhause. Nora meinte, sie sei in der Apotheke oder am Hafen, Rita solle es auf dem Handy versuchen.

Die Frachtfähre hatte gerade angelegt, da drängelte Hannes sich zum Kai vor, um dem Käpt'n eines seiner wichtigen 'Fachgespräche' aufzudrängen. Moni wartete auf die Kiste mit den Medikamenten, Hannes stieß ihr Fahrrad um, weil er aufs Schiff wollte, bevor die Besatzung mit dem Ausladen begann. Heute konnte Moni Hannes' Wichtigtuerei nicht mit einem nachsichtigen Lächeln abtun. Sie war gereizt und schrie ihn sofort an. „Herrjeh, Hannes! Kannst du nicht aufpassen, verdammt noch mal?" Sie hob das Fahrrad auf. „Meinst du vielleicht, an Bord warten sie schon auf dich?" Sie erschrak über ihren gehässigen Ton, Hannes stoppte und sah sich erstaunt um. Sie starrten sich einen Moment an, Moni war jegliche Milde abhanden gekommen, ihre Stimme schwang sich zu einem tonlosen Kreischen auf. „Was starrst du mich denn so an? Pass lieber auf, wo du hintrittst!" Hannes legte den Kopf schief, er sah an ihr hinauf und hinunter, als suche er den bösen Troll, der von Moni Besitz ergriffen hatte. „Warum schreist du mich so an? Nur wegen dem Fahrrad?" Moni hörte den Kummer in seiner Frage. An diesem Tag lief alles aus dem Ruder. Sie wusste, dass sie sich ungehörig benommen hatte, sie wollte Hannes doch nicht bloßstellen, aber genau das hatte sie getan. „Ach, lass man, Hannes, ist einfach nicht mein Tag heute." Die Tränen saßen in Monis Kehle, Hannes nickte. „Ja, das merkt man. Sonst bist du doch nie so böse." Er drehte sich um, gemessenen Schrittes ging zum Anleger. Im gleichen Moment sah Moni, dass Paul, der unten die Container mit den Müllsäcken zum Schiff fuhr, nach oben zum Kai schaute und eifrig winkte. Sie drehte sich um und folgte seinen Blicken. Dort oben stand Andrea Gerber, beide Hände in den Taschen ihres Trenchcoats vergraben und lächelte Paul zu. Jetzt hatte sie Monis Blick aufgefangen. Sie zog eine Hand aus der Tasche und machte deutete ein zaghaftes Winken an. Moni erschreckte sich dermaßen, dass sie sofort wegsah und krampfhaft den Fahrradlenker umklammerte, um nicht zu schwanken. Da stand die neue Lehrerin und hatte genau gesehen, wie sie Hannes heruntergeputzt hatte! Sie versuchte, sich einen Moment mit geschlossenen Augen zu sammeln, dann schaute sie wieder hoch und winkte ebenfalls kurz mit einer Hand. Der Druck der Tränen in ihrer Kehle ließ nicht nach, Andrea Gerber lächelte sie weiter an. Was war jetzt bloß zu tun? Musste sie etwas sagen? Moni fühlte sich überfordert, wollte aber nicht, dass Andrea sich gleich umdrehte und wegging, Moni hatte sich doch am Vormittag bereits so übereilt verabschiedet. Paul rief ihr zu, dass sie die Kiste holen könne. Moni nickte und machte Andrea ein Zeichen, dass sie nun zum Anleger runtermusste. „Medikamente abholen!", rief sie zum Deich hoch und fragte sich, ob sie da wirklich ihre eigene Stimme gehört hatte. Andrea Gerber nickte und rief lachend: „Hoffentlich sind ein paar Aspirin dabei, ich kriege so schnell Kopfweh vom Wind!" Verblüfft lachte Moni zurück. Dann nickte sie bejahend und machte sich auf den Weg nach unten. Vielleicht blieb Andrea Gerber ja stehen und wartete auf sie. Moni beeilte sich, unterschrieb den Empfangsschein, hob die

Metallkiste in den Korb und schob das Rad, so schnell sie konnte, die Strasse hinauf. Andrea sah ihr lächelnd entgegen, strich sich eine Haarsträhne aus der Stirn und kam auf sie zu. „Hallo, Frau Krüger." Zum zweiten Mal an diesem Tag ergriff Moni die ausgestreckte Hand, wobei das Fahrrad bedenklich kippelte. Wie anders Andrea Gerber jetzt aussah! Ausgeruht, leicht gerötete Wangen, vor allem die wachen, graublauen Augen fielen Moni auf. Kein Vergleich zu der verstörten Frau, die sie am Morgen kennengelernt hatte. „Sie haben sich ausgeruht, nehme ich an?" Die Worte kamen, ein wenig holperig zwar, doch Moni war froh, dass sie nicht vor Verlegenheit stumm blieb. Sie setzte sich in Bewegung und Andrea ging neben ihr her. „Ja, tatsächlich, ich habe ein paar Stunden geschlafen wie ein Stein." Moni nickte. „Ich auch." Die Feststellung, dass sie beide den halben Tag verschlafen hatten, amüsierte Andrea offensichtlich. „Es scheint, dass wir beide ziemlich k.o. waren, nicht wahr? Aus unterschiedlichen Gründen natürlich." Wo nahm diese Frau bloß ihre Unbefangenheit her? Moni spürte, dass sie errötete. Stellte Andrea Gerber soeben etwas Verbindendes zwischen ihnen her? „Herr Mertens hat mir erzählt, dass Sie Ihren Freunden beigestanden haben. Ein Pferd war krank, so viel ich weiß?" Also war ihr Abschied am Morgen wohl doch eine Spur zu abrupt gewesen, sonst hätte Paul sich kaum darum bemüht, ihn zu erklären. Monis Handknöchel umschlossen den Lenker so fest, dass sie weiß hervortraten. „Ja, das stimmt. Doch dem Pony geht es wieder besser, vorerst jedenfalls." Ihr Hals schien sich zu verengen, Moni spürte einen Anflug von

Panik. Wie sollte sie dieses Gespräch bloß fortsetzen? Als Frage-und-Antwort-Spiel etwa? Andrea stellte ihr eine Frage und sie antwortete mit einem Satz? Was war los? Warum war sie dermaßen befangen in Gegenwart dieser Frau? Sie konnte sich doch sonst mit jedem unterhalten, ganz gleich ob es Touristen oder Insulaner waren. War sie immer noch irritirt von der Verwechslung? Das war ein guter Anknüpfungspunkt. „Waren Sie bei Frau Benthien? Hat sich die Sache aufgeklärt?" Sie schaute Andrea sogar an. Die lachte herzhaft. „Ja, war ich. Stellen Sie sich vor, wir haben ein paarmal hin und her gemailt, dabei habe ich nie mit vollem Namen unterschrieben, auch auf meinem Gepäck stand nur A Punkt Gerber, ja und dann war tatsächlich ein Fehler in den schriftlichen Unterlagen..." Sie sah Moni nachdenklich an. „Sagen Sie mal, wäre Ihnen ein Mann lieber gewesen?" „Auf gar keinen Fall! Denken Sie das bloß nicht!" Vehement schüttelte Moni den Kopf. „Also, wenn ich heute Mogen irgendwie komisch war..." Moni stoppte und Andrea legte ihr schnell eine Hand auf den Arm. „Nein, nein, das waren Sie doch gar nicht. Im Gegenteil, Sie waren sehr nett zu mir, so besorgt, so offen. Das hat mir gut getan, also, wie soll ich sagen..." Nun standen sie beide da oben auf der Strasse zum Dorf, verlegen lächelnd, und spürten, dass dieses Gespräch eine Fortsetzung brauchte, mit Muße, vielleicht bei einem Glas Wein, so, wie es sein sollte, wenn eine neue Insulanerin begrüßt wurde. Andrea fing sich als Erste. „Das ist eine andere Geschichte. Bitte lassen Sie sich jetzt nicht von mir aufhalten, Sie müssen sicher in die Apotheke." Sie will

weg, dachte Moni, warum bloß? „Ich bringe nur die
Medikamente hin, heute öffne ich nicht mehr." Ihr
Handy klingelte. „Können Sie einen Moment das Rad
halten?" Andrea übernahm den Lenker, Moni fummelte
mit nervösen Fingern das schnarrende Handy aus der
Jackentasche. Als sie Ritas Namen auf dem Display sah,
erschrak sie. „Ja, Rita, was gibt's?" Sie ging einen
Schritt zur Seite. Andrea betrachtete sie ungeniert. Eine
gefragte Frau auf der Insel, diese Apothekerin, stellte sie
fest. Und eine besonders sympathische dazu. Schön,
dass ausgerechnet sie ihr als erster Inselmensch über
den Weg gelaufen war! Andea dachte daran, dass so
eine Insel die Menschen zwangsläufig immer wieder
zusammenführte, ein beruhigender und erfreulicher
Gedanke. Überhaupt war sie jetzt voller Zuversicht.
Aufbruchsstimmung, überlegte sie, ich breche wirklich
auf zu etwas Neuem. Und ich will diese Angst nicht
mehr, und auch die Schuldgefühle werde ich dem Meer
übergeben. Sie schaute hinaus auf das Wasser, das an
manchen Stellen glitzerte, dort, wo aus den blauen
Himmelsflecken Licht auf die Wellen fiel.
Moni steckte das Handy ein. „Tut mir leid, aber ich
muss dringend zu einer Freundin, ihr geht es nicht so
gut." Andrea wandte sich um. „Hoffentlich nichts
Schlimmes." Sie übergab Moni das Rad. Bevor die
antworten konnte, sagte Andrea: „Schön, dass wir uns
heute nochmal gesehen haben, Frau Krüger. Wir werden
uns sicher noch besser kennenlernen." Dann drehte sie
sich einmal um die eigene Achse und breitete die Arme
aus. „Jetzt bin ich ja endlich hier", sagte sie und lachte
mit Tränen in den Augen. Moni stand unbeweglich und

sah sie fasziniert an. Ihr Herz schlug seltsame Kapriolen. „Ja", sagte sie, „ja, das stimmt."

„Ist das denn wirklich so dringend mit Rita?" Noras Enttäuschung war nicht zu übersehen, sie hatte auf einen Abend mit ihrer Tochter gehofft, sich bestimmte Sätze zurechtgelegt, von denen sie dachte, dass sie ihr Entspannung und Ruhe zurückbringen würden. Etwas stimmte nicht mit Moni und Nora argwöhnte noch immer, dass es etwas mit ihr zu tun hatte. Sie war den ganzen Nachmittag rastlos gewesen, hatte angefangen, die Gästezimmer herzurichten, war dann wieder nach unten gelaufen, weil sie glaubte, Moni gehört zu haben, und als sie dann endlich aus ihrer Dachwohnung kam, war sie nach einem Teller Suppe und einem Kaffee gleich wieder aufgebrochen. Und nun war sie auch nur gekommen, um ihr zu sagen, dass sie zu Rita musste. Dabei hatte sie doch mit Nora über die Fremdenzimmer reden wollen. Sie erinnerte sie daran. „Du wolltest doch was mit mir besprechen, wegen der Zimmer. Ich dachte, das könnten wir heute machen." Moni nahm sich einen Apfel und war schon auf dem Weg zur Tür. „Ich weiß nicht genau, wann ich zurück bin, Mama. Vielleicht schaffen wir es ja noch. Bis später." Und weg war sie.

Rita sog scharf die Luft ein. Moni massierte vorsichtig ihre Nacken- und Schultermuskulatur. „Alles hart wie Stein", sagte sie, während Rita stöhnte. „Viel kann ich da nicht machen, da wirst du mal wieder aufs Festland müssen." „Ja, ich weiß", quetschte Rita zwischen zusammengebissenen Zähnen hervor, „ich dachte schon,

217

wir können mal wieder gemeinsam rüber, was meinst du?" Moni massierte Schmerzgel ein, dann klebte sie Wärmepflaster auf Nacken und Schultern. Sie arbeitete langsam und konzentriert. „So, jetzt wickel dich in die Decke, halte dich vor allem warm, hörst du?" Rita setzte sich umständlich zurecht. „Mach ich, danke. Was hältst du von meinem Vorschlag?" Moni schraubte die Tube zu. „Was? Ach so, klar können wir mal wieder rüber, doch es geht in erster Linie um deine Behandlung, wir haben noch nicht mal Winter, deine Schmerzzeit kommt erst noch." Rita schnitt ihr das Wort ab. „Jetzt halt mir keinen Vortrag, ich weiß es doch selbst. Montag hole ich mir bei Christoph eine Überweisung zur Physio und mit ein paar Tabletten dazu wird es schon gehen." Sie sah Moni kurz an. „Du hast nicht zufällig welche dabei?" „Zufällig nicht, nein." Moni stand auf und wusch sich die Hände. „Soll ich Kaffee kochen?" Rita nickte. „Gerne. Sag mal, bist du komisch drauf, oder bilde ich mir das ein? Bist du vielleicht sauer auf mich, weil ich dich noch angerufen habe?" Moni antwortete nicht sofort, sie schaltete die Kaffeemaschine an, stellte Tassen und Sahne auf den Tisch, dann lehnte sie sich mit verschränkten Armen an den Schrank. „Ich weiß es auch nicht, Rita, aber es hat nichts mit dir zu tun. Vorhin dachte ich natürlich, dass es Kicker wieder schlechter geht, aber ich fühle mich den ganzen Tag irgendwie schlapp und gereizt, dabei habe ich den Nachmittag verschlafen. Genau wie die Lehrerin übrigens, die hat auch geschlafen." Moni seufzte. „Vorhin am Hafen habe ich Hannes total angeblafft, und sie hat es mitgekriegt. Peinlich, sage ich dir." Rita sah sie forschend an. „Was machst du dir denn so viele Gedanken um die Lehrerin? Kann dir doch egal sein, ob sie was mitkriegt oder nicht." „Ist es doch auch! Ich mach mir keine Gedanken um sie, es war nur ein Zufall." Viel zu schwungvoll goss sie Kaffee ein, ihre Tasse schwappte über. „Verdammich", schimpfte sie und schnappte sich ein Spültuch. Rita sagte erstmal nichts mehr, fand es allerdings seltsam, wie empfindlich Moni heute war. Schweigend tranken sie Kaffee, die Küchenuhr tickte dröhnend in die Stille. Nach einer Weile sagte Rita: „Ist schon eine witzige Geschichte, das mit der Lehrerin, findest du nicht auch?" „Hhmm." Moni sah aus dem Fenster. „Paul kam vorhin her und hat es erzählt. Er meint, sie wäre vielleicht was für Matthias." Rita gackerte. Monis Kopf flog herum. „Herrgott, die Frau ist noch nicht ganz hier und ihr wollt sie schon verkuppeln! Sie ist doch gerade frisch geschieden!" Blanker Zorn sprühte aus ihren Augen. Jetzt wurde es Rita zuviel. „Ist ja gut! Wieso bist du denn so humorlos? Es war doch nur eine lustige Spinnerei, weiter nichts. Blaff mich bitte nicht so an!" Moni trank den Kaffee aus und stand auf. „Ich finde nichts Witziges daran, tut mir leid. Ist wohl besser, ich gehe jetzt. Wo ist Bodo überhaupt?" Sie sah sich um, als erwarte sie, dass Bodo plötzlich aus dem Besenschrank käme. Rita war beleidigt. „Geh nur, du kannst mich unbesorgt allein lassen. Er ist Skat spielen, aber er kommt sicher bald wieder." Sie sahen sich an. „Und danke für deine Hilfe", setzte Rita hinzu. Als wäre unter ihren Füßen ein Feuer ausgebrochen, stürmte Moni hinaus.

Die Dunkelheit kam unvermittelt, sie hüllte die Insel in ein schwarzes Tuch. Wie ein Zauberer, der etwas verschwinden lässt, einen Kasten oder einen Tisch. Mit einer weit ausholenden, schwingenden Bewegung breitet er das Tuch so rasch über den Gegenstand, dass selbst der aufmerksamste Zuschauer nicht sehen kann, wohin das verdeckte Objekt verschwindet.

Andrea stand schon eine Weile am Fenster und hatte eben noch das Zwielicht bewundert, grauweiß-silbrige Töne über dem Meer, war ihren Gedanken gefolgt und merkte plötzlich, dass sie in völlige Finsternis hinaussah. Von der Landseite war die Insel nicht mehr zu sehen, oder höchstens ein paar fahle Lichter. Mit der Insel war auch sie unsichtbar geworden. Ein angenehmer Gedanke. Sie war vor mehr als einer Stunde zurückgekommen, hatte sich vorgenommen, ihre Sachen einzuräumen, den kleinen Schreibtisch arbeitsfertig zu machen, doch sie war nur ziellos von einem Zimmer ins andere gewandert und in Tagträumereien versunken. Seit sie Moni Krüger am Deich wiedergetroffen hatte, fühlte sie sich unruhig, aufgewühlt. Was war an der Apothekerin so besonders, dass ihre Gedanken ständig um sie kreisten? Andrea fand, dass sie bei aller Bodenständigkeit etwas Scheues, Verletzliches hatte, eine Art Ungeübtheit, aber womit bloß? Es hatte sie schockiert zu sehen, wie Moni den armen älteren Mann dermaßen herunterputzte, dass er sich erstaunt nach ihr umgedreht hatte. Offensichtlich war das nicht ihr alltägliches Verhalten. Und dann war sie zum Schiff runter, hatte die schwere Metallkiste in den Transportkorb gewuchtet, und das Rad die Strasse

hinaufgeschoben. Eine Frau, die an Arbeit und Handeln gewohnt war, das zeigten ihre raschen, festen Griffe. Doch als sie vor ihr stand, wirkte sie eher wie ein verlegenes Kind, unsicher, mit weißen Fingerknöcheln, die den Lenker fast durchzubrechen schienen. Moni Krüger war nicht an small-talk gewöhnt, das war Andrea gleich aufgefallen. Ihre Gespräche drehten sich bestimmt um handfeste Dinge. Das Inselleben schien aus solchen Dingen zu bestehen: wie wird das Wetter? Kommt die Fähre pünktlich? Sind die Tiere gesund? Wie geht es den Nachbarn? Wer braucht Hilfe? Sind die Touristen zufrieden? Das sind wohl eher Themen, bei denen Moni sich sicher fühlt. Das Leben hier fordert eine große Portion praktische Intelligenz, und die Tugenden, die es in den Städten in dieser Form immer seltener gibt. Zuverlässigkeit, Ehrlichkeit, Selbstständigkeit. Hier ist es schwer, sich zu entziehen, die Leben sind enger miteinander verknüpft. Vielleicht ist deshalb eine Form von Zurückhaltung so wichtig, weil sie den privaten Bereich kennzeichnet... Andrea dachte an Paul, der fast schüchtern an der Wohnungstür stehengeblieben war, oder an seinen Sohn, der ihr, verlegen lächelnd, die Wurst zur Begrüßung geschenkt hatte. Selbst Frau Benthien, die zwar herzlich über die Verwechslung gelacht hatte, war im Grunde distanziert geblieben, routiniert-freundlich eben.
Andrea schüttelte den Kopf. Na ja, vielleicht höre ich auch die Flöhe husten, dachte sie, schließlich bin ich noch keine vierundzwanzig Stunden hier und bewerte schon das Verhalten der Insulaner. Andererseits gab sie viel auf den ersten Eindruck. Ihrer Erfahrung nach

zeigte er immer einen unverfälschten Charakteraspekt, sicher nur einen Splitter von dem gesamten Mosaik, aber eben doch einen zu diesem Menschen gehörigen Wesenszug. Bei Dirk war es nicht anders gewesen. Sie hatte sehr schnell das Gefühl, bei ihm aufgehoben zu sein, am Ende einer Suche (wonach?) angekommen zu sein. Dirk war liebenswert, zu verlässig, loyal. Dieser Mann tut alles für dich, hatte ihre Mutter mit Begeisterung gesagt, doch Andrea hatte nur die unausgesprochene Botschaft 'enttäusche ihn nicht', herausgehört. Die fordernde, erstickende Seite von Dirks Charakter war ihr erst mit der Zeit aufgegangen. Sein pomadiges Verständnis, als sie nicht schwanger wurde, seine Überzeugung, dass es nur an ihr liegen könne, diese herablassende Form der Güte, wem hätte sie klarmachen können, dass er sie mit der Zeit abstieß, schlimmer noch: langweilte. Als er dann doch einer Untersuchung seiner Spermien zustimmte, und am Ende herauskam, dass es bei ihnen beiden keinen medizinischen Grund für ihre Kinderlosigkeit gab, hatte er zum ersten Mal eine andere Seite gezeigt. Vielleicht müsstest du einfach ein bisschen mehr Freude am Sex haben, hatte er gestichelt, denk mal darüber nach. Andrea hatte sehr oft darüber nachgedacht, nur nie mit ihm darüber geredet. Weil sie keine Lösung sah. Sex mit ihm machte ihr keinen Spaß, hatte es nie, würde es nie. So einfach war das, doch das konnte sie ihm unmöglich sagen. In den beiden längeren Beziehungen vor Dirk war es ähnlich gewesen. Es gab eine Zeit, da hat Andrea alles gelesen, was zu dem Begriff 'Asexualität' zu finden war, und sich am Ende erschöpft damit identifiziert.

Sie bekam Hunger, Zeit, mit den Gedanken zu bodenständigen Dingen zurückzukehren, dachte Andrea lächelnd, so machte Moni das sicher auch. Sie inspizierte die Küchenschränke gründlich. Der Anblick des orange-grünen Geschirrs löste fast Sentimentalität aus, denn sowas gab es in den Tiefen der elterlichen Küchenschränke auch noch. Das Besteck wirkte neu, schlicht und funktional. Es war alles da, was ein Singlemensch brauchte. Sogar ein Eierkocher mit verkratzter Plastikhaube, dafür war die Kaffeemaschine glänzendschwarz und hochmodern. Andrea machte sich ein paar Brote, schnitt eine Tomate auf, drapierte Gurkenscheibchen um den Tellerrand, und ließ sich im Wohnzimmer vor dem Fernseher nieder. Heute Abend wollte sie nicht mehr nachdenken, nur die Ruhe genießen, sich einen Film ansehen und die Füße hochlegen. Unwillkürlich stellte sie sich die Frage, ob Moni Krüger ihre Abende wohl ähnlich verbrachte?

Bodo zog die verdreckten Stiefel vor der Haustür aus und schlich auf Zehenspitzen in die Diele. Dort blieb er stehen und lauschte. Aus dem Wohnzimmer hörte er Fernsehgelächter, also war Rita noch nicht im Bett. Er zog seine Pantoffeln an und ging zu ihr. „Na, Ritakind, wie geht es dir?" Sein bierseliger Atem streifte ihre Wange. Rita wandte sich ab. „Oh Mann, du hast dir einen genehmigt, was?" Bodo tat, als sei er verlegen und trat von einem Bein aufs andere. „Na ja, ein paar winzig kleine Helle, mehr nicht." Rita lachte und rückte mit einem leisen Stöhnen zur Seite. Bodo sah sie an. „Ist es schlimm heute?" Sie nickte. „Moni war schon hier, hat mich massiert und Wunderpflaster aufgeklebt, aber sie gibt mir keine Tabletten, ich muss am Montag zu Christoph in die Praxis." Bodo streichelte ihre Wange. „Moni hat schon Recht, du kannst nicht einfach meine Tabletten nehmen, du musst auch wieder mal zur Krankengymnastik." Rita winkte ab. „Ja, ja, ich weiß. Mach ich auch. Wie war es denn bei euch?" Sie schaltete den Apparat mit der Fernbedienung aus aus. Bodo lehnte sich zurück und faltete die Hände über dem Bauch. „Wir haben gar keinen Skat gespielt, wir haben uns eigentlich nur unterhalten. War aber auch ganz gut." „Aha, wer war denn da?" „ Christoph, Mattes, Paul, Uwe und ich." Rita sah ihn erwartungsvoll an, doch Bodo schien in Gedanken versunken. Sie stieß ihn an. „Und worüber habt ihr euch denn so unterhalten? Über die neue Lehrerin bestimmt, oder?"

Bodo grinste. „Gar nicht neugierig, was?" Er nahm Ritas Hand in seine und sah auf einen Punkt an der Wand, vielleicht auf das gerahmte Foto des alten Dorfes, und begann zu erzählen. „Ja, sicher, das ist ja auch eine komische Geschichte. Christoph hat erzählt, dass Ulla aus allen Wolken gefallen ist, als plötzlich eine Frau vor ihr stand. Die peinlich korrekte Ulla! Na ja, und dann fing Paul tatsächlich an, Mattes den Mund wässrig zu machen, also, das war schon harter Tobak, weil er gar nicht mehr aufhörte! Guck sie dir mal an, Mattes, hat er gesagt, sie ist in deinem Alter , frisch geschieden und echt hübsch! Du solltest sie mal zu einem Vortrag ins Inselmuseum einladen, als Lehrerin ist sie bestimmt interessiert an Inselschutz und so. Wir haben dann irgendwann gesagt, dass es nun mal genug wäre, sonst hätte Paul gar nicht mehr aufgehört." „Aha, und wie hat Mattes reagiert?" Rita kuschelte sich an Bodo, der Abend schien vielversprechend. „Du kennst ihn doch. Mattes hat sein Pokerface aufgesetzt, wie immer. Schien alles an ihm abzuprallen. Ich denke ja, er ist immer noch heimlich in Moni verliebt, aber das sagt er nicht, schon gar nicht, wenn Uwe dabei ist." Rita richtete sich plötzlich auf und drückte Bodos Hand viel zu fest. „Aua! Du hast vielleicht Kräfte! Was ist denn los?" Rita sah ihn an. „Entschuldige, Bodo, mir ist nur gerade etwas eingefallen. Es ist doch seltsam: da sind zwei Männer, die sicher in Moni verliebt waren oder noch sind, und Moni lässt das total kalt! Aber als ich ihr heute erzählt habe, dass Paul die Lehrerin mit Mattes 'verkuppeln' will, da hat sie sich fürchterlich aufgeregt und ist rausgelaufen." Bodo sah sie verständnislos an. „Ja, und? Was soll das?" Rita zwickte ihn in die Nase. „Tja Bodo, das wüsste ich eben auch gerne!"

Nora saß vor dem Fernseher, als Moni nach Hause kam. Sie hatte den Ton leise gestellt, damit sie die Haustür ins Schloss fallen hörte, weil sie damit rechnete, dass Moni sich leise die Treppe hinaufschleichen würde. Nora war fest entschlossen, heute noch mit ihrer Tochter zu reden. Ihre Sorge war unbegründet, denn Moni kam gleich ins Wohnzimmer. „Hallo Mama", sagte sie, und Nora sah ihren abgespannten Gesichtsausdruck mit Sorge. „Ich gehe kurz in die Wanne, muss mich ein bisschen entspannen, dann komm ich zu dir, okay?" Ihr Lächeln war schief, Nora nickte. „Mach das, mein Kind; was willst du essen?" Mit gutem Essen war der meiste

Kummer heilbar, und Moni hatte Kummer, das spürte Nora. „Milchreis, wenn du alles da hast." Nora stand auf und schaltete den Fernseher aus. Ihrer Tochter ging es wirklich nicht gut. Sie ging an ihr vorbei und streichelte sanft Monis Wange. „Sicher hab ich alles da. Sogar Kirschen zum Heißmachen."

Eine halbe Stunde später saßen sie sich schweigend gegenüber. Moni aß ihren Milchreis mit Bedacht, sie genoss jeden Löffel voll, häufelte die Kirschen obenauf und schloss beim Essen jedesmal die Augen. Das hatte sie schon als kleines Mädchen gemacht, wenn ihr etwas besonders gut schmeckte, die letzten Happen aß sie fast in Zeitlupe, um das Ende des Genusses noch ein wenig hinauszuzögern. Schließlich schob sie den leeren Teller zurück. „Mama, das war ganz köstlich, warum wünsche ich mir das eigentlich nicht öfter?" Sie klopfte sich auf den Bauch. Nora lachte. „Trostessen, hast du früher gesagt, weißt du noch? Milchreis mit Kirschen und Grieß mit Pflaumenkompott, das waren deine Trostessen." Moni nickte. „Oh ja, ich weiß. Dabei könnte ich es auch essen, wenn ich ganz glücklich bin, dann wäre es Glücksessen." Nora sagte nichts dazu, stattdessen lenkte sie das Gespräch auf ein anderes Thema. „Du wolltest mit mir doch über die Gästezimmer reden, hast du gesagt. Worum geht es denn da? Ich meine, du willst doch nicht schon wieder renovieren, oder?" Die Vorstellung von Handwerkerdreck und Unruhe im Haus schreckte Nora ab. Moni beruhigte sie. „Nein, nein, keine Sorge, darum geht es nicht. Ich habe einen ganz anderen Gedanken." Sie suchte nach passenden Worten. „Es geht darum, dass ich dich fragen wollte, ob wir die beiden Zimmer nicht dauerhaft günstig an Saisonkräfte vermieten sollen, an Frauen natürlich." Nora war verblüfft. „Aha, wie kommst du denn darauf?" Das klang nicht ablehnend, stellte Moni zufrieden fest.

„Du weißt doch, dass wir immer weniger Platz für unsere Saisonkräfte haben, weil so viele Häuser an Immobilienfirmen verkauft werden." „Ja, ja, das schon..." Moni sprach rasch weiter. „Also, letzte Woche habe ich mit Matthias, Uwe und Hella zusammengesessen und darüber geredet. Hella hat gesagt, dass die Schule überleben kann, ist den Servicekräften zu verdanken, die hier bei uns bleiben. Aber für die brauchen wir Wohnraum, den wir eben nicht haben. Hella hat mal nachgehalten, dass in den letzten drei Jahren siebenundvierzig Kinder eingeschult wurden, über die Hälfte davon von Saisonkräften, die hiergeblieben sind. Das sichert der Schule auch die Sekundarstufe eins, Hella ist guter Dinge und jetzt kommt noch die neue Lehrerin..." Moni verstummte einen Moment, sie nahm rasch einen Schluck Tee. Nora registrierte die kurze Irritation, sie nickte Moni aufmunternd zu. „Ja, verstehe. Das ist wirklich gut." „Deshalb ist es wichtig, dass wir weiter Wohnraum schaffen." „Auch hier bei uns, meinst du?" Nora wirkte nun doch skeptisch. Moni lehnte sich zu ihr hinüber. „Mama, das wäre sehr sinnvoll, auch, weil wir Vorbilder für ein paar andere sein können, die ebenfalls Platz hätten, wenn sie nur wollten. Matthias stellt in seinem Haus eine Wohnung zur Verfügung, Uwe wird im 'Seepferdchen' den Dachboden ausbauen. Na ja, ich dachte, wir können die beiden Zimmer an zwei alleinstehende Frauen vermieten. Für dich wäre es auch weniger Arbeit. Nicht mehr jede Woche putzen und Betten beziehen, das wäre doch gut, oder?" Moni lehnte sich zurück und sah ihre Mutter gespannt an. Die überlegte ziemlich lange. Schließlich sagte sie: „Also, so einfach ist es ja nicht. Wäsche waschen müssen die Frauen ja auch, und was ist mit Frühstück und Küchenbenutzung?" Moni sah die Falten auf Noras Stirn. Sie wusste, dass Nora von der Vorstellung, dass zwei Fremde in ihrer Küche herumwirtschafteten, sicher nicht angetan war. Darüber hatte sie sich schon Gedanken gemacht. „Was hältst du davon, wenn wir in der Abstellkammer oben eine kleine Einbauküche einrichten? Da passt auch noch eine Waschmaschine rein." Nora richtete sich auf. „Na hör mal! Du hast das ja schon geplant, wie ich sehe! Und dann haben wir ja doch wieder Handwerker im Haus; wenn ich an den ganzen Dreck denke..." Nora schüttelte den Kopf. Moni hatte damit gerechnet. Sie musste ihrer Mutter ein wenig Zeit lassen. „Lass es dir mal in Ruhe durch den Kopf gehen, Mama. Ich würde mich um den Umbau kümmern, so schlimm wird es nicht. Denk mal an den Zimmerumbau, das war doch auch unproblematisch." Sie machte eine wohlüberlegte Pause. Dann sagte sie sanft. „Und für unsere Insel wäre es wirklich sinnvoll."

Das Wochenende brachte eine leichte Wetterbesserung, entgegen der Vorhersage. Moni öffnete am Vormittag die Apotheke, doch außer ein paar Touristen, die Schnupfenmittel brauchten, war kaum etwas zu tun. Vor lauter Langeweile räumte sie ein paar Schubladen auf, wischte Staub in den Regalen und plante in Gedanken bereits den Umbau der Kammer in eine Pantryküche. Ihre Mutter würde nach einer angemessenen Bedenkzeit zustimmen, da war Moni sicher. Wenn sie im Spätherbst anfingen, wäre Ende Januar alles fertig, sie hätten Zeit genug, eine großzügige Weihnachtspause mit eingerechnet. Moni dachte an die beien Tschechinnen, die seit dem Sommer im Inselcafe´ kellnerten und sich ein kleines Zimmer im Anbau der leerstehenden Metzgerei teilten. Sie konnte sich vorstellen, dass die zwei sich über eigene Zimmer freuen würden. Nora würde sich bestimmt um sie kümmern wollen.., na ja, mal sehen. Moni wollte Sonntagabend mit Matthias und Uwe darüber reden, der gemeiname Plan war, noch einige Insulaner, die Platz hatten, für diese Idee zu erwärmen. Rita und Bodo würden wohl nicht dazugehören. Sie würden auf die Touristen nicht verzichten wollen, da der häufige Wechsel doch mehr Einnahmen brachte als eine Dauervermietung. Nein, sie wollten mit den wenigen reden, die noch gar nicht vermieteten. Das waren ältere Insulaner, die die Arbeit scheuten und noch Vorbehalte gegen fremde Leute im Haus hatten. Keine einfache Sache.

Hella Joost, die Schulleiterin, war der Meinung, dass es bald wieder einen Hausmeister für die Schule geben könnte, vielleicht wäre mit dem Posten noch eine junge Familie zusätzlich auf der Insel zu halten. Moni schob die Medikamente auf dem abgestaubten Regal zurecht und legte eine Pause ein. Andrea Gerber hatte Hella noch nicht kennengelernt, oder doch? Sicher würde

Hella sich bei ihr melden. Moni war sich sicher, dass sie sich darüber freute, wieder eine Kollegin zu bekommen, obwohl das fünfköpfige Kollegium nur einen Mann hatte. Zwei Kolleginnen kamen mit dem Flieger vom Festland, bei günstiger Tide auch mit der Fähre. Das hieß, sobald das Wetter so schlecht war, dass der Flieger nicht in die Luft konnte, fiel der Unterricht aus, oder Hella und die beiden anderen Insellehrer übernahmen ihn. Schon allein deshalb war es schön, dass die kleine Wohnung in der Schule wieder genutzt wurde. Wie Andrea wohl ihr erstes Wochenende hier verbrachte? Moni sah hinaus auf den Deich und hinunter zum Hafen. Zögerlich schob sich eine blasse Sonne durch die Wolkendecke, einige Spaziergänger gingen an der Mole entlang zum vorgelagerten Aussichtspunkt des Hafenbeckens, Andrea war nicht dabei. Moni schüttelte den Kopf. Hatte sie etwa darauf gehofft?

Gestern abend, als sie im Bett lag, hatte sie sich bei dem Gedanken ertappt, wie beruhigend sie es fand, dass Andrea nicht wie ein Feriengast nächste Woche wieder abreisen, sondern jetzt hier auf der Insel bleiben würde. Ab der kommenden Woche gehörte sie zum Inselalltag, war am Strand, im Supermarkt, im Cafe´, beim Friseur, oder sonstwo anzutreffen, ganz normal, wie jeder Insulaner. Moni hatte bei diesem Gedanken eine große Freude verspürt. Und gleichzeitig zog die Erinnerung an ein altes, tief verborgenes Gefühl des Verlustes wie ein Windhauch an ihr vorüber. Woher kam das? Und wieso folgte es der Freude auf dem Fuß?

Das Fährsignal drang in ihre Gedanken, in der Fahrrinne schlängelte die 'Fiete II' auf die Insel zu, Paul trottete zum Hafen hinunter. Hannes war nicht zu sehen. Moni ging vor die Ladentür. Nur wenige Touristen zogen ihre Koffer zum Kai. Wie viele Male hatte sie dieses Kommen und Gehen schon beobachtet? Und immer war sie selbst geblieben. Es waren die Anderen, die gegangen waren, sie hatte ihnen dabei zugeschaut. Und auf einmal erkannte Moni das alte Gefühl wieder. Damals, als Anna die Insel endgültig verlassen hatte, hatte sie ebenfalls hier oben in der Tür der Apotheke gestanden und war nicht mit ans Schiff gegangen. Anna, ihre beste Freundin aus Kindheit und Jugend, mit der sie im Internat das Abitur gemacht hatte, drüben, auf dem Festland. Sie hatten geplant, gemeinsam zu studieren, Moni Pharmazie, Anna Veterenärmedizin. Moni war davon ausgegangen, dass sie beide wieder zurückkommen würden, nach Hause, auf die Insel. Doch Anna hatte sich in einen Jungen aus der Stadt verliebt, alles war sehr schnell gegangen, und für Moni, die so eine Möglichkeit gar nicht erwogen hatte, geriet die Welt aus den Fugen. Eines Abends eröffnete Anna ihr, dass sie zu ihrem Freund ziehen würde und noch nicht wisse, ob sie wirklich studieren wolle. Als sie Monis verständnisloses Gesicht sah, hatte Anna verlegen gelacht und gesagt, dass Moni doch nicht so entgeistert gucken solle, schließlich würde Uwe doch auf sie warten. Dabei hatte sie ein Auge zugekniffen und schief gegrinst. Moni war nicht in der Lage gewesen, etwas zu entgegnen. Ihr stellte sich vielmehr die Frage, ob sie die ganzen Jahre in einer anderen Welt als Anna gelebt hatte. Sie und Anna waren sich so nah gewesen, hatten über alles geredet, die gleichen Hobbys gehabt, mit der gleichen Clique ihre Freizeit verbracht, und deshalb musste es Anna einfach klar sein, dass Moni und Uwe niemals ein Paar werden würden. Wieso stimmte ausgerechnet Anna in den Chor derer ein, die sie unbedingt mit Uwe verkuppeln wollten? Doch Moni stellte sich erstaunt eine weitere Frage: Wieso hatte sie selbst nie eine andere, als ihre eigene Zukunftsplanung ernsthaft in Betracht gezogen? War sie immer nur von ihrem Wunsch ausgegangen? Als Anna sich verliebte, hatte Moni sich gesagt, dass sie nur abwarten müsse, bis diese Probierphase vorüberginge, schließlich hatten Anna und sie ja einen Plan. Für sie selbst war eine solche Probierphase überhaupt kein Thema gewesen. Wieso eigentlich nicht? Es gab genug Jungen in der Stadt, die sie mochten. Aber Moni verliebte sich in keinen.Und als sie nach Hause zurückkam, war Uwe von ihrer Absage bitter enttäuscht gewesen, doch sie hatte ihm nie Hoffnung auf eine Beziehung gemacht, bei Matthias war es ähnlich.

Und dann hatte Anna neben Rita auf dem Kutschbock gesessen, ihr Gepäck auf der Ladefläche, und hatte sich den Hals nach Moni verrenkt. Die war schnell in die Nische zwischen Fenster und Tür geschlüpft, während ihr Vater aus der Apotheke gerufen hatte: Kind, nun geh doch runter und sage Anna Tschüss! Sie ist doch nicht aus der Welt! Doch, das war sie. Sie war aus Monis Welt, aus ihrer gemeinsamen Welt herausgetreten. Und Moni begriff, dass Anna von dieser Welt gar nichts ahnen konnte, damals. Weil Moni selbst erst heute den Grund für ihr Verlassenheitsgefühl zu erkennen begann. Er hing unmittelbar mit der Freude über Andreas

Ankommen zusammen, soviel begriff Moni jetzt.

Sie legte eine Hand auf ihr rasendes Herz, schöpfte in die andere Handfläche kaltes Kranwasser und versuchte, das sich immer schneller drehende Karussell in ihrem Kopf zu stoppen. Was bedeutete das? War es Sehnsucht, dieses Gefühl, das sie damals mit Anna und heute mit Andrea verband? Und wenn es so war, dann hatte es eine grundsätzliche Bedeutung, eine neue Dimension. Anna war ihr über viele Jahre vertraut gewesen, da war es nicht verwunderlich, dass sie ihr fehlte; doch Andrea war eine Fremde,- dennoch empfand Moni genau die gleiche Vertrautheit, die Gewissheit einer seelischen Übereinstimmung. Und einen körperlichen Reiz. Moni erinnerte sich, wie sie mit ihrem Blick die gesamte Gestalt abgetastet hatte, sofort Hilfsbedürftigkeit und Schutzsuche zu sehen glaubte, sich vorstellte, diese Frau in den Arm zu nehmen, sie wegzuführen. Die Bilder waren in rascher Folge durch ihren Kopf gezogen, Moni hatte sich nicht weiter mit ihnen beschäftigt, doch die Gereiztheit, die sie seitdem empfand, ebenso wie die Erschöpfung, hingen mit diesen Bildern zusammen. Auch bei Anna war es ähnlich gewesen. Damals, als sie fortging, war es Monis sehnlichster Wunsch, sie zurückzuhalten, vom Schiff wegzuzerren und sie ganz fest in die Arme zu nehmen. Ihre Zukunftsplanung war von einem lebenslangen Bündnis ausgegangen, das Moni nie infrage gestellt hatte. Moni und Anna, so sollte es sein, hier auf der Insel. Warum war ihr nie eine erotische Verbindung in den Sinn gekommen? Hatte sie sich diesen Aspekt verboten? Moni zitterte, sie fühlte sich überwältigt von der plötzlichen Erkenntnis. Alle

233

Welt war damals davon ausgegangen, dass sie heiraten würde, wenn der 'Richtige' endlich käme... Sie sei zu wählerisch, hatte man gemunkelt, keiner sei ihr gut genug, Apothekers verwöhntes Töchterlein...Vielleicht hatte sie es selbst so gesehen. Die verunglückte Liaison mit dem Studienfreund war wohl der Versuch gewesen, diesem Bild gerecht zu werden. War sie in Wirklichkeit eine Frau, die eine Frau lieben wollte?

Der Wirbelsturm in ihrem Innern kam nicht zur Ruhe. Moni schloss die Apotheke zu und ging hinunter zum Strand. Am Wellensaum entlanglaufen, den Blick auf den Horizont gerichtet, das war ihr Rezept gegen Kummer und für einen klaren Kopf. Das Rauschen des Meeres beruhigte ihr aufgewühltes Herz, doch heute ließ es auch viele nie geweinte Tränen fließen. Annas Weggang, der Tod ihres Vaters, die Trauer, die sie und ihre Mutter eine zeitlang sprachlos gemacht hatte, Ritas Kummer, den sie mittrug, alles floss mit ihren Tränen ins Meer. Und am Ende stand das Bild von Andrea, die auf der Bank am Hafen saß und sie einlud, in den Kreis einzureten, der sie beide umschloss. Moni blieb stehen, wandte sich den anrollenden Wellen zu und sah die Krümmung der Horizontlinie. Ihr Leben spielte sich auf dieser Insel ab, und sie war immer zufrieden gewesen. Gab es darüberhinaus mehr, mehr als Zufriedenheit? Was wünschte sie sich? Sie wusste es in diesem Moment: Andrea sollte neben ihr stehen, mit ihr wollte sie diese Fragen erörtern, sich trauen, ihre Hand zu nehmen und sie zu bitten, nie mehr wegzugehen.

„In der Apotheke ist sie nicht", sagte Bodo. Er stand in

der Küche und drehte seine Mütze in den Händen. Nora hob die Schultern. „Vielleicht liefert sie noch was aus. Willst du warten?" Bodo schien unschlüssig. „Ich weiß nicht, Rita ist nicht aus dem Stall wegzukriegen. Ich glaube, ich gehe lieber zurück." „Gut, Bodo. Ich sag ihr Bescheid, sie meldet sich dann sicher." Bodo nickte und ging hinaus.

Was für ein Elend, dachte Nora. Das arme Pony würde nun doch sterben, da haben sie noch viel Geld für Medikamente ausgegeben und dann war alles umsonst. Und was würde Moni tun? Natürlich sofort hinlaufen! Nora ärgerte sich ein bisschen, schalt sich aber gleich darauf ungerecht. Schließlich liebte Moni die Ponys, Kicker ganz besonders. Sie setzte sich an den Tisch und begann, Kartoffeln zu schälen. Da hatte sie auf einen Nachmittag mit Moni gehofft, wäre gern mit ihr auf den Friedhof gegangen. Sicher hatte der Sturm die Blumen umgeworfen und sonstigen Schaden angerichtet, doch das konnte sie wohl getrost in den Wind schreiben.

Die Stalltür war weit geöffnet, Moni sprang vom Rad und lief hinein. Sie kam zu spät, Kicker lag in seiner Box, zugedeckt mit der Pferdedecke. Dieses Mal war es keine Fantasie. Rita lehnte an der Boxentür und sah ihr entgegen. „Ich bin nur froh, dass es am Ende wirklich schnell ging", sagte sie und fiel Moni um den Hals. Sie hielten sich eine Weile, Moni schloss die Augen und spürte Ritas harten Rücken unter der Jacke. Sicher hatte sie Stunden hier gehockt, 'schnell' war ein relativer Begriff. „Es tut mir so Leid"; sagte Moni schließlich und streichelte Ritas Kopf, „es sah doch so gut aus. Ich

habe wirklich gehofft, er macht es noch einige Zeit."
Rita löste sich aus der Umarmung und schüttelte den
Kopf. „Vorhin bekam er plötzlich ganz glasige Augen,
seine Flanken fingen anzu zittern, das war schon ein
schlechtes Zeichen. Dann hat es nur knapp drei Stunden
gedauert, ich habe auch nichts mehr unternommen." Sie
reckte sich und wischte mit dem Ärmel über ihre Augen.
„Bodo telefoniert schon, damit er morgen mit der
Frachtfähre rüberkommt." „Dann sag ich ihm hier
Tschüss, den Abtransport erspar ich mir lieber." Moni
ging in die Box und streichelte dem toten Pony den
Kopf. „Machs gut, mein Lieber und danke für die vielen
schönen Jahre mit dir." Plötzlich verlor sie die Fassung
und weinte hemmungslos. Rita erschrak. „Meine Güte,
dass es dich so packt, hätte ich nicht gedacht." Sie
beugte sich zu der Freundin hinunter und legte ihr den
Arm um die Schulter. „Komm mit ins Haus, wir kochen
Kaffee", sagte sie sanft und zog Moni in die Höhe. Rita
hob Monis Kinn an. „Sag mal, mit dir stimmt doch was
nicht, das ist nicht nur wegen Kicker, habe ich Recht?"
Die Schluchzer kamen tief aus Monis Kehle, sie stand in
der Boxengasse und konnte nicht aufhören zu weinen.
Rita hatte sie nur einmal in einer ähnlichen Verfassung
gesehen. Vor vier Jahren, als Karl so unerwartet
verstorben war. Damals hatte Moni alle Formalitäten
erledigt, die Beerdigung organisiert, weil Nora nicht in
der Lage dazu war. Monis Mutter hatte tagelang stumm
und teilnahmslos in der Küche gesessen, kaum gegessen
und getrunken, während Moni wie ein Roboter
funktionierte. Doch am Abend nach der Beerdigung, als
sie Nora ins Bett gebracht hatte, war sie zu Rita und

Bodo gerannt und alle Dämme waren gebrochen. Rita hatte sie in die Arme genommen und gewiegt wie ein Kind. Irgendwann war sie vor Erschöpfung eingeschlafen. Bodo hatte Bettzeug geholt und sie haben sie vorsichtig auf die Couch gelegt.

Doch jetzt war ein Pony gestorben, das konnte doch nicht den gleichen Gefühlsausbruch erzeugen, die gleiche Trauer!

Rita führte Moni langsam hinüber zum Haus und allmählich ebbte das Schluchzen ab. Bodo legte gerade das Telefon auf den Tisch, als sie eintraten. Sein vorsichtig tastender Blick blieb an Moni hängen. „Ach, Moni, du bist ja ganz erschüttert. Komm, setz dich."

„Alles erledigt?" fragte Rita knapp und warf Bodo einen beschwörenden Blick zu, der ihm sagte, jetzt besser nicht mehr von Kicker zu reden. Er verstand das Ganze nicht, so viel konnte Rita in seinem Gesicht lesen. „Ja, ja, normaler Tiertransport." Moni saß am Tisch, sie hörte den beiden zu. Bodos Unsicherheit fiel ihr auf, und auch, dass Rita sie vor irgendetwas schützen wollte, doch die beiden konnten ja nicht ahnen, dass Kicker zwar der Auslöser für ihren Gefühlsausbruch war, aber keinesfalls die Ursache. Für einen Moment war die Versuchung groß, Rita und Bodo alles zu erzählen, doch Moni verwarf diesen Impuls sofort und stand auf.

„Bitte, seid mir nicht böse, aber ich möchte jetzt nach Hause." Rita hielt die Kaffeebecher in den Händen und sah sie an. „So plötzlich?" Moni nickte. „Ja, und ich werde sicher demnächst was mit euch besprechen..., aber nicht jetzt."

Als sie auf ihr Fahrrad stieg, hatte sie auf einmal das

Gefühl, ein Geheimnis gewahrt zu haben. Und das stimmte sie seltsamerweise wieder heiter.

Eine wirklich nette Kollegin, dachte Hella Joost erleichtert. Sie war auf dem Heimweg von ihrem Nachmittag mit Andrea Gerber. Eigentlich hatte Hella vorgehabt, sich mit ihr im Lehrerzimmer zu treffen, ihr die Schule zu zeigen, vielleicht einen Kaffee zu kochen, aber ansonsten wollte sie Andrea erst einmal ankommen lassen. Doch ihr Vorschlag wurde lachend abgelehnt. Natürrlich treffen wir uns in der Schule, hatte Andrea gesagt, ich wohne ja schließlich dort! Machen Sie mir die Freude und kommen Sie hoch zu mir, damit ich das Gefühl habe, in meiner Wohnung Gastgeberin zu sein. Hella war der Einladung gefolgt und fand, dass die Wohnung schon jetzt eine völlig andere Atmosphäre hatte als zu Lebzeiten von Andreas Vorgängerin. Was für ein Glück, wenn man sich auf Anhieb sympathisch ist! Knapp drei Stunden waren wie im Flug vergangen, Hella hatte die Situation der Schule erläutert, den Bedarf an zusätzlichem Deutschunterricht für die Kinder der Saisonkräfte, Andrea hatte von ihrer alten Schule in Hamburg erzählt, nur sehr wenig über ihre private Situation verlauten lassen, und Hella gewann den Eindruck, dass sie motiviert und dankbar war, hier zu sein. Der Rundgang durch die Schule endete im Lehrerzimmer. Andrea sah sich lächelnd um. So ein gemütlicher Raum, hatte sie gesagt, ganz anders als das riesige Lehrerzimmer in Hamburg. Viel persönlicher. Das schien sie zu freuen. Ihr Unterricht sollte Dienstag beginnen, doch Andrea wollte gern Montag anfangen und nannte das den 'Kennenlerntag'. Gut, dachte Hella, sie scheint angekommen zu sein, dann werden wir sehen, wie die Kollegen reagieren, wenn sie Andrea statt Andreas treffen!

Eine weitere gute Begegnung, dachte Andrea, währnd sie den Tisch abräumte. Und diese war besonders wichtig, weil Hella Joost ihre Chefin sein würde. Eine zurückhaltende Frau, deren taxierender Blick Wohlwollen zeigte und die wirkliches Interesse an ihrem Werdegang zu haben schien. Alle Erklärungen zur neuen Schule ließen Andrea innerlich frohlocken. Die Mammutschule in Hamburg war Vergangenheit, sie war neugierig auf die Inselkinder, Gruppen zwischen zehn und fünfzehn Schülern,- wenn das nicht das Paradies war! Förderunterricht, für den sie sich Zeit nehmen konnte. Wenig Disziplinprobleme, das hatte Hella Joost betont. Es sei nicht immer ganz leicht mit den unterschiedlichen Nationalitäten, doch sie sei davon überzeugt, dass sich mit zunehmender Verständigung vieles von allein erledigen würde. An mir soll es nicht liegen, dachte Andrea. Ihr war aufgefallen, dass Hella das Geschirr wiedererkannt, und sich in der Wohnung umgesehen hatte. Sicher war sie schon mal hier gewesen. Jetzt ist es meine Wohnung, dachte Andrea, und einen Gast zu bewirten, verfestigt dieses Gefühl. Hella Joost gehörte zweifellos zu den Menschen, die die besondere Begabung haben, ihrem Gegenüber Dinge zu entlocken, ohne viel von sich selbst preiszugeben. Andrea dachte daran, wieviel Zeit sie sich gelassen hatte, wie langsam sie ihren Kaffee trank und das

Kuchenstück aß, dabei schaute sie Andrea freundlich ins
Gesicht und plazierte hier und da eine Frage, schien
aber nicht sofort eine Antwort zu erwarten, sondern
lehnte sich entspannt lächelnd zurück. Sie hält Stille gut
aus, dachte Andrea, besser als ich, deshalb habe ich
wohl recht viel erzählt. Ihr gesamtes Berufsleben hat sie
vor Hella Joost ausgebreitet, vom Studium bis hin zu
den Erschöpfungszuständen der letzten Jahre. Sie hat
nicht verschwiegen, dass die sicher auch mit ihrer
privaten Situation zu tun hatten, doch die zunehmenden
Anforderungen hatten nicht nur sie mürbe gemacht.
Hella hatte interessiert zugehört, nach ihren
Arbeitsschwerpunkten gefragt und sie dann über die
Inselschule informiert. Freiräume solle sie haben, hat
Hella gesagt, ihre Ideen in die Tat umsetzen, besonders
ihre Vorliebe für das Theaterspiel. Andrea hätte vor
Freude heulen können! Bevor sie den Rundgang durch
die Schule begannen, stellte Hella die einzige private
Frage: ob Andrea denn wisse, was es bedeuten könne,
auf einer Insel zu leben. Dabei war ihr Blick ernster
geworden, und forschender. Die Frage kam unerwartet.
Andrea sagte spontan, dass sie sich erst einmal Ruhe
und Entspannung erhoffte. Ja, hatte Hella gesagt, das
werden Sie sicher finden. Mehr nicht, nur ihr Blick hatte
wieder lange auf Andrea verweilt. Kurz vor ihrem
Aufbruch hatte Andrea sich doch ein Herz gefasst und
sie gefragt, ob sie ein echtes Inselkind sei. Da musste
Hella lachen. Nein, war ihre Antwort, aber ich lebe seit
fast dreißig Jahren hier und werde auch bleiben. Etwas
in ihrem Ausdruck ließ Andrea keine weiteren Fragen
mehr nach Privatem stellen, doch zu ihrer

Verwunderung fügte Hella hinzu, dass sie ebenfalls die Ruhe auf der Insel liebe, besonders im Herbst und Winter, doch in den Ferien sei sie gerne im Gebirge oder mache Reisen auf andere Kontinente, dann komme sie um so lieber wieder zurück. Wissen Sie, ich liebe die Welt und bereise sie gerne, aber die Insel ist mein Lebensstützpunkt, wenn Sie so wollen, hatte Hella zum Schluss gesagt und sich verabschiedet. Andrea fand, das war ein schönes Wort, 'Lebensstützpunkt'.

Wohin reiste Moni Krüger wohl gerne? Andrea goss sich ein Glas Bier ein und leerte es mit einem Zug. Wunderbar, so ein kühles Blondes am frühen Abend! Sie schüttelte den Kopf und grinste. Kühles, Blondes..., interessante Assoziation. Vielleicht wird Moni mein nächster Gast, dachte Andrea. Bestimmt mag sie auch lieber Bier als Wein.

Der Abend versprach einen windstilleren nächten Tag. Moni und Nora spazierten auf dem Deich entlang. Noras Freude über den Vorschlag beschämte Moni. Wie lange hatten sie das nicht mehr gemacht? Nora genoss es, sich bei ihrer Tochter einzuhaken. Alles, was sie sich wünschte, war gemeinsame Zeit. Sie wollte nicht, dass sie in Alltagsroutine versanken, es gab immer etwas zu tun auf der Insel, es passierten unvorhersehbare Sachen, und ihre Tochter war hilfsbereit und engagiert, doch Nora wollte nicht, dass ihre Gespräche, die Abende im Wohnzimmer, an denen der Fernseher ausblieb, versandeten. Es war nicht einfach, Moni das klarzumachen, ohne dass sie sich bedrängt fühlte, aber Nora hatte seit Karls Tod manchmal große Angst, nicht

241

mehr genügend Zeit zu haben, ihrer Tochter nahe zu
sein. Wie oft hatte sie darüber nachgedacht, was Karl in
seinen letzten Lebenstagen bewegt haben mag! Hatte er
Kummer, war er besorgt wegen irgendetwas? Nora fand
sich schlecht damit ab, dass er einfach so verschwunden
war, von einer Sekunde zur anderen, aus ihrer beider
Leben. Hatte sie etwas übersehen? Moni verneinte das
alles. Es war ein Infarkt, Mama, hatte sie gesagt, und
niemand konnte daran etwas ändern. Aber wenn wir ihn
vielleicht zwei Minuten früher gefunden hätten, haderte
Nora weiter, bis Moni schließlich mit der flachen Hand
auf den Tisch geschlagen hatte. Mama, lass das jetzt!
Du machst dich nur selbst fertig. Es ist, wie es ist, das
müssen wir beide akzeptieren.
Mit der Zeit hatte Nora das gelernt, manchmal hielt sie
stumme Zwiesprache mit Karl, und es kam auch vor,
dass seine Stimme plötzlich in ihrem Kopf auftauchte.
So wie letztens, da hatte er ihr gesagt, sie solle doch
endlich ihren Verkupplungsgedanken aus dem Hirn
verbannen. Und sie schämte sich tatsächlich!
„Guck mal, Mama, da unten bringen sie Kicker in die
Lagerhalle." Moni war stehengeblieben. Nora schob
ihre Hand in Monis Hand. Auf dem Weg zum Hafen
begleiteten zwei Connemaras ihren toten Freund zum
letzten Mal auf dem altbekannten Weg. Die schwarze
Metallkiste füllte die Ladefläche aus, auf dem Bock
saßen Rita und Bodo. Paul, Matthias, Uwe und Thomas
gingen nebenher. Moni lief ein Schauer über den
Rücken. Ein richtiger Beerdigungszug, dachte sie.
„Wird er morgen abgeholt?", fragte Nora. Moni nickte.
„Ach ja"; sinnierte Nora, „es ist schon ein Jammer, dass

242

die treuen Pferde am Ende ihres Lebens die Insel wieder verlassen müssen." Im gleichen Moment drehte Rita sich um und sah zu ihnen hoch. Sie winkte heftig, Moni und Nora winkten zurück. Vielleicht sollte ich ja bei ihr sein, ging es Moni durch den Kopf, doch ich bin hier oben, genau da, wo ich jetzt sein will.

„Hallo, Frau Apothekerin, hatten Sie ein schönes Wochenende?" Andrea nahm ihren Rucksack von der Schulter und knallte ihn mit Schwung auf die Verkaufstheke. Moni stand mit dem Rücken zu ihr und drehte sich erschreckt um. Sie merkte, dass eine flammende Röte ihr Gesicht überzog. Andrea lachte sie an, es schien ihr nicht aufzufallen. Verdammt, wo nimmt sie diese Selbstsicherheit her? Während sie ihre zitternden Knie hinter der Theke verbarg, sah Andrea sich neugierig in der Apotheke um. Eine Antwort auf ihre Frage schien sie gar nicht zu erwarten, doch Moni legte sich gerade ein paar Sätze zurecht, die hoffentlich locker wirkten. „Ja, ja, danke. Gestern Abend habe ich mich mit ein paar Leuten getroffen, wir haben darüber geredet, wie wir mehr Wohnraum schaffen können, damit unsere Saisonkräfte sich ansiedeln. Habe ich Ihnen nicht davon erzählt?" Andrea nickte. „Ich habe mit Frau Joost ebenfalls darüber besprochen. Sie hat mir die Situation der Familien erklärt und ich hatte heute meinen ersten Tag in der Schule." Moni vergaß ihre Verlegenheit. „Ach, heute schon? Wie war es denn?" Andrea schaute sich suchend um. „Wenn Sie ein bisschen Zeit haben, erzähle ich Ihnen davon." Moni deutete auf den Durchgang zwischen den Regalreihen.

243

„Kommen Sie mit nach hinten, dann mache ich uns einen Kaffee." Ihr fiel noch etwas ein. „Sagen Sie, brauchen Sie ein Medikament? Schließlich sind Sie in die Apotheke gekommen." Andrea zog die Stirn in Falten, als überlegte sie angestrengt. „Na ja, ein paar Aspirin nehme ich gleich wohl mit, aber eigentlich hatte ich hauptsächlich Lust, Ihnen von meinem ersten Schultag zu erzählen." Sie sah Moni lächelnd in die Augen. „Falls Sie überhaupt Zeit haben", fügte sie hinzu. Monis Zunge pappte strohtrocken am Gaumen. Sie wusste, dass sie wieder feuerrot, doch es war nicht so wichtig, jetzt nicht mehr. Sie nickte und wies Andrea mit ausgestrecktem Arm den Weg in die Teeküche.

Es war schon nach zehn Uhr, und Rita lag immer noch im Bett. Ich habe Blei im Hintern, dachte sie, ich komme einfach nicht hoch. Gestern hatten sie zugesehen, wie Kicker von der Insel geholt wurde. Als die Kiste am Transportkran hing und auf das Schiff gehievt wurde, machte sie einen kleinen Schlenker und Rita dachte, dass Kicker sich damit verabschiedete. Stumm hatten sie nebeneinander gestanden, Bodo und sie, niemand brachte ein Wort heraus, nur ihre Hände fanden sich. Rita unterdrückte einen Schmerzenslaut, so fest drückte Bodo ihre Hand. Die Kiste war mit einem dumpfen Knall auf dem Deck aufgesetzt, das Schiff lief langsam aus. Dreimal ertönte das Signalhorn. Rita konnte nicht weggehen. Sie blieb stehen, bis die Fahrrinne erreicht war, als müsse sie sich versichern, dass Kicker wirklich fortgebracht wurde. Bodo stand längst am Fuhrwerk und tätschelte den Ponys die Hälse.

244

Den Rest des Tages hatten sie schweigsam verbracht. Rita wusste, dass Bodo sich eine Beschäftigung suchen würde. Sie sah aus dem Küchenfenster, wie er die Kutsche schrubbte, viel gründlicher als sonst. Es war ihr recht, sie war lieber mit ihren Gedanken allein. Abends hatte sie zu Bodo gesagt, dass sie Kickers Box selbst ausräumen und sein Zaumzeug versorgen wollte, morgen. Und jetzt lag sie noch immer im Bett.

Da war noch ein anderes Bild, das Rita nicht aus dem Kopf ging. Als sie zum Hafen hinunter fuhren, hatte sie Moni vermisst. Sie gehörte doch jetzt an ihre Seite. Außerdem konnte Rita sich nicht vorstellen, dass Moni auf Kickers letztem Weg fehlte. Rita hatte darauf gewartet, dass sie angerannt käme, außer Atem, wie so oft. Moni würde sich neben sie auf den Kutschbock schwingen und den Arm um sie legen, damit hatte Rita fest gerechnet. Doch sie kam nicht. Als sie fast am Hafen waren, wurde Rita schlagartig klar, dass sich etwas verändert hatte. Unwiderruflich. Sie wusste nicht, warum sie sich umdrehte und zum Deichweg hoch sah, doch es überraschte sie nicht, Moni und Nora dort stehen zu sehen. Sie standen dort und hoben die Hände, weiter nichts.

Rita setzte sich auf die Bettkante. Sie brauchte einen Kaffee, stark und süß. Bodo war längst aus dem Haus. Wahrscheinlich war er erleichtert, ihr heute morgen nicht begegnen zu müssen. Rita schlurfte in die Küche. Nach den ersten Schlucken fühlte sie sich besser. Sie saß am Tisch und legte die Hände um den Kaffeebecher. Gleich ziehe ich mich an und gehe in den Stall, dachte sie. Ich werde Kickers Box ausräumen, sein Zaumzeug ölen und weglegen und Moni wird nicht kommen. Selbst wenn ich warte, bis sie die Apotheke schließt, sie wird nicht kommen.

Monis Leben verändert sich. Etwas geschieht, dachte Rita, etwas, das längst zu erwarten war. Sie trank den Kaffee aus. Ihre Energie kehrte zurück. Rita fühlte sich, als hätte sie gerade eine Ladung Dünensand aus ihren Augen gerieben und könne endlich wieder klar sehen. Sie wollte einen Strandspaziergang machen, das Meer fühlen und riechen, den Horizont sehen und allein sein. Und irgendwann später würde sie sich umKickers Box kümmern.

Hannes lungerte vor der Stalltür herum. „Na Hannes, was ist los?" Rita sah ihm an, dass er etwas loswerden wollte. Er schob die Schirmmütze hoch und kratzte sich die Stirn. „Mannomann, du bist aber spät dran! Ist ja schon Nachmittag", sagte er. Rita baute sich vor ihm auf.

„Bist du gekommen, um mir das zu sagen, oder was?"
„Nee, ich wollte mal fragen, wie es dir geht, jetzt, wo Kicker weg ist." Er sah verlegen auf seine dreckigen Stiefel. Rita schlug ihm auf die Schulter. „Hast auch schon mal besser gelogen! Aber danke der Nachfrage. Es tut halt weh, doch es wird auch wieder." Hannes nickte. „Ja, geht auch nicht anders, oder?" Rita ging an ihm vorbei und öffnete die Stalltür. „Komm mit, ich mache Kickers Box fertig." Sie musste nur ein bisschen warten, dann würde er schon mit der Sprache heraus rücken. Hannes half ihr beim Ausmisten, eine Weile arbeiteten sie schweigend, dann lehnte er sich an den

Pfosten und sah sie an. „Ich war vorhin in der Apotheke", sagte er und schwieg. Rita horchte auf. „Ja, und? Bist du krank?" Sie sah ihn nicht an, nahm Kickers Zaumzeug vom Haken an der Boxenwand. „Nicht richtig krank, ich wollte nur meine Rheumasalbe und was gegen Sodbrennen holen." Rita nickte. „Und weißt du was? Da saß Moni doch tatsächlich mit der neuen Lehrerin im Stübchen." Rita hielt kurz inne. „Aha." Hannes schien entrüstet. „Stell dir mal vor, die haben so laut gelacht und geredet, dass Moni noch nicht mal die Türbimmel gehört hat." Jetzt drehte Rita sich zu ihm um. „Ja und? Bist du wieder gegangen?" Hannes nahm die Mütze ab. „Ne, wo denkst du hin! Gerufen hab ich, zweimal." „Und weiter?" „Na ja, dann kam Moni nach vorne und die Lehrerin gleich mit. Sie haben immer noch gelacht und ich hab mitgekriegt, dass sie sich schon duzen." Er holte tief Luft. Rita lächelte ihn an. „Dann scheint Moni vielleicht eine neue Freundin gefunden zu haben, was meinst du?" Hannes war verwirrt. „Aber DU bist doch ihre Freundin, oder nicht?" Offensichtlich hatte er nicht erwartet, dass Rita so milde reagierte. Rita setzte sich auf die Kiste mit den Decken. Sie klopfte auf den Platz neben sich. „Komm her, Hannes." Ächzend ließ er sich neben ihr nieder. Ritas Finger spielten mit Kickers Zügel. „Klar, Moni bleibt auch meine Freundin. Ich meine, Andrea Gerber ist in ihrem Alter, verstehst du? Ich bin immer so eine Art mütterliche Freundin gewesen, jedenfalls früher..." Sie geriet ins Stocken. Das ist schon ewig her, dachte sie, in den letzten Jahren hatte es sich manchmal genau anders herum angefühlt. Hannes schüttelte den Kopf.

247

„Wenn du es sagst"; meinte er, „ich habe euch beide immer als Freundinnen gesehen, was braucht sie da noch eine neue?" Rita drehte sich zu ihm. „Hannes, machst du dir deswegen Sorgen?" Er stand wieder auf. „Keine Ahnung. Es war irgendwie komisch vorhin." Er verabschiedete sich schnell und stapfte hinaus.
Rita betrachtete eine Weile die leere Box, legte das Zaumzeug auf die Truhe und trat vor den Stall. Der Wind trug den salzigen Meeresgeruch hinüber, am Himmel standen ein paar weißgraue Wolken, alle Farben waren klar und frisch. Rita atmete tief durch. Die Insel schien bereit für alles Neue.

Nora schnitt die abgeknickten Astern, warf sie in einen Korb und richtete sich auf. Sie legte die Hände in ihr schmerzendes Kreuz, schloss die Augen und hielt ihr Gesicht in die schwache Sonne. Nebenan flog die Tür der Apotheke auf, das Glockenspiel ließ eine Klangkaskade hören, gleichzeitig vernahm Nora das Lachen ihrer Tochter und das einer anderen Frau. Es war der Klang, der sie aufhorchen ließ. Monis Lachen war heller als gewöhnlich, es erinnerte Nora an das Lachen der Kinderzeit, wenn Moni ganz und gar von Freude ergriffen wurde. Über ein kleines Geschenk, oder über die ersten Erfolge beim Tischtennisturnier. Karl hatte damals gesagt, dass Moni sich einfach in Freude und Glück verwandeln könne. Und jetzt lachte sie genau so. Gemeinsam mit einer anderen Frau. Noch einmal lauschte Nora mir gechlossenen Augen. Kein Zweifel, es war eine Frau. Gleich mussten sie am Gartenzaun entlangkommen. Nora bückte sich wieder und tat, als sei sie in ihre Arbeit versunken. Ob Moni sich bemerkbar machte? Ob sie einfach vorüberging? Nora wusste, dass Moni ihre Neugier nicht mochte, sie sah den Anteil mütterlicher Sorge einfach nicht. Karl würde jetzt grinsend den Kopf schütteln!

„Mama, hallo Mama, ich möchte dir unsere neue Lehrerin vorstellen, kommst du mal?" Ihre Stimme, dachte Nora, ihre Stimme ist leicht und hell. Nur jetzt nicht übereilt an den Zaun laufen, Moni merkt sofort, wenn ich so tue als ob. Nora richtete sich ohne Eile auf, wischte die Hände an der Gartenschürze ab und trat an den Zaun. Ein kleiner Stromschlag schoss durch ihre Adern, als sie die beiden Frauen dort nebeneinander stehen sah. Noch ließ es sich nicht in Worte kleiden, aber es zeichneten sich Konturen ab. Nora dachte an die Entwicklung eines Films, bei der die Bilder nach und nach ihre Geheimnisse preisgaben. Sie haben nur im Verborgenen gewartet.

„Guten Tag, Frau Krüger! Schön, Sie kennenzulernen." Eine hübsche Frau, mit offenem Blick. Und Moni stand strahlend an ihrer Seite. Nora hielt die erdigen Hände in die Höhe. „Tut mir Leid, ich kann Ihnen gar nicht die Hand geben, Frau...?" Andrea lachte. „Andrea Gerber", sagte sie. „Andrea ohne 's' hinten", fügte sie hinzu und sah Moni an. Die bekam zwar einen roten Kopf, doch ihre Stimme blieb klar und fest. „Ja, Gott sei Dank ohne 's' hinten."

„Haben Sie Zeit für einen Tee oder Kaffee?" Nora machte eine einladende Geste in Richtung Haus. „Aber gerne", sagte Andrea, „obwohl Moni mich schon in der Apotheke bewirtet hat." „Probier mal Mamas

Friesentee und ihre Butterplätzchen, da geht nichts drüber." Moni legte kurz ihre Hand auf Andreas Arm. In welch kurzer Zeit Vertrautheit entstehen kann, dachte Nora und wunderte sich, dass sie sich nicht darüber wunderte.

Als Nora spät abends in ihrem Bett lag, vermisste sie Karl so schmerzvoll wie lange nicht mehr. Sie erzählte ihm in Gedanken von diesem Nachmittag, von Andrea, die in einfachen Worten ihr Leben geschildert hat, von Moni, die ihr ernsthaft lauschte und ab und an nickte, von den vielen Fragen, die Andrea zum Inselleben stellte, kluge Fragen, die größtenteils von Moni beantwortet wurden. Nora spürte, dass es viele Gemeinsamkeiten zwischen den beiden gab, sie konnte sich vorstellen, dass Andrea nicht nur vorübergehend auf der Insel leben würde, sondern dass ihr Weg sie genau hierher geführt hat. Das alles hätte Nora ihrem Mann jetzt gerne erzählt. Sie hätte sich an seine Schulter gelehnt und ihm gesagt, wie erfreut und erschüttert sie war, als Moni nach dem Tee und den Gesprächen Andrea aufforderte, mit nach oben, in ihre Wohnung zu kommen. 'Wir gehen dann mal hoch, Mama', hatte sie gesagt und Andreas Hand genommen. Bestimmt und selbstverständlich. Nora hätte Karl gesagt, dass sie sich nicht ausgeschlossen fühlte, im Gegenteil, sie hatte den beiden nachgesehen, wie sie lachend die Treppe hinauf stiegen, und war froh gewesen. Karl hätte das Gleiche empfunden. Das wusste Nora.
Herbst und Winter standen vor der Tür. Es wird lange,

dunkle Abende geben, dachte Nora, bevor sie einschlief,
doch sie werden mit Lachen und Wärme erfüllt sein.

Inhalt

Herstellung und Verlag: BoD- Books on Demand, Norderstedt